JN103510

世界を救うための教訓

Instrucciones para salvar el mundo
Rosa Montero Gayo

ロサ・モンテーロ［著］
阿部孝次［訳］

彩流社

© 2008, Rosa Montero, *Instrucciones para salvar el mundo*,
Japanese translation rights arranged with
AGENCIA LITERARIA CARMEN BALCELLS, S.A.
through Japan UNI Agency, Inc., Tokyo

謝辞

草稿を読み、専門用語の誤りを訂正してくれた、生物学教室主任教授のクリスティーナ・カサレス氏とティン・セッラ、ハラ・リェーナス両博士に感謝します。文中に残るあらゆる科学的医学的不理解は著者の責任によるものです。

また、「人類が知っていることすべての短い歴史」の普及版で、私の中にキュリー夫人とセルバンテスの同じ原子があるのを教えてくれたビル・ブライソン氏に感謝します。

主な登場人物

マティアス・バルボア▼四十五歳。タクシードライバー。元引っ越し作業員。母子家庭で虐待を受けて育ち、少年院を出たあと十二歳年上のリタと結婚する。

リタ・モラレス▼五十歳代。マティアスの妻。元教師。医師の診断ミスの結果、腎臓がんのため、若くして亡くなる。

ダニエル・オルティス▼四十五歳。サン・フェリーペ病院の勤務医。コンピューターゲームにはまり、夫婦関係は冷え切っている。

マリーナ▼四十三歳。ダニエルの妻。贈答品や装身具の店を経営している。

セレブロ▼七十歳代。女性科学者。元大学教授。終夜営業のバール「オアシス」の常連客。マティアスと親しくなる。

ファトマ▼二十一歳。美しい黒人の娼婦。シエラレオネから内戦を逃れ、スペインに移住した。売春クラブ「カチート」で働く。

ドラコ▼三十三歳。売春クラブ「カチート」の経営者。マドリードで最も治安の悪い地区「ポブラード」に邸宅を構える。

ラシッド・バクリ▼二十一歳。モロッコ人の学生。マティアスの隣人。裕福な家庭で育つが、イスラム過激派の構成員となる。

ルスベッリャ▼おそらく二十歳代。コロンビア人。バール「オアシス」のウエイトレス。

1

人々は夜、ベッドにもぐりこむことを楽しむ人々と眠りにつくことに不安を覚える人々の二つに分かれる。前者の人々は寝床が安らぎの場だと考えているが、後者の人々は裸の状態でまどろむことが危険であると感じている。ある人たちにとっては寝る時は悩み事や心配を中断することを示唆するが、別の人たちにとっては逆に、暗闇が有害な思考の騒ぎを生じさせる。もしそうであれば、吸血コウモリのように昼間眠ったほうがいい。あなたはかつて夜の恐怖、呼吸困難を覚えるほどの悪夢や、暗闇がうなじに冷たい息を吹きかけることを感じたことはないだろうか。たとえ残されている時間がわからないにしろ、それは死を宣告されたに等しいものである。しかしながら翌朝、生は再びいつわりの喜びとともに横溢する。これは長い夜の話である。数か月にわたるほど長かった。すべては十一月の夕方に始まったとはいえ。

午前中はみぞれがそぼ降っていた。しかしその時刻、空は鉛色だった。寒気が石と地面から這い上がり、つま先を氷の舌のようになめた。年かさの墓堀人は鼻の頭を袖でぬぐった。その日最後の死人であり、ベルトをしていたが腰が痛み、早く終わることを望んでいた。そのうえそれは三、四人を除いて誰も立ち会わない悲しい埋葬の一つであり、さらに悪いことにこの天気、このたそがれ、この寒気である。身寄りのない人や子供の埋葬、それはもっとつらかった。年老いた墓堀人は大きく息を吸い、うまく墓穴に入るように棺の側面を持ち上げて落とし込んだ。いまいましい寒さだ。彼は言った。どんなに寒くとも死人は中にいるんだ。彼は決まり文句のようにつぶやいた。彼は牡牛のように強く、粗野な顔で汗ばんであえいでいる若い相棒に目をやった。こいつは問題ない。しかし彼は日増しに墓穴に近づいている。老いることは苦痛だ。彼は両手を嘆かわしい腰の脇に置くと依頼人に顔を向けた。

「先に進みますか」

問いかけに返答は得られなかった。くだんの人物は身動きすらしなかった。墓堀人は問い詰めるような態度で相棒を見た。相棒は何かしなければならないと思い、妻を亡くした男の腕をそっと揺さぶった。

「マティアスさん、マティアスさん」

「えっ」

「先に進むことができるとこの人たちは言っていますよ」

「できるって何を」

「墓を閉じるということですよ」。リタの甥は不快そうに言った。

「ああ、どうぞ」

マティアスは精神を集中して見ようとしていた。甥は暖まるために足を踏み鳴らした。大柄な墓堀人は道具を持っていた。相棒は壁のくぼみにモルタルをかけた。こてが石の上をひっかいた。きしむような小さな音がした。葬儀社の男は彼に近づいて何か聞き取れない言葉をささやいた。手に書類を持ち、ボールペンを指の間にはさんでいた。マティアスはサインしなければならないと考え、男の指が示した場所に二度殴り書きした。それは彼には大儀だった。なぜなら、彼はすべてを暗いトンネルの反対側で、望遠鏡の先に遠くからぼうっと見ていたからだ。その距離からは墓穴のくぼみは駅の手荷物預かり所の窓口のように見えた。それを言ったらリタは笑うだろう。

「ご愁傷さまでした。マティアスさん」

「ああ」

「素晴らしい奥さんでした」

「ああ」

墓堀人の姿はすでになく、ほかの人たちも引き上げ始めていた。看護師。司法書士事務所のリタの女上司。不快そうで、急ぎ足だった。妻を亡くした男の上に降りつつある凍えた夜から逃れようと躍起だった。参列者が少ないことを恥じていた。「こういうことになるとわかっていたら、自分が前もって人々に知らせておいたのだが、当の本人が手伝わせてくれなかった」と甥は立ち去ろうとする看護師を前に言い訳した。家族の名誉を救おうと感じていたのだ。そのとき、参列者の一人としてマティアスの様子を見に戻ろうとする人はいなかった。たとえそれを知っていても誰もしようとしなかっただろう。悲嘆はネガティブな引力を持っている。それは引きつけるかわりに遠ざける磁石のようなものである。そうして三人は墓地から逃げるように出て行った。

しかしながらマティアスは悲嘆を感じていなかった。まったく。実際のところ、何も感じていなかった。湿った大地から立ち上る寒気も感じていなかった。まばたきして空を見上げた。何て暗いのだろう。その空をたとえる言葉は見つからなかった。なぜなら空はこれまで見たことがないほど暗く、暗さという言葉より暗かったからだ。夜はとっぷりと暮れていた。俺はどこにいるのだろう？　彼はめまいとパニックに襲われ自問した。墓地にいる。彼は答えた。リタの埋葬を終えたところだ。彼の心に再び平穏が戻ることはなかった。心臓の拍動も記憶の中の思い出もなかった。死の静けさがあたりのすべてを支配していた。

彼は何も考えずに霊園を出て、足は道を探しひとりでに動いていた。タクシーに乗り込むと、エンジンをかけ、M30に向けて自動運転するようにハンドルを握っていた。街はキラキラと輝き、至るところ明かりがついて車でいっぱいだった。マティアスは車の川に合流し、流れに身をゆだねた。彼は常に運転が好きだった。タクシードライバーの習慣に従って彼はすべきことを考えずに運転した。ハンドルを握っている一方で列車のことを考えた。いや地下鉄のことを考えたといったほうが良いだろう。近づいてくる列車の鳴り響く音、音を立ててきしませながら彼の上に乗っかかる車両、たたきつけて引き裂く車輪のことを考えた。そして死を避難する静かな場所、人が行かなければならない隠れ家のように考えた。またいつも内ポケットに入れているナイフのことを考えた。首を切るときに引き起こす短く冷たい痛みのことを考えた。しかしまもなく数時間ぶりに飼い犬のチュチョとペッラのことを思い出した。

環状道路を出て、家に向かった。それは唯一のよく知った道だが、どんなに街区に近づいても、遠いように感じた。世界からも彼自身からも遠く、日常や正気からも遠かった。

「こんばんは。クワトロ・カミーノス（注1）のロータリーへお願いします」

マティアスは驚いて振り向き、赤信号での停止を利用して乗り込んできた通行人を見た。

「クワトロ・カミーノスのロータリーへお願いします」

男は繰り返した。

マティアスは胸に吠え声と怒りと絶望が間欠泉のように沸騰するのを感じた。

「車から降りてくれ。今すぐだ」。彼は腹の底から振り絞るようになった。

通行人は驚いて座席で縮こまった。彼は四十九歳の気弱な男で、これまでそうした荒々しい言動に遭遇したことがなかった。それは現代において疑いなく幸運であるのだが。

「降りろよ、うすのろが」。マティアスはその言葉を出す際に声帯が震うのを認めながら、再び全力でわめいた。

男は気が狂ったようにドアを開けようとして、それに成功すると歩道に飛び降りた。マティアスは憎悪の激しさに驚きながら、無我夢中でエンジンをかけた。男をひき殺したかもしれない。実際に彼は男を殺すことを望んでいた。彼はやっとの思いで唾をのみ込んだ。正気の残りで青灯を消し、「乗車中」の表示を出した。彼は酔っ払いのようにタクシーをよたよたと走らせた。幾人かのドライバーがクラクションを鳴らしたが、その音は彼のところまでほとんど届かなかった。何かが耳や目を通り過ぎたが、何かが正常に聞いたり見たりすることを妨げていた。彼はひどい疲れを感じていた。何日眠らずに過ごしたか、食べずに過ごしたか思い出せない。もう自分の住む通りに着いていたが、それがわからなかった。都市《まち》はこめかみの波打つ痛みとリズムを合わせて震え、ぼやけ、脈動していた。通りの隅に車を止めた。彼は人のいない家に上っていくのが怖かった。

幸いなことに扉は閉まっており、管理人にも見られなかった。彼は古いタクシーメーター同様に点滅する踊り場の明かりをつけた。どうしてチュチョとペッラを忘れることができようか。少なくとも二日間えさを与えていないし、外出させていない。彼はドアの反対側で二匹がわけもなく鳴くのを聞いた。二匹はもともとあまり鳴かなかったが、リタが拾ってきた捨て犬だった。厳しい暮らしが思慮分別を二匹に教えたのだ。家のドアを開けると、二匹は彼の脚に飛びついてきた。体は小さく、病気がちで、卑屈で、神経質だった。チュチョは、しみのある栗色でネズミの毛をしていた。ペッラは灰色でずんぐりしており、鼻面から曲がった犬歯が飛び出し、目がとび出ていた。こうした醜い犬に本当の名前を付けることはできないものだが、リタは二匹を路上から救い出したとき、命名した。それでチュチョ（雑犬）とペッラ（メス犬）という名前になった。マティアスは妻の病気が爆発するように全身に及んだ時、彼女の膝の上にもたれてそれを思い出した。末期の症状はすでに始まっていた。

彼はのどにからまる痛みをのみこんで、家の奥を見た。廊下は暗闇に消えていた。

「誰もいない」。彼は大声で言った。

踊り場の明かりは消え、闇に包まれていた。マティアスはパニックに襲われるのを感じ、スイッチを探し当てるまで壁をたたいた。足元には犬たちがまとわりつき、足首を執拗になめまわしていた。彼はしゃがんで犬たちを抱き上げた。ドアを勢いよく閉じ、全速力で階段を下りた。彼はタクシーまで止まらず、犬たちを助手席に乗せた。そこでは彼らはひどくおとなしくなった。エンジンをかけて勝手知った街区へ向かった。リタと彼がビリャビシオサ・デ・オドン(注2)で作っていた家だ。すなわち二度と作ることのない家である。その時刻、車の流れは少なく、二十分足らずで町に着いた。街区に入る前に彼はマクドナルドで車を止め、犬たちにハンバーガーを何個か買った。いつも苦手だった熱く脂っぽいガスが、口を唾液でいっぱいにした。彼は自分が空腹であり、それもひどく空腹だったことに気が付いた。あらゆることが終わろうとしているときにどうして空腹でいることができようか？　体の要求に屈して、彼の肉を生かすために(彼はリタの土気色の肌を、うみを出すチューブを、青あざを、潰瘍を思い出した)、マティアスはさらに二個ハンバーガーを買った。街区に至る道はひどく短かったが、タクシーは食べ物のきつい臭いがしみこんでいた。

屋根は彼自身の手で、瓦で葺いていた。控えめな壁は、彼が空いた時間に建てた。というのは若いころ、作業員として働いたが、悪い大工でなかったからだ。小ぶりな家はすでに屋根がかけられ、窓や玄関のドアも取り付けられており、空調機や浴室の工事も終わっていた。しかし、中のドアや台所、塗装はなく、床はセメントを流しただけだった。電気は引いていたが、唯一の光源は長いケーブルの端にある電灯だけで、水は緑のホースで庭の蛇口から取っていた。とても庭とは言えなかったが、マティアスはそう呼んでいた。街区は茶色の荒蕪地で、廃材や砂袋や建築のための様々な道具に覆われていた。そうした汚れた荒涼とした荒地にあって、小さく頑丈な家は老人のあごの歯に似ていた。

彼は電灯をつけようとしたが、電球が切れたに違いなかった。マティアスは、神経質な犬たちを踏まないように手探りで、リタの調子が悪く本が読めなくなったとき、彼が仕事をしている間映画を見て楽しめるように、家に運び込んだ古いポータブルテレビを見つけるまで床を探った。彼はテレビをつけたが音はしなかった。画面からちらちら光が出て、周りをぼうっと照らした。ぞんざいに据えられた窓からは風の音が聞こえ、ひどく寒かった。墓場のような寒さだ、とマティアスは思った。彼は墓穴を前に墓堀人のこてがこする音を聞いたような気がした。彼は居間となるはずだった部屋にいた。二つの窓がある正方形の部屋だった。テレビ受像機の悲しげで不規則な光のまたたきが壁に影を躍らせた。なかば底が抜けた二脚の椅子とリタが座っていたロッキングチェアがあった。雑多な工具とブラシ、屋根をふく前に覆ってあった防水布のロールの残りが入った両手鍋もあった。バケツ一個、モップ二本、ゴム長靴数足、ゴム手袋、使い古したほうきもあった。すべては隅にきちんと置かれており、リタが元気だった時にしたささやかな家事を思わせた。この家を完成させることはできないだろうと彼は思い、自から納得した。たしかにその通りだった。完成することはないだろう。

青ずんだ暗闇の中、手探りで両手鍋の一つをきれいにし、犬たちに水をやり、防水布のロールを隅に広げてひじを壁につけその上に腰を下ろした。彼は容器のおかげでまだ熱かったハンバーガー数個を取り出し、チュチョたちに分け与えた。彼も食べようとしたが、その気力はほとんど残っていなかった。彼はしびれる感覚を、呆然自失にも似たひどい疲労を感じた。無言のテレビ画面にはよく笑う派手な金髪女が映っていた。マティアスは分厚いジャケットにくるまりながら胎児のポーズで床の反対側に倒れた。彼は震えていた。犬たちは腹のくぼみにとぐろを巻き、丸い目をまたたかせずに彼を見ながら寄り添っていた。彼らはリタの不在とマティアスの悲嘆のにおいによって、鼻先まではっきりと届いた日常の変化に驚いているかのようだった。悲嘆は冷たい金属のにおいがすると、犬たちは言っているようだった。マティアスは彼らのざらざらした温かい体に触れた。それは凍える夜の慰めだった。彼は防水布の端をつかむと、可能な限り自分の上にかけた。その日が自分の誕生日であることを思い出した。四十五歳になる。どんなに悔やんでも無駄だと彼は思った。そして井戸の中に落ちた石のように眠りに落ちた。顔の上にはちらちらしたテレビの画像が無言で踊っていた。

（注1） マドリード市北部の繁華街。地下鉄駅に連絡してバスターミナルがある。
（注2） マドリード市街の西十五キロにある自治体。人口約二万八千人。

2

ダニエルは妻が彼を苦しめることを全くの楽しみにしていると確信していた。レンガ、レンガ、レンガ、三倍サイズ、二つの穴。彼の方は、彼女と結婚生活を続けている理由をどんなに自問しても満足に答えることはできなかった。答えうるとすれば、一つは怠け者のため。そしておそらく臆病だからだ。なぜなら彼はつねに最小限の努力にゆだねていた。しかしながら、離婚することはさほど容易でない。神かけて、結婚しなかったらよかったのに。幸いにも一度も子供を持つことを望むことはなかった。削岩機に気をつけろ。三列が消えた。家の問題がある、確かに。ローンはまだ半分残っている。彼は灰皿の隅にタバコを押し付け、再び火をつけた。そのことを考えると彼はますます神経質になった。家を買ったことは間違いだった。結婚以上に束縛する。しかしそれを調整する道はある。資産は売却し、分配し、別れることはできる。彼は心の中でその可能性を勘案し、それが宇宙ステーションの旅行者になるほど低いことを認めざるをえなかった。世界の喜びはどこへ行ったのか？　縦のレンガ、完全な列。二十歳のころの輝きは何だったのか？　人生は求める時だけ開かれる大いなるクリスマスプレゼントのようであったのに、どうしてこんなこせこせした生活に閉じこもるようになったのか？

「あなたはまだやるのね。そうなんでしょ。いつまでそのばかげたゲームで残っている数少ない神経細胞をすり減らしつづけるの。あなたが人生を無駄にするさまはぞっとする」

畜生め、彼はすでにつかまっていた。ふだん廊下にマリーナの足音を聞くたびに、ダニエルは、妻が彼がゲームをしているのを見えないようにコンピューターの画面を変えた。あるいは、彼女が近づくのに気付くと、テーブルからさっと立ち上がり、本棚の本のタイトルを見ているふりをした。そあるいは我慢できないふりを装ってトイレに駆け込んだ。しかしながら、今回彼は考え始めた。それは彼の気を紛らせた。考え始めたことはうまくそれをするより悪かった。ゲームのためには数時間コンピューターを使う必要がある。ちょっと頭を休める必要がある。彼はちらっと時計を見た。夜の九時だ。彼は午後五時から井戸に電気でレンガを積み、バーチャルな穴を埋めようとしていた。

「たった今ゲームを始めたばかりだ」。彼は言い訳をした。

「ええ、そうね」

「でも私は疲れているからもう休むわ。お休みなさい。神のご加護を」

マリーナはもしかして、彼が自分の振る舞いを恥じていることに気づいていないのだろうか？実際のところ、彼は自分が恥ずかしく、キッチンへウイスキーを注ぎに行くのと同じくらい自分を軽蔑していた。マリーナもそれを嫌っていたが、軽蔑されるもう一つの口実だった。マリーナはアルコールに頼るたびに彼を非難した。すなわち毎晩だ。アルコールは最良の抗不安剤だと、ダニエルが医師の立場から説明してもまったく受け付けなかった。精神安定剤を多量に服用してあごをガクガクさせて歩くほうを選ぶべきだろうか？　それにしてもこの女は何を望んでいるのだろう？

「見て、ダニエル、辛くない？　暗闇に閉じこもってコンピューター画面に顔をくっつけて、たばこの煙に包まれて、テレビはつけっ放しで。こんな生活はごめんだわ」

妻のとげのある鼻にかかった声には憎悪といら立ちがこもっていた。ダニエルは椅子を回転させ、テレビを見た。たしかにいつものようについたままだった。彼は本音では音があるのが好きだった。部屋は、夜になると電気は消していた。彼は狭い暗い部屋で画面だけ照らされているのが好きだった。彼はビロードを着た人物の中で、テレビとコンピューター画面のきらめきが液状になる暗闇という着物をまとっている気分を味わうのが好きだった。そこには彼を守ってくれる羊膜に似た泡があった。

「やめてくれ。テレビニュースも見たいんだ」

テレビニュースを見ることは社会的に認められた行動だった。彼女でさえもそのことを非難できなかった。しかしマリーナは立ち去らずにドアのしきいにもたれていた。苦悩から胸を押さえた。一瞬立ち上がり、部屋から放り出してドアを閉めるのではないかと疑った。しかしことを無理に進めようとすれば、事態がさらに悪化するのは確実だ。神かけて彼一人だけが少しの平安を望んでいた。

「ダニエル」

マリーナは照明のスイッチを押した。光が目をたたいた。まばたきして眉をしかめたままテレビ画面を見続けた。妻を無視しようとしたがうまくいかなかった。

「ダニエル」

「何の用だ?」

「今日があなたの誕生日だったことをあたしがすっかり忘れていたと思わない……」

「思わないね。どうして忘れることがある。君はいつも完璧だから」

「四十五歳ね」

「素晴らしい記憶力だ」

「お祝いに外で食事しましょうよ」

言葉は瓶から出た堅く、チリンチリンと音をたてる小石のようにマリーナの口の周りをまわっていた。彼は緊張を解いて、やさしくすることを見て取った。しかし怒りの残りかすと長年のフラストレーションが言葉に重みを加えた。

「行きたくない。もう遅い。別の日にしよう」

「別の日はあなたの誕生日ではないわ。元気を出して。あなたが何もしたくないとは思わない。あなたは退屈しているの」

「君もわかっているように、いま不愉快な気分を抱えたままの君と食事に出かけたくないんだ。そういうことは前にもあったじゃないか」

「前は行けなかったから行かなかったのよ。あたしが働いていたから。あなたと違うわ」

たしかにそうだ。マリーナはかつてまれにみる勤勉さで、友人と立ち上げたアクセサリーと贈り物の小さな店に際限なく時間をつぎ込んでいた。それは妻の途方もない献身のおかげで維持されていた不安定なビジネスだった。仕事に加えて、マリーナは込み入った料理を調理し、偏執的な几帳面さで家具を手入れし、ジムへ行く時間を見つけ、読書までしていた。ダニエルは彼女が今そうすることを望んでいた。部屋から出て、ほかの面で有能かつ勤勉になるか、料理をするか読書をし、彼を静かにしてくれることを望んでいた。しかしマリーナはドアのしきいにもたれかかっていた。彼は彼女の姿を見なかったが、背後に気難しい存在を、沈黙のいらだちを感じていた。彼はテレビ画面に集中しようとした。すると、救急車が、毛布をかぶった人の姿が、やじ馬が、警官たちが見えた。

「三件の犯罪の手口の類似性から、専門家たちは連続殺人犯についてすでに言及しています」。若い女性リポーターは喜びで顔を輝かせながら言った。殺人事件が呼び起こした関心のおかげで、彼女は顔を初めてカメラに向けることができたのだった。「遺体が司法解剖されるまで、最後の犠牲者はその前の犠牲者と同じ理由、すなわち静脈注射によるインシュリンの大量摂取で亡くなったかどうかについては確認されていません。しかし高齢女性は見たところ、ほかの二人の犠牲者に似た微笑み、法医学者によると、遺体の上に殺人犯によってつくられ強いられた不自然な微笑みを浮かべていました。犯罪者によってなされた不気味な細工は、警察により「幸福の殺人」として知られ始めています」

世界は出来損ないでいっぱいだ。ダニエルは「幸福の殺人」の犯罪者たちが後に彼の人生をひどくややこしいことにするのを知らずに冷淡に言った。しかしその時にはまだうわの空であり、その他大勢の人と同様に、事件に漠然とした興味を抱いていただけだったのだ。マスコミのハゲタカたちは、老人だけが殺されて、押し入っていないし、何も奪っていないし、命を奪う以外の暴力をふるっていないという細工の珍しさに刺激されて数日間、最初の二人の死者たちをついばんでいた。とりわけ犠牲者は微笑みを浮かべていた。その姿勢で硬直させるためには、殺人者は唇の口角を引き延ばし、死後硬直するまで半時間かそれ以上押さえていなければならなかった。静脈内のインシュリンについては言うまでもない。犯人は医者なのだろうか？　どうやってうまく注射することができたのか？　老人たちに麻薬を使ったのか、それとも注射を打つように彼らを説得したのか？

「プレゼントよ。店のものではないわ」

テレビニュースに気を取られて、ダニエルはマリーナがしばらくの間、不機嫌をやめたことに気づかなかった。いまはまた不機嫌になり、小さい包みを船べりからごみを投げ捨てるようにひざの上に放った。ダニエルは光沢のある赤い紙に包まれて金色のテープで飾られた包みをじっと見た。それはけばけばしくわざとらしい幸運の女神像だった。それはわいせつにも見えた。

「プレゼントはいらない」

マリーナは肩をすくめた。

「もう買ったのよ。あなたのものよ。好きにして」。彼女は辛辣さなく言った。

それは余計に悪かった。妻は心の中から穏やかになり、彼を憐れみに満ちた目で見ていた。女医だ。それとも女性看護師か。犯人はきっと女に違いない。女というものはまことに幸福の殺人者だ。彼はマリーナをじっと見た。四十三歳で、垂れ下がった髪には白髪が混じり、軽く膨れたお腹をしていたが、彼女はその上にしばしば腕を組んで説教しようとし、その態度がダニエルを深くいらだたせた。彼はよく知った妻の顔を見た。きめ細かい白い肌には細かいしわが刻まれていた。彼はゆっくりとしわが刻まれていくのを見た生き証人だった。とりわけ彼にしかめっ面をしたときと激怒したときに見せる深いしわについては。二人は十五年間、一緒に過ごしていた。

ダニエルは包みを荒っぽくつかんだ。光沢のある紙が、明るい火のようにしわを伸ばした際にパチパチ音をたてた。開けるつもりはない、と彼は独り言を言った。いや、開けても同じことだ。それが高価なセーターであっても、縞柄のシャツであっても同じで、どちらにしても無意味で、ばかげた因習尊重でしかないのだから。しかし心痛が血の通った彼の胸を充たした。というのは心の底では、プレゼントがパントマイム、見せかけでしかないことを熱望していたからだ。彼は自分の中で何か愛に似たもの、妻を求める昔の呼び声が警告するのを感じた。そして束の間、とうに葬っていた愛情を取り戻すことを望んだ。しかしいや、それは不可能だ。それは実現不可能な望みだった。なぜなら、マリーナはほかの女性と同じく、幸福の殺人者であり、完璧を要求することにおいて我慢強く、容赦なく、飽くことがなかったからだ。そうして彼女は彼を捕まえた犬のようにつなぎ、すべてを、すべて以上のものを、最良のものを要求し、彼を敗北の鏡のようにいつも見下すような視線で卑屈にさせる。真の挫折は虫眼鏡で損害を大きくする妻との挫折にある。しかしなぜそうなのか？　なぜ女たちは常に男たちに呪われた夢の高さにいることを要求するのか？　ダニエルは神かけてマリーナにそれを求めなかった。そのことにおいて少なくとも彼は善良だった。彼は役立たずで、敗北者だったかもしれない。しかし少なくとも彼女に不可能なことを求めなかった。残念ながら。実のところ彼の方が寛大であり、生き延びることに妥協していた。

3

彼は自分のうめき声と彼の鼻を執拗になめるペッラの舌で目が覚めた。目を開けると、犬の鼻ぺちゃの醜い顔が数センチの感覚をおいて並んでいるのに出くわした。そしてすぐにリタがもう死んでしまったことを思いだした。毎日彼は痛ましい同じ道をたどった。ぼうっとしたまま、軽い記憶喪失状態で夢から覚めると、続いて記憶がギロチンのように彼の上に落ちた。リタは死んでしまい、彼は独りだ。マティアスはじっとしたまま、落ち着こうと、何度か深呼吸した。その傍ら、ペッラがまめまめしく彼を見つめていた。母親のようだ。マティアスは苦々しく独り言を言った。しかしながら彼自身の母親は一度も彼のことを気遣ってくれたことがなかったと思った。

「ペッラ、大丈夫。ありがとう。俺は元気だ」

彼は犬をそっと手放すと、墓地から戻って以来しばしば寝床にしているしわのよった毛布をかぶったまま身を起こした。床の上で眠った最初の夜は、体が硬直して節々がひどく痛んだので、もう二度と体をまっすぐにすることができないと思ったほどだった。しかしまもなく毛布を買って眠るようになった。そのうえ、骨が痛んで起きるほうを望んだ。そうして彼は、彼につきまとい、しばしば取り付いて頭をおかしくする、つらい思い出の代わりに、肉体に痛みを感じるほうを選んだ。

彼は窓のほうを見た。太陽はすでに沈んでいた。空は青みがかり、たそがれて薄暗かった。悲しい時間だった。それは彼の起きる時間だった。リタが死んで以来、彼は昼眠り、夜働くのが習慣だった。それは彼女がいないのに普段通りの生活を続けることができると思いたくないためであり、また、つらい思い出が大きくなって暗闇のおかげで耐えがたくなるからであった。夜は気を紛らわせて働いて過ごし、昼の間は毛布にくるまって疲労困憊して眠るほうがよかった。太陽の光と一緒に苦悩を遠ざけたのである。時おり、タクシー乗り場やタナトリオ・スールやオアシスといった終夜営業のバールで知り合いのタクシードライバーと出くわすと、同僚は近づいてきて彼に尋ねた。最近君を見ないけど、何をして、どのように過ごしているんだ？　しかし彼は答えようとしなかったし、同僚もそれ以上訊ねなかった。これまでほかの運転手と親しくしようとしなかったのだ。実をいうと彼女を除いては誰とも親しくしなかったのだ。それで彼には十分だった。なぜなら彼女はいつも近くにいたし、まだ子供だったずっと昔から、マティアスの母親が酔っ払って路上に眠り、バスに乗って学校へ行くお金をポケットから取り出さねばならなかった頃から近くにいたからだ。

そのころから、リタはすでにそこにいて、彼の人生の傷をいやしてくれた。
電球は取り換えてあったので、電灯をつけることができ、椅子の後ろのひもを引っ張って、明かりをつけた。裸の輝きがガラスの反対側の早い夜を暗くした。犬たちはうごめいて、喘息病みの老人のようにあえいだ。明け方にオアシスで手に入れたヒレ肉のボカディージョ(注3)の残りを開いて、食べ残しを犬たちに分け与えた。体が小さいほうがよかった。簡単に用意することができるから。彼は犬たちががつがつと食べるのを見た。少なくとも彼らはそれ以上苦しむことはない。そうリタは言った。あたしたちが守ってやることができる。そう言った。犬を幸せにすることはたやすい。完全な幸せに。

彼はイワシのオリーブ油漬けの缶を開いた。パンがなかったので、しけたビスケット数枚で朝食にした。脂っこい魚と甘いビスケットの取り合わせは合わなかった。そしてそうした嫌悪感に慰めを見出した。誰かを殺した夢を見た。相手が誰だったか覚えていなかったが、夢の中では、残りの人生を台無しにする大胆な行為であり、取り返しのつかない犯罪であることがわかっていた。さらに悪いことには、悪夢から目覚めたとき、恐怖がまだ続いていた。目覚めたときでもその苦悩が現実的であるように感じた。目覚めたときでも彼が罪人であることがわかっていた。

それゆえ彼は罰せられなければならない。

バケツを浴槽に入れ、腕を窓から出して屋外にある蛇口を開いた。裸になったあと、タイルの上に立ち上がり、石鹸を少しつけて大急ぎでシャワーを浴びた。歯ぎしりするまで歯を噛んだ。バケツの水は身を切るほど冷たかったからだ。しかしながら数日間体を洗っていなかったし、前夜に乗せた客は悪臭がすると言って目的地へ着く前に車を降りた。そのうえ、入浴しないことはそんなにつらい苦行ではなかった。たとえ水がまだ冷たくとも、気候はよく、温和だった。実のところ、本当に寒かったのは、一週間であり、あたかも全世界がその苦しみを前に震えているかのような、リタが苦しんだ最後の週だった。しかし、彼女を埋葬するとすぐ、温度計の目盛りは気の狂ったように上がり始めた。それは歴史上もっとも穏やかな冬であり、少なくとも記録に残る中ではもっとも穏やかな冬だったとテレビは言っていた。いまいましい気候変動のことについては誰もが話題にしていた。凍てつく生活には温かい冬だった。

彼は浴槽から出て、水を止め、新しいタオルの一枚で体を拭いた。タオル、毛布、衣服とすべて新品を買っていた。彼は家に入る前に店へ行った。家に戻るという考えが耐えられなかった。彼は新しい電気カミソリでひげを剃った。鏡はなく、手探りでその小さな機械を動かしたので、常に剃り残しがあった。床の上にあるしわの寄った衣類の山を漁り、半ば汚れた唯一のシャツと痩せたためにゆるくなっていた新品のジーンズ数本を選んだ。タクシードライバーは、顔に手をやり、疲れた筋肉の下の骨にこわばりを感じた。来るべき骸骨の輪郭だ。最近はどこを見ても死しか見えない。死は人生の唯一の真実だ。

同じことを「幸福の殺人者」は言っていたに違いない。昨晩は五人の犠牲者があったとテレビは言っていた。五人の老人たちは微笑んでいた。しかし自然に微笑んでいたのでなく、殺人者が口を開けたのだとマティアスは知った。また、家は飾り付けてあり、誕生ケーキとカラー電球、紙テープがあった。まるでお祭りのように。リタが拾った時のチュチョとペッラのように運命に見放された哀れな老人たち。殺人者が注射をしたとき、老人たちは微笑んでいなかったのはたしかだ、とマティアスは独り言を言った。注射器のことを考えると、彼の頭の中に耐えがたいイメージ、頭のなかに地雷のように埋められていた記憶の一つ一つがよみがえった。注射針が刺さって静脈が浮いたリタの腕、嘆かわしい傷だらけの皮膚、殉教者のみだらな痕のような血腫。排泄物と薬品の臭い、女性患者のうめき声、痛みを引き起こす体のきしみ、死ぬまで痛みしかないことを知った落胆。

彼は冷や汗にまみれ震えながら壁にもたれかかった。裸電球のほこりっぽい輝きの下で空気はまるでゼラチンでいっぱいのように固く、非現実的に見えた。彼はその濃密な空気に息をすることができず、息苦しく、気分が悪くなるのを感じた。世界は垂直性を失い、現実が漂流し、あらゆるものが難破船の残骸のように気ままに空間に漂っているように感じた。つまづきながら、マティアスは窓のほうに這って行き、それを開けて、苦しみながら呼吸した。窓には鉄格子があり、それを取り付けたことを後悔した。なぜならそれは窒息と抑圧感をもたらしたからだ。すべてがうまくいかなかった。ひどくうまくいかなかった。

マティアスの家はつつましい市街地の端に位置していた。要は無秩序に肥大した市街地の孤立した飛び地であり、それゆえ、街路はアスファルトも側溝もない裸地に過ぎず、ひどく汚れた壁で離接自治体に属する土地の集落と接していた。地域の唯一の街灯は弱弱しくうつろな光を放っていた。

五年後、土地のでたらめな再評価が壁の撤去と巨大なショッピングセンターといくぶん贅沢な街区の造成を促すことになるのだが、そのころは世界の果ての趣きだった。窓の柵につかまって水から出た魚のように口をパクパクさせながら、マティアスは郊外の殺伐とした風景とスローガンが書きなぐられた壁を見た。街灯の光が届く境目に刻んだ文字がまるで蛍光ペンキで書かれたように目立っていた。彼は距離と暗さを克服しようと、目を凝らした。「マティアス」と読めた。光に浮かぶ文字が彼の胃をしめつけた。マティアス。彼の名前だった。蛍光インクの文字は彼の名前だった。それは彼に見られることを望んでいたかのようだった。彼は息をするのを我慢してメッセージを読み取ろうとした。「これは君の使命だ」。そう書いてあった。彼は使命を持っている。いったいそれは何だ?

その時、人影が現れた。痩せた、背丈は中ぐらいの若者だった。肌が浅黒い、とマティアスは男が街灯の明かりの届く範囲に入ったとき言った。背中に小さなリュックを負い、壁にそって音を立てずに歩いてきた。スポーツシューズをはいて猫のように音を立てなかった。突然、タクシードライバーは記憶のひらめきで、「幸福の殺人者」の出現についてテレビで行われていた描写を思い出した。目撃者に基づくデータによると、若く、浅黒い肌で、背丈は中ぐらいで、リュックを負い、スポーツシューズを履いていた。ありえないほどそっくりだ。マティアスは背中がぞっとするのを、首の筋肉が緊張するのを、警戒するのを感じた。そのうえ、その男には何かわからないが、疑わしいものがあった。男は誰かに追われて逃げるかのように、泥棒が警戒するかのように注意深く周囲に目をやりながら歩いていた。不審者が光の輪から出ようとして足を止め、誰もついてきていないか確かめるかのように周りに目をやったとき、ちょうどその時、マティアスは男の全身を見た。壁に描かれた大きな矢、ねじのようにらせん状の角をつけた矢を見て、その矢はまちがって浅黒い肌の若者を指していた。暗闇の中で彼の名前のついたメッセージがまたたくのを見た。「マティアス、これが君の使命だ」。そしてこの人物がこんな時間にここで何をしているのかと考えた。なぜ自分は男が現れたとき、ちょうど窓に出てきたのだろう？　あいつは幸福の殺人者でないか？　と考えた。そしてリュックの中には不吉な仕事の道具、ケーキ、手袋、注射器が入っているのでないか？

血管を壊し命を奪う皮下注射用の針を持っているのではないか？　一種の赤い光が彼を盲目にし、怪しげな怒りっぽい光が彼の中から出た。彼は玄関に走り、家を出て、四歩でリュックの男に突進し、首をつかんだ。男は金切り声を上げ、逃げようとしたが、ひどく痩せたにもかかわらず、タクシードライバーのほうがまだ太っており、若者より背が高く、力も強かった。なぜなら、まだ年のいかない少年だったからだ。それをマティアスは汚れた手でのどをつかんだ時、見て取った。少年はうめき声を上げ、聞きなれぬ言葉で何かをわめいた。そして足を折って、地面に跪きながら「お願いです、お願いです」と外国語なまりで繰り返し始めた。少年がうずくまったので、マティアスは押さえ続けるために身を乗り出さざるをえなかった。だしぬけに壁を向いて書かれた文字を見た。彼は震えて取り乱した。ちょっと待て。「これが君の使命だ（Esta es tu misión）」とは書かれていない。「エステベス、解雇《クビ》（Estévez dimisión）」と書いてある。彼は目をまばたきしてあわてふためいた。ああ、間違いない。「エステベス、解雇」と書いてある。その少し下には「ソーセージ村長」とある。彼は、地面の上のぼろ布のように怖気づいて「お願いです」と繰り返している少年から手を離した。しかしながら上にはたしかにマティアスと書かれている。それは事実だ。また少年を指す矢印があったのもたしかだ。

「こんなところで何をしてるんだ?」とマティアスはしわがれた声でたずねた。

「あそこに住んでいます。あそこです」。少年はマティアスの隣の家をふるえる指で差しながらどもって言った。

「リュックには何を持ってるんだ?」

少年は訳が分からないといった顔でパニックに襲われて男を見た。

「ここに見せろ。何があるんだ?」彼は袋をつかみながら言った。

彼はひったくってリュックを開け、中にあったものを取り出した。巻いて麻ひもで結んだ小さなじゅうたんと見慣れぬ文字で印刷された数冊の本、透明なラップで包まれたチーズのかけら、羊毛の帽子、フランスパン、小銭入れ、安い携帯電話、バスの回数券《ボノブス》だった。ある理由で、バスの回数券は反論の余地がない彼の誤解と野蛮さの証であるように思われた。マティアスはめまいがするのを感じた。手を顔にやった。何てことをしたのだろう。いったい、なんてことをしたのか。頭がおかしかったのだ。彼は常に平和的で親切な大男であったはずなのに、今は暴力的な衝動に捕らわれている。彼は再び不安の発作が、世界を揺るがす非現実性の波が近づいてくるのに気づき、雄弁でいという考えを頭から追い払った。彼は取り出したものを全部リュックに戻し、唐突に少年に差し出した。

「すまなかった」。彼は恐怖を抑えながら小声で言った。

「なんですって」

「すまなかった。人違いだ。動顛してしまった。すみません」

若者はリュックを抱えながら地上から彼を見た。信じられないがまだ注意深く彼の顔を見ていた。かわいそうな少年だ。こんなにおびえさせて、とマティアスは思った。彼に何がしてやれるだろう。目は涙でいっぱいだった。リタのためには一度も涙を流したことはなかったが、この少年のために今そうするところだった。そして彼自身のためにも。

「すまなかった。手伝わせてくれ。本当にすまない」

彼は少年をつかんで立たせた。少年は震えていた。

「僕はそこに住んでいる。ちょうど君の隣だ。よかったらうちに来てくれ。すまなかった。何も上げるものはないが、コップ一杯の水を上げよう。それで神経をなだめてくれ」

「いいです。僕は行きますので」

「君は知っているか？　君が幸福の殺人者かもしれないと思ったのだ。言っていることがわかるか？　あの老人たちの殺人者だ。ばかげている。どうしてそんなことを思いついたのだろう」

マティアスは取り付いた不安を追い払うために話しに話した。彼は少年が許してくれることを望んでいた。彼を恐れないことを望んでいた。普通に戻ることを望んでいた。

「もういいです」。少年は立ち去ろうとしてつぶやいた。

普通の暮らしが終わったことは明らかだった。リタが亡くなったいま、元の暮らしに戻れるわけがない。マティアスは息切れした。不安が胸をこわばらせ、少年に注意を集中せざるをえなかったからだ。とにかくこの男の子は彼の隣人なのだ。彼は近くの家を見た。これまでも注意をひいていたが、誰もいたことがなかった。みじめな造りのほとんどバラックに近い荒れ果てたあばら家だったからだ。かわいそうな少年。おそらく移民でお金もないのだろう。彼はいらだって涙をあふれさせていたのに気が付いた。

「わかった。申し訳ないことをした。本当のところ、自分はどうかしていた」

彼はそれ以上言葉をかけなかったが、実際にどうすればいいのかわからなかったのだ。

「いいです。何でもなかったですから」。少年はおとなしく繰り返したが、彼の涙をためた目を不審げに見ていた。

「どこから来たのか?」

少年は一瞬、口ごもって言った。

「モロッコです」

「そうか、モロッコか」。マティアスはオウム返しに言った。

少年は頭を上げて誇らしげに言った。

「向こうではこんなことはありません」

「どんなことだ？」マティアスは少年に対して行ったばかりの襲撃のことを言及しているのではないかと恐れて言った。

「向こうでは、人殺しは老人を殺しません。老人たちは独りで暮らしません。お年寄りは僕の国では大切にされます。家族ですから。でもここではそうではありません。あなたがたは何でも知っていると信じていますが、何も知らないのです」

リタはそのことを知っていた、とマティアスは思った。リタは知っていたが、向こうに行ってしまった。その時からこのカオスが、怒りが、永遠に続く夜が、翳りのもとに生きる悲しみだけが残ったのだ。

（注3）　フランスパンに肉や野菜などの具をはさんだサンドイッチ。

4

ダニエルは二週間、いまいましい井戸に電気のレンガを一個も積まずに過ごしたし、二週間一度もコンピューターゲームで遊ばずに過ごした。それはこれまで可能であるとは思わなかった節制の記録だった。たしかにその二週間、最も有名なインターネットのバーチャル世界である「セカンドライフ」を発見し、魅せられ、引き付けられて、今はその中で数時間を過ごしていた。つまるところ、実際に指向が変わったのだ。今や「セカンドライフ」は、魅力を発信し、ゲームではなかった。その名前が示すように「第二の人生」であった。様々な異なった領域からなる、パラレルな三次元の世界であり、購入可能で家具を備えることができる家々があり、商店や博物館や新聞があり、ビーチや山や城郭があり、売春宿や大学もあった。それは現実の生活に似ていたが、ずっと自由だった。なぜならセカンドライフには恐竜からケンタウロスまであり、それを一瞬のうちにある場所から別の場所へ飛ばしたり、移動させることができ、また、画面の中で人はいかなるものにも、男にも女にも、吸血コウモリにも牧羊犬にもなることができたからである。まださらにあった。好きな時に好きなだけアバターや外見を変えることができるのである。生活を変えたり、パーソナリティーを変えたり、自分自身に変わることもできた。彼のように長年、つらく苦しい生活を送ってきた者にとっては何と大きな自由なのだろう。

ダニエルはもう一つの現実のすっかりとりことなった。実のところ、最近はそのことだけにのめり込んでいた。そのことと病院の当直だけに。当直を多くこなしたが、それがわずかな給料を少しでも人並みにする唯一の方法であったからだ。しかしながら病院から外に出る間は、コンピューター画面にのめり込んでいた。夜はサン・フェリーペ病院に付属する施設である彼が働いている社会保健省の古くて手入れの悪い救急センターと、きわめて近代的で近未来的できらびやかなセカンドライフの間で過ごした。彼はひびの入った白いタイルの壁やねじが半ばはずれた不安定な椅子、医療センターのシミだらけのリノリウムの床から、近未来的な鋼鉄製の超高層ビルへ、バーチャル空間の夢物語のような空中庭園へ、するりと移った。彼の上司であるお人よしで太鼓腹の出たみじめなアントンは、セカンドライフの華やかなアバターに、銀色の髪をした妖艶な少女に、虎の皮をまとった動物の雌に、火を吐き火花を放つ竜にさえ変わった。それはアントンの下水くさい息よりずっと良かった。同じ世界にこんなに違った世界があるのはうそのようだった。

セカンドライフはもはやゲームではなかった。そのもう一つの現実世界に入ってまもなく、ダニエルは、その中では心のままに楽しむことが許されていることに気づいた。彼は感覚をもつことがどういうことなのかほとんど忘れていた。というのは、彼はあまりにも長く感覚がマヒした生活を送っていたからだ。ある日、彼は感情がないことに気づいた。気が付かないうちにそうした人生を送っていたが、それは髪がびくびくしているうちに後退して抜け落ちたのと同様だった。またその欠落はたまたま百貨店の試着コーナーの鏡で頭頂に円形の脱毛を見つけたときのおののきと同じだった。つまるところ、感情があってこそ同じことが起こるのである。ある日、全くの偶然から、彼はいつも使っている鏡の中にそれを見て、以前は活力や望みや希望があったのに、今はある種の眠気しかないことに気づいたのである。重苦しい精神的な禿頭である。

実のところ、彼は自分の身に起きたことがよく理解できなかった。人生はこれまで特に悪くも特につらくもなかったし、物事に対する落胆が募るのを正当化することができる何ものもなかったからだ。世界の喜びはどこに消えたのか？　おそらくダニエルはあまり戦闘的でも情熱的でもなかったが、誰しもがそうであるように夢想を抱えていた青年期を思い出した。彼は医療補助者であった親の夢をかなえて医学課程を終えたとき、感じた誇りを思い出した。誇りばかりでなく、ほっとしたことも感じた。というのは、医師の資格を得ることは、父親のようになることから解放されたと思ったからだ。同じようにディスコで初恋の人と踊った時、夢を見ている人がそうであるように、両手とお腹が震えたのをもやがかかったように思い出した。彼女を抱きしめているというエロチックな酔い、ロマンチックなテンポの遅い音楽、愛されているという酔い。しかしながらそうした光は、クリスマスツリーの飾りが一月にはゴミ箱に捨てられるようにすぐに消えた。すぐに仕事は感覚を鈍らせる日常に変わった。最初の頃こそ、患者の苦痛の前に感覚を鈍らせる必要があったが、それはまた当直がつらく、待遇は悪く、給料も非常に安いからであり、上司にへつらうことや手を抜くことが多いからでもあった。最初は、ダニエルは内科医だったが、その仕事が昇進する良い踏み台であると信じて救急センターに移った。そのころは公衆衛生を信頼しており、たとえ現在はそのことを想像するのが困難であっても、彼自身熱心に取り組んだ。しかしながらその後数年が過ぎ、若く未熟な医師が担当する領域は、彼がぐずぐずと救急センターという忌々しい半地下室に閉じ込められている間に多様化していった。何が足りなかったのだろうか？　ある時期、ほかの医師たちは哀れなボールで、キャリアをおべっかで作り上げねばならないと言われた。しかし彼が上司にゴマをすろうとしたとき、ことはうまくいかなかった。そうしてダニエルは、日ごとにやる気をなくし、サン・フェリーぺ病院の救急センターでの仕事がまる二十年になった。その間、水に浮いたコルクのように過ごし、仕事に最小限の努力すら費やさなかった。この十五年間は医学書を一度も開かなかったし、新しい治療法も学ばなかった。人が犯すことのできるあらゆる罪の中で、ダニエルが最もよくしたのは怠惰という罪だった。

いずれにしても彼は数年前に亡くなり、ダニエルが常に哀れなろくでなしとみなしていた父親に似てきた。彼がコンピューター画面を前に時間をつぶすとしたら、老父は取りつかれたようにクロスワードパズルに熱中した。父の不毛な受け身の人生は、思春期に、真に恐怖感を抱かせたが、今や彼自身がそのコピーになっているのに気づいた。いやそれよりさらに悪かった。まるで先祖があの世から戻ってきて彼に取り付いたかのようだった。というのはだしぬけに頭頂部がおどおどとはげ始めたからだ。老父が彼に受肉し、おそらく彼は父を生みつつあった。息子を持つことすらできなかったのに。

彼の生活はつまるところ、安いセーターのように縮みつつあった。子供時代の広い地平線は小さな鳥かごと化すまで縮小していった。悪い仕事、悪い人間関係、悪い生活である。それゆえ、彼は「セカンドライフ」が気に入った。それは窓のない独房の壁に窓を開くのに似ていた。セカンドライフでは彼は再び若返った。彼自身を表現するために、背が高く筋肉質で、ふさふさとした髪をしており、先のとがった赤いあごひげをもつアバターを作った。下手な英語を話し、スペインのディスコとか、アルゼンチンのサーファー向けのビーチとか、カリブ海沿岸のバールとか、スペイン語を話す地域をたびたび訪れた。たった二週間で友達になり、ルックスの良い少女たちとつきあった。実生活ではほとんど一握りの友人しかおらず、それでもまったく気にせずに長い間過ごしていたのに。今現在、彼はセカンドライフの公園のベンチにゆったりと座り、泉の水の戯れを見て、そよ風に揺れるポプラ並木のざわめきを聞き、ルップという名前の猫の頭をした隣に座ったばかりのアバターとおしゃべりしていた。そのアバターは立って歩き、背丈や動きは人間と同じだったが、体は毛におおわれており、手と足には鋭い爪が光っていた。セカンドライフではニーロと呼ばれるダニエルは、猫の姿をしたアバターを興味深く見たが、それは猫が実生活ではどちらの性を持つか見極めることができなかったからだ。そうした無防備な状態が彼を神経質にした。

「あなたは実生活では男か女か、質問していいですか?」ダニエルはキーボードをたたいた。

「ハハ、ニーロさん。それがセカンドライフですよ。実生活での秘密はそのままにしておきましょうよ」。アバターは答えた。

「私には秘密はありません、ルップさん」

「私もそうです。それを知ったらびっくりしますよ、へへ」

老練なアバターたちのへへという癖がダニエルをいらだたせた。いずれにせよ、彼は好奇心に刺激されるのを感じ、少し不安になった。しかしそれは関心をともなう不安だった。

「それでは何も言っていないのでは、ルップさん」

「わかりました、質問を変えましょう。別の質問をしたら、それにお答えしましょう」

ダニエルは少し考えた。しばらくしてキーボードをたたいた。

「実生活では何をしているのですか?」

「誕生日のお祝いを演出しています」と猫のアバターは答えた。

それは珍しい仕事だ、とダニエルは考えた。しかしすぐにばかげた考えが光線のように頭をよぎった。ルップは幸福の殺人者でないのか？　そしてもしそうであるならば、サイバネティックスの向こう側で、日当たりのいい公園で話しているこの毛深く人当たりの良い人物は、実は精神病患者ではないのか？　そのイメージは頭の中で映画の一コマのように火が付いた。コンピューター画面の光だけで照らされた薄暗い質素な部屋、画面を前にキーをたたく男の暗くぼうっとした姿、ちょっと先のテーブルの隅には風船の包みとメレンゲのケーキとインシュリンのアンプルと注射器が置かれている。ダニエルはコンピューターがへその緒のように彼と邪なものを結び付けていたかのようにだしぬけに危険を感じ、ルップにあいさつせずに大急ぎでセカンドライフを離れ、マウスを動かそうとあわてて吸っていたタバコの火で指先を焼いたほどだった。神よ、小さな部屋に隠れて画面を通してでも安全ではないのですか？　この世には神殿はありえないのですか？　ダニエルはうなじに冷や汗をかくのを感じ、胸がどきどきした。彼は自分自身を見た。彼もまたつつましい部屋で暗がりの中でキーをたたく浅黒いぼんやりした男だった。鏡に写した時、彼に欠けているのは犯罪の道具だけだった。実際に罪の意識を彼はすでに持っていた。しばしば誰かを殺したり、殺人を犯した夢を見た。たとえ犠牲者が誰であり、何のためにそれをしたのかわからないにせよ、目覚めたとき、罪の意識、取り返しがつかない過ちを犯したという意識があった。そうだ、過去のある時点で彼の人生を損なう何か悪いことをしたに違いない。誤って待避線に入り込んだ列車のように、彼を道から外させた何かあるものだ。

ダニエルは沈んでいた煙のまゆから立ち上がり、ウイスキーのロックを作るために台所へ行った。製氷機から氷を取り出すのはうんざりだった。というのは冷蔵庫は古く、フリーザーはでたらめで、製氷皿には常に小さく扱いにくい氷山ができていたからだ。彼は頻繁な飲酒のために製氷機の型から氷を取り出すことを嫌っていた。人生は小さな望まない出来事で満ちている。人生は退屈で不快な瞬間の単なる蓄積である。例えば毎日、ひげを剃らねばならないし、病院の入口であるブエノスアイレス通りまで決まった時間に車を走らせねばならない。三つの信号に区切られた一キロの通りにすぎないが、しばしば通過するのに三十分もかかる。ほかにもうんざりすることが山ほどある。二日酔いがひどいのにアスピリンが切れている。急ぎのデータを書き留めねばならないのにボールペンのインクが出ないことがある。さらに悪いことがある。手をポケットに突っ込んでいるのに、フェルトペンのインクが漏れて汚した手を出さねばならないことがある。だめになったシャツのことを話題にしているというのに、お手伝いさんがお気に入りのセーターを洗濯機に入れてチワワのためのオーバーにしてしまう。朝食を作ろうとしたのに絞り出す一滴のミルクも紙パックにないときがある。映画を見るために列を作っていたら誰かが横入りする。M30から出ようと車で列を作っていたら、恥知らずの連中が割り込む。病院の駐車場に着いたら、もう車でいっぱいである。不眠症のときに眠ったと思ったらごみ収集車がごみ箱をひっくり返し、窓の下でげっぷのような音を立てる。あるいは最後に残ったタバコの反対側に火をつける。こうしたことは連続して、ほとんど毎

時間、毎日起こる。その時々に何か不快なこと、嫌悪すべきこと、汚らわしいことが起こる。おそらくささいなことでも人生を苦くするのに十分なものがある。氷を取り出すために、両手をかじかませて指を切る危険を冒してナイフで忌々しい氷山を崩さなければならないときのようにだ。物事が破綻するという悪い傾向、南極を思わせる冷蔵庫、三個に二個は切れる電球、ガタガタ揺れて台所の半分まで水浸しにする洗濯機、何もしないのに切れる携帯電話、しょっちゅうつながらなくなるADSL、しじゅう壊れて開けるために玄関まで降りなければならないインターホンと接続したドアの開閉装置のことだけを言っているのではない。全体として見れば、人生には非常に悪い意図があることを認めざるを得ない。

ウイスキーを二口飲むと、ほとぼりが冷めるのを認めた。アルコールは良い抗不安薬だとよく言われてきた。台所の窓の向こうに狭い通りが見えた。明け方のこの時間、人通りはなく、向かい側の建物もすべて明かりが消えていた。ほかの多くの夜と同じく、ダニエルは、当直の順番がほとんど回ってこない彼以外の医療従事者と違って、ねじ曲げられた勤務時間がもたらす長時間の不眠症から、自分が吸血コウモリであるのを、人間のリズムに反する存在であるのを感じた。ウイスキーをもう一杯飲み、たばこに火をつけて、彼は下の通りを見た。明かりが届く唯一の街灯がリサイクル別に色分けされたゴミ容器の列を照らしており、完璧なレビューを作っていた。それは大きな子供のための建築ゲームの牌のように見えた。今やアルコールが彼の血管にしみとおり、セカンドライフで経験した突然の恐怖がばかげたことであるように思われた。ルップが精神異常の殺人者の可能性があるなど、ひと時であれどのようにして思いついたのだろうか？　つまるところ、セカンドライフが人を引き付ける理由のひとつは曖昧性であり、話している相手が実際は誰かわからないことだ。あくまで仮定の話だが、媚びを送っている魅力的でエキゾチックな女性の誰かが彼の妻のマリーナだったことだってありうる。彼はこのばかげた考えを嘲笑したが、すぐにそんなに常軌を逸したことではないと考えこんだ。つまるところ、彼はマリーナについて何を知っているのか？　長い間意思疎通していないし、誕生日以来、台所や浴室ですれ違ってもほとんど言葉を交わしていない。ダニエルはマリーナにセカンドライフを見つけたことを語ったことはないし、マリーナも彼に何も語らない。もっとも店をすっかり立て直し、仕入れ先を変えて、クリスマスセールの準備をしており、そのためにあちこち旅行してその夜はまだ眠れないと言ったことはある。いやむしろ、その日と言った方がいいかもしれない。もうすぐ夜が明けてしまうから。ダニエルはある種の気づまりを、息苦しさを感じたが、ウイスキーのせいかもしれないし、あるいはむしろやけに温かい冬のせいかもしれない。彼は窓を開けて、朝のそよ風を吸った。奥には表通りから車の音や耳をつんざく金属的な水の音が聞こえた。いや違う、ダニエルはウイスキーを注ぎながら言った。マリーナがセカンドライフにいるはずはない。彼女はコンピューターゲームのたぐいを嫌っており、それを子供や欠陥のある人の遊びと見なしていた。そのうえ何のために彼女にそうしたバーチャルな世界が必要なのか？　彼女はすでにすべてを現実世界に持っていた。きっと愛人さえも。それこそ「第二《セカンド》の人生《ライフ》」でないか、畜生め。

5

タクシードライバーのマティアスには心配性の同僚たちがいた。ある者たちは、夜は怖かったので働かなかった。多くの運転手は乗客が不吉な予感を抱かせるので一経路以上の乗車を拒否した。一部の運転手は車に不快な防護用のスクリーンを付けたが、それでも神経をピリピリさせていた。また、ある者たちは決して近づいてはならない危険ゾーンでいっぱいの市街地図を心の中に持っていた。こうした憶病なやからは、それを正当化する理由がしばしばあった。そこでは襲われたり、奪われたり、傷つけられることさえあった。セキュリティはタクシードライバーにとって、差し迫ったテーマであり、遭遇するたびに終わることがない目録だった。昨晩、ねじ回しを首に押し付けられた、ベンタスで無線タクシーの運転手が殴られた、モラタラスで同僚が頭を切られた。売春婦のようだ、とマティアスは考えた。売春婦とまったく同じだ。そうした話を、売春婦たちを「オアシス」のようなたまり場へ運ぶ間、彼女たちから聞いた。そこではコーヒーを飲んだり、休憩時間に軽い食事をとる間、彼女たちとよく同席した。彼女たちもまた第一に出来事のあった場所や最近あった不幸な事件や警戒情報を交換していた。こうした一連の小さなうわさは、敵のひそかな来襲を警戒して野営地のまわりにあらかじめ張られた鈴をつけた紐のように、暗い夜をまたたくまに伝わった。つまるところ、夜の町は昼とは異なった世界であり、潜在的な戦場であり、包囲された広場だった。野蛮な地域の脆弱な野営地だった。

しかしながらマティアスはこれまで一度も暴力に巻き込まれたことがなかった。おそらくそれは彼の体格ゆえであり、がっしりした背中のゆえであり、ハンドルを握るゴリラのような手のためだった。あるいはタクシーにまだそんなに長く乗っていないためであったかもしれない。ある夜、彼は若くひどく疲弊した青年をフエンカラルの墓地の近くまで乗せた。その地区はまだ建設中で、建築途中のマンションが街区を作っていた。青年はうつぶせのまま、それ以上進めない柵と掘削中の穴のある場所まで彼に向かわせた。マティアスはバックするために車を止めて、振り向くと客が何かつぶやいているのを聞いた。「どうしましたか？」彼は尋ねた。つぶやきは聞き取れなかった。それで今度は腕を助手席の背に置いて、振り向いて見た。「何を言ってるんだ？」すると、彼が驚いたことに若者はドアを開け、車から飛び降りた。夜の十二時で何も見えず、地面は残骸や穴だらけで、少年は何かにつまづいて石に頭をぶつけ、足が地についているとは思えなかった。マティアスは少年を助けようと車から降りたが、再び車に戻すために持てる力のすべてを使わなければならなかった。というのは、少年は呆然として顔から血を流していたものの、怒った猫のようにドライバーが取り押さえるのに抵抗したからだ。そのあとすぐ少年を病院へ運んだが、マティアスが起きたことを理解し始めたのはずっとあとだった。床に小さなナイフが落ちていたのに気がついたのは、タクシーから血を洗い流していた時だった。その時、客がつぶやくように「強盗だ。あり金を全部出せ」と言おうとしていたのを思い出した。マティアスの冷静さと無頓着に振り向いて「何を言ってるんだ」とたずねたことが、挑戦の態度と受け取られたに違いない。その圧倒的な冷静さが忌々しいナイフを捨てさせたのだ。そこから逃走、怯え、小競り合いである。彼は少年を告発しなかったし、ほかのタクシードライバーにも事件の話をしなかった。人が犯しかねない暴力行為について、マティアスがもっともよく取った態度は沈黙だった。

おそらく心理的外傷を負った経験がなかったことが、これまでその目的地と暗闇、客の暗い容貌が彼を怖がらせなかったのだ。たとえば、今まさに彼は背後に不吉な容貌の客を乗せてM40の北西の人気のない開発地を走行している。明け方の四時で、周回道路にはほとんど車はない。時おり一台の高速の車がうなり音を立てて昆虫のように通り過ぎる。実際のところ、マティアスは正確にはどこへ向かっているかさえ知らない。男はブルゴス街道方面に行ってくれと言っただけだ。彼はバックミラーを見た。横顔は斧のようにほっそりして、あごは小さく、あごひげはまばらで汚なく、目は赤く弱かった。それは野獣のような不快な顔だった。マティアスは再び前を見た。奥の方には都市のラインが見え、明かりのついた最新の超高層ビルがきらきらと輝き、町をオレンジ色の光で染めていた。その姿は地平線にくっついて、建物が息をしているように見えた。しかし鋼と光源を誇示する権力と富の王国に達する前に、今通り過ぎたばかりの郊外の開発地があり、何世紀も耕され続けたにちがいない不毛の野原があったが、今は麻薬中毒者たちや貧民に侵入された汚れた荒れ地に過ぎなかった。年ごとにごみや犯罪や痛みが蓄積された屈辱的な土地だった。

「ここ、ここだ。ここで止めてくれ」

男は神経質に手でマティアスの肩をたたいたので、彼はため息をついて、緊急灯をつけ、車を道路のへりに止めて、振り返って客を見た。しかし乗客は払う金を数え、タクシードライバーの怒りに気が付かなかった。彼らは無人の場所におり、高速道路の一角におり、夜のとばりに包まれていた。男は車から降り、ガードレールを飛び越え、野原を先へ歩き出した。頭を肩の間にすくめて急ぎ足で地面を見ながら歩いていた。動物のドキュメンタリー番組のハイエナのようだ、とマティアスは思った。略奪者は常に辺りを警戒している。奥の方には荒れ地を下った先に波打つバラックの海がかすかに見えた。あそこに行くのだ、とタクシードライバーは思った。その通りだった。くだんの人物はブリキの小屋に向かった。そしてそこで八か月後、焼けつくような夏の夜に麻薬と気が狂ったようなセミの鳴き声に頭がおかしくなって妻を殴り殺すことになるだろう。しかしそれはまだ起こっておらず、マティアスは男をかわいそうだと思わなかったし、野獣のような男の極端な孤独にもほとんど共感しなかった。

タクシードライバーは男の姿が闇に消えるまで視線で追い、そのあと不安で眉をひそめた。バラック群から遠くないところにもっと恐ろしい場所があった。それはポブラードであり、マドリードでもっとも危険なスラム街だった。点在するたき火と黒焦げになった車の残骸に取り巻かれ、立ち入りを許さないある種の帯、何人もあえて横切ろうとしない防御壁を作っていた。つまり地獄にも場末はあり、常により悪い場所を見つけることができる。常により大きい痛みを感じることができるのと同様に。ここはさらに悪かった。今のところは、とマティアスは震えながら思った。彼は痛みの核心、悲痛の極みを経験したことがあった。もう二度とそれを味わうことはできないだろう。それゆえ世界は感覚がなく、暗い湖に置かれた氷のかけらのように粉々になる一歩手前のように思われた。マティアスは黒い水の深淵に落ちないようにハンドルをつかんだ。説明できないものに説明を見つける必要があり、リタの死を正当化するものが必要だった。メッセージか罰が必要だった。物事をふさわしい場所に置く何かだ。

彼は震えていたが、明け方のその時間、交通がほとんどないとはいえ、高速道路のへりに長時間車を止めておくことはできなかった。彼はゆっくりとエンジンをかけ、どこへ行くのかはっきりした考えがないまま、努力してハンドルを握った。どこへ行くかを考えるのをやめずに気分転換のためUターンし、乾燥した野原を蛇行する狭い道に入ってM40を後にした。続いてポプラードに近いことを示すたき火が見え始め、炎の上に切り取られた妖怪めいた黒い影が見え始めた。彼は手を伸ばしてドアをロックしようとしたが、最後の瞬間にそうしないことを決めた。もし起こるべきことが起きたとしても、それは彼の運命であり、返答だ。彼はゆっくりと野蛮な地区の前線である縁を回り、鉄道線路の下の地下道、薄汚れた狭いトンネルの入り口に着いた。そこには潰された缶のくずやネズミの死骸、ぼろ布の中に、無数の私文書や市営プールやビデオショップの登録カード、口の開いた財布や切り裂かれた婦人用のバッグ、こそ泥たちに捨てられた廃物の山を見ることができた。そして、そこはまさにトンネルの出口であり、「復讐が君を救う」とペンキで書かれた文字を読むことができた。奥にはきらきらと輝く都市のラインが見えたが、それはデラックスな超高層ビルの夢と、垢と貧困が迫りつつあるという悪夢を写していた。

6

オアシスにはL字型の長いカウンターと青りんご色のプラスチック製の椅子のある六対のテーブルがあった。二十四時間開いていたが、実際ににぎわうのは夜だった。コルーニャ街道の近くにあり、大型のガソリンスタンドがすぐ近くにあったが、とりわけマドリードの郊外でもっとも知られた売春クラブの一つであるカチートがそばにあった。それは三階建ての大きな建物で、巨大なバラ色のネオンのどぎつい光を浴びていた。カチートは、無人の荒野に銀河のように輝いていたが、その評判はかなり漠然としていた。実際にオアシスの常連客は、それを婉曲にカチェーテ(平手打ち)と呼んだが、それは少女たちが経営者であるドラコの矯正の結果として(商品をだいなしにしないため、顔を殴ることはしなかった)、腰を痛めた痛々しい姿で現れるためだった。それはまたいやいやながら受け入れるセクシープレーの結果だとうわさされていた。というのは売春宿のビジネスの一定部分はサディズムやマゾヒズム的な行為が伴っていたからだ。

ある種の特権を誇示する特別な売春婦たちを除いて、売春婦たちの大部分は売春クラブに住んでいた。規則では、ドラコは事前に予約が入ったサービスをする場合を除いて、少女たちが建物から出ることを禁じていた。しかし実際は毎晩、数回休息を取り、オアシスに立ち寄ることを許してい十四歳の時以来、犯罪者グループのリーダーであり、発育不全で残酷な三十三歳になるドラコは、彼自身のノルマの小さな違反を許すことは被害者に都合の良いストックホルム症候群を醸成することを学んでいたし、気が向いた時に少女たちを罰するために違反を利用することを学んでいた。ドラコは凶悪なインテリだった。そうしなければ、彼の年齢に生きて達することはなかっただろう。彼は野望を持った悪人だった。カチートをヨーロッパでもっとも近代的な売春クラブにし、さまざまな要望に応じる性の真正な中心地になることを望んでいた。最も低い場所から出発したにもかかわらず、これまですでに到達したことすべてを考えて、ドラコは時おり彼のプロジェクトの大きさとその経営の大胆さに身震いした。

オアシスの夜の常連客の主体は、売春婦とタクシードライバーだった。後者はたっぷりある時間と火を消すことがない厨房の鉄板を呼び声に止まり木にもたれかかり、その場所がもつ心地よい雰囲気を楽しんだ。なぜならそこは静かな場所であり、売春婦たちが休憩を取り、世間や通りから保護される控えめな場所の一つであったからだ。そこは誰も彼女たちにちょっかいを出さない真のオアシスであり、そこでタクシードライバーたちは同僚とコーヒーを飲み、夜の恐怖をひと時の間忘れることができた。そこは家庭的な雰囲気のバールであった。家族と言っても悲しげな根無し草の夜の徘徊者ばかりだったが。しかしどんな家族も近くで見たとき、悲しみのしずくをしみ出さないことがあろうか。

リタが亡くなって以来、マティアスは営業で近くに来たついでにオアシスで夜を過ごすのが習慣になっていた。バールではその日唯一の温かい食事を取り、食べ残しをペッラとチュチョに与えた。今日は早くに着いた。起きてまだ二、三時間しかたっておらず、空腹ではなかったが、コロンビア人のウェイトレスであるルスベッリャが出したガルバンソ豆入りの煮込みを無理して食べた。というのはまた戻って来られるかわからなかったからだ。彼はいつもの場所のスツールに、壁の近くのカウンターの短い方に座っていた。カウンターの長い方には同僚の四人のタクシードライバーが立ち、にぎやかにおしゃべりしていた。マティアスは彼らを表面的には知っており、彼らも彼をそのように知っていた。それで、彼らは彼の控えめな性格を知っており、頭で軽くあいさつしただけだった。カウンターの短い部分は独り者や物思いにふけっている人の区域のように見えた。というのはそこには周りに迷惑をかけたくない客が腰を据えたためだ。マティアスの左には若い黒人の娼婦が座っていたが、彼女に見覚えがあった。というのはその美貌は忘れ難かったからだ。マティアスは女として彼女を望んだのでは決してない。なぜならリタの死後、彼にとって恋愛ごとは終わっていたからだ。しかし少女は中に光を持っているように見え、まばゆいばかりの女性であり、人がただちに守ってあげたい気持ちを抱くかわいくもろい存在だった。いまいましいことに、リタと彼が娘を持つことができたとしたら、その娘の年だった。彼はこの柔和で洗練された少女がカチートで働いていることを思い出し、痛々しい思いを感じ、顔を戻して反対側を見なければならなかった。

反対側には、壁にもたれてオアシスの常連の女性客であるセレブロ（頭脳、才人）がいた。いつも同じベンチに座り、ニッケルメッキされたビールの蛇口のようにその場所と一体化していた。セレブロは夜のとばりが降りるとやってきて、明け方に出て行き、その間ちびちびと赤ワインを飲んだ。いつも同じグラスを使っていたように見えたが、実際はルスベッリャが控えめに時おりそのグラスを満たした。そうしてゆっくりとグラスを開け、女は胸と背中の間にかなりの量のアルコールをため込んだに違いなかったが、一度もスキャンダルを起こしたことはなかったし、酔ったしるしも見せなかった。ただ夜が過ぎるにつれて少しぎこちなくなったが、明け方店を出る時は軽騎兵のように胸をはり、ゆっくりと歩いた。まるで酔っ払っていることを気づかれないために超人的な努力をしているかのようだった。そしてそうしたが、酔いは気づかれなかった。しかしいずれにせよ、マティアスは彼女に不信感を抱いていた。タクシードライバーは酒飲みを嫌っている。たとえ酔ってないふりをしても、実のところ、よこしまな酔っ払いに違いない。セレブロは外見は七十歳代で、肌は灰色の極端に痩せてやつれた女で、目はいつも赤くしていた。しかし身だしなみには注意していた。着古してはいたがいつも上品なものを身に着け、洗濯をしてアイロンをかけていた。爪は短く切り、髪の毛は背中に一つにまとめ、耳には安いガラスのイヤリングを付けていた。洗練されたこざっぱりした婦人であり、そのしぐさはいくぶんぎこちなく、尊大だったが、自然な優雅さを持っていた。誰もあえて彼女に話しかけなかったし、彼女もだれにも関心を見せなかった。そのためにマティアスはセレブロの隣に座ることにした。誰にもかまってほしくなかったのだ。もしやもめ男がオアシスに来るのを好んだとしたら、それはただ静かに一人でいることができるからだ。マティアスはもっとも口数の少ないタクシードライバーであり、妻の死以来、崇高な孤独という仮面を鎧としてかぶっていた。建築途中のがらんとした別荘、過去の思い出にひたること、タクシーという走る箱の中に彼は閉じこもっていた。とりわけリタが苦悶していた最後の日々以来、無線タクシーのセンターと結ぶ発信機は根こそぎ引き抜いていた。世界に無関心な証であるオペレーターの単調でしつこい声が我慢できなかったのだ。こうして交信を断ち、押し黙って、彼の車は死者たちのいやしがたい孤独を共有することができる一種の金属製の棺と化していた。

いずれにせよ、その夜、マティアスは食事を終える間、隣の客を見ることから解放されて、バールのテレビでニュースを見はじめた。テレビは人間嫌いの共犯者のようだった。しかし報道番組は世界への窓であり、しばしば人に有害あるいは危険な画像を投げかける。それがその時、起こったことだった。マティアスが小さな画面に見たのは、人生をだいなしにすることになる激しい事件の引き金を引くことになった。彼が見たのは老人のしわの寄った弱弱しい顔だった。

「くそったれ！」タクシードライバーはスツールの上で飛び跳ねて叫んだ。

たしかに、彼はその年老いたネズミのような、歯が抜けたウサギのような男の顔を知っていた。

「くそったれ、あいつはアルマンサ通りの老人だ」。彼は大声で興奮しながら言った。

ルスベッリャは止まり木の反対側から驚いて彼を見た。そして彼の関心を見て、テレビの音量をリモコンで上げた。

フェリーペ・バレーラという名前だった。それはアナウンサーが言っていた。彼はその名前を知らなかったが、以前アルマンサ通りでタクシーに乗せたことがあったのは確かだった。老人は頬にある半月型の紫色のあざのおかげで見間違えることのできない顔だった。たしかにわずか二十四時間前にサン・フェリーペ病院の救急センターへ運んだのだった。もしあのとき、彼と少しでも話していたら。というのは老人は気分が悪く、怯えていたからだ。悪寒がしており、タクシードライバーは病院の玄関まで付き添ったのだ。彼は信じることができなかった。

「ありえない。昨晩救急センターへ連れて行ったときは大丈夫だったのに。言い換えれば、生きていたのに」

彼は怯えから口ごもって言った。

そして今、老人は死んでいる。殺されたのだ。今や解説者は、老人は居室で口元に微笑みをたたえて遺体として発見されたと説明している。哀れな祖父は幸福の殺人者の一番新しい犠牲者となった。マティアスは説明を信じることができなかった。そして老人をサン・フェリーペ病院に運んだことを考えた。まちがいない。マドリードにあるすべての病院の中でもっとも不吉な場所だ。リタが苦しんだ様子を思い出した。何て恐ろしい偶然の一致の連続だ。彼は冷たい手が背中を撫でるのを感じ震えた。

「きのうは元気だったのに。昨日は元気だったのに」

彼はそのことが信じられず繰り返し言った。

「すべては傷つきやすく、最後は殺す」(注4)。彼のそばで低くざらざらした声がつぶやいた。「すべては傷つき、最後は殺す」

彼はびっくりしたので、スツールからもう少しで落ちるところだった。セレブロの方を振り向くと、しゃべっていたのは彼女だったので、二度びっくりした。彼女はグラスに視線を落としていた。

「時間だ」。マティアスは恐れからつぶやいた。「答えは時間だ」

セレブロは彼を横目で見た。そのやつれた口元にはわずかな微笑みをたたえていた。

「あらまあ、あんたは古い謎々を知ってるね。その通り時間だ。それしか答えはない。老人の死にまつわるスキャンダルに何があろう。人生とはそういうものだ」

タクシードライバーは目を閉じて、カウンターの縁をつかんだ。というのはオアシスは彼をめぐって回り始めていたからだ。『すべては傷つきやすく、最後は殺す』。それはリタが言っていたことだった。彼女のお気に入りの文句だった。とりわけ、彼女に腫瘍が診断されてからは。

「偶然の一致にしてはできすぎだ」。彼は気分がすぐれず吐きたくなりながらつぶやいた。「昨日あの男を運んで行ったのに、今日は死んでいるのを見た。我々はサン・フェリーペ病院に行った。あそこで妻は死んだ。今あなたはリタが病気の時、言っていたことと同じことをたったいま言った」。

セレブロはワインを一口飲むと、眉をしかめた。

「奥さんはいつ亡くなった？」

「一か月……一か月半前だ」。マティアスは言葉がのどにひっかかっていたので、声を絞り出すようにつぶやいた。

「そうなのかい。それは残念だったね」。セレブロは意見した。

そして彼女は芝居がかった身振りや悲劇性を見せずにそれを言ったが、心から言った。それをあたかも彼女が本当に残念に思っているかのように言った。それはそういった場合の決まり文句でなく、「お聞き、あたしはあなたのつらさを知っているし、この件でしばらくの間相手をしてあげることができるよ」と連帯を示す申し出であるかのように言った。マティアスは、彼自身の弱みと、セレブロについて感じ取ったばかりのよからぬ噂に怯えて、唸り声をあげ、防御態勢を取った。彼女が飲んだくれだという話を思い出した。酔っ払いと一時的な感情を信頼することはできないことを思い出した。安いジンの臭いを漂わせて、子どもを抱きしめ、目元にキスをした彼の母親のように。涙までアルコールの臭いがした。彼はだしぬけにカウンターの同伴客に苛立ちを覚えた。忌々しい酔っ払い女め。つまるところはみんな同じだ。セレブロのように酔いの兆候をうまく隠していても。しかし、女が再び話し始めたとき、タクシードライバーは彼女を中立的に見ることができていた。

「あんたが偶然の一致と言ったことについては、よくあることだと認めなければならない。あまりによく起こるので、それを研究した科学者たちさえいる」

マティアスは、彼女の悼む心に引き付けられて眉を上げた。

「たとえば、カンメラーの法則がある。その法則は偶然の一致があればあるほど、頻繁に起こるという公式がある。わかりやすく言えば、偶然の一致とは同時に起こるということだ。しかしあんたはカンメラーが誰か知らないだろう」。セレブロは言い足した。

「知らないね」

「もちろん、それが普通だ」

偶然の一致は同時に起こるという考え方に幻惑されて、マティアスは女を信頼してはならないという決心を忘れていた。彼は話の続きを待って黙っていた。しかしセレブロはワイングラスを指で回すと考えにふけっているように見えた。

「それは誰なんだ?」とうとうタクシードライバーは尋ねた。

セレブロは眉をしかめて、氷のような視線を送った。

「誰って、誰のことだ?」

「その法則の男だ。あんたが今言っている科学者だ」

「カンメラーか。長ったらしい話になるし、あんたが関心を持つことじゃないよ」

「間違いでなければ、関心がある」

「そうかもしれないが、あたしは語りたくないね」。女はそっけない口ぶりで拒否した。「見ず知らずの人とおしゃべりはしたくない」

マティアスはいらだった。

「俺は見ず知らずだとは思ってない。われわれは夜ここで何度も会ってるじゃないか」

「それならなおさらよくない。あたしは誰とも親しくしたくないからだ。人付き合いには飽き飽きする」。セレブロはきっぱりと言った。

彼女には少し前「それは残念だね」といった共感の痕すら残っていなかった。混乱して卑屈になり、マティアスはルスベッリャを呼んで、会計を済ませ、さよならも言わずにオアシスを出た。彼は不安になって玄関で立ち止まった。彼の前には、カチートが、バラ色の巨大な立方体の建物が闇の中に浮かんで見えた。彼は足がすくみ、倒れそうになった。彼は恐怖心を抱いたがそれが何かについてはわからなかった。哀れな老人の死とサン・フェリーペ病院到着か、リタが言った言葉をセレブロがくりかえしたことか。彼は恐怖と痛みと気が狂いそうになるのを感じた。世界を秩序立ててくれる誰かが必要だ。彼は深呼吸すると、再びオアシスに入った。口ごもりながらセレブロに近づいた。

「見てくれ、すっきりしないんだ」。彼は自尊心を抑えながらつぶやいた。「お願いだが、偶然の一致の話について教えてもらえないか。何もしない方がいいか、助けてくれるほうがいいか。理解できるのが必要だ。頭がこんがらがっている」

老女はびっくりして彼を見た。彼女の厳しい目は少し和らいだように見えた。

「本当に理解したいのかい？　本当に学びたいのかい？　よろしい。つまるところ、あんたは謎々の解決法を言ってくれた。それはあまりよくあることではない。あたしが神託者で、あんたがあたしの答えを得ることができるとしよう」

そして彼女はおかれた状況と彼女自身をからかうように少し苦笑いして言った。笑う際にちらっとだめになった歯と失われた臼歯と犬歯の黒いくぼみを見せた。恥じらいからとっさに手で口元を隠したが、続いて腕を下ろし、唇をかみしめて誇らしげで尊大な態度を取り戻した。

「だが中断は一度も許さない。黙ってよく聞きなさい。あんたが授業を受けているように」と命令した。

彼女はゆったりと腰かけると、グラスを一飲みした。

「パウル・カンメラー(注5)はオーストリアの生物学者で、一九二〇年当時は世界で最も有名な科学者の一人だった。今日、その名を知っている人はいるだろうか？　誰一人も知らない。この世の栄光はどのように消えたのだろうか。カンメラーは進化論者でラマルク(注6)の理論の信奉者だった。その結果、生物はその生存中に環境に適応するために肉体的特徴を獲得でき、その変化を子孫に伝えることができると主張していた。一方、ダーウィンは進化とは長期間にわたる自然の選択行為の結果であり、個々の生物がその生存中に獲得したものは種として伝えることができないと言っていた。数年をへて、ダーウィンは信奉者を獲得したが、その当時、論争は激化していた。カンメラーはカエルを使った実験を行い、以前はなかった吸盤ができて、それを子孫に伝えることができることを証明した。それはラマルクの理論が決定的に正しいことを証明するように思えた。それゆえカンメラーは非常に有名になった。悪かったのはその後まもなく吸盤が墨で偽造され、実験結果が歪曲されていたことが発覚したことだ。カンメラーは一九二六年に自分は無実だという遺書を残して拳銃自殺した。あわれな人物はスキャンダルの苦しみに耐えることができなかったのだ。社会全体が彼に敵対した時、彼を知っているすべての人が彼の死刑執行人に変じた時、彼は耐える強さに欠けていた」

　彼女はグラスを一飲みで空けると押し黙り物思いにふけった。マティアスはセレブロについてバールで言われていることを思い出した。彼女は高名な女性科学者であり、難解な講座の主任教授だった。そこからそのあだ名が付けられた。セレブロの脳《セレブロ》が長年アルコール漬けになっているに違いないにせよ。何が起きて人生が変わったのか。もちろんマティアスは世界が突然、容易に崩壊することを知っている。そのことを考えて、タクシードライバーはばくぜんとした同情心を持ってやつれた女を見た。しかし、老女は物思いにふけり続けた。

「それで、偶然の一致ですが」。マティアスはきっかけを作るために口ごもって言った。

　セレブロは我にかえって言った。

「もちろんこれからそれを説明しよう。カエルの実験を続ける間に、カンメラーは『類似の法則』という題のきわめて興味深い本を出版し、その中で偶然の一致についての彼の理論を説明した。カンメラーは偶然の一致を集めており、二十年かけて細かくそれを記録した。本が出た時には二十年以上たっていたが、その中には百件のケースが集められていた。その大部分はくだらないものだった。たとえば、彼の妻がエキスという名前の男が主人公の本を読んでいて、電車に乗っていると、エキスという名前の友人に似た乗客の姿が目に入り、その同じ日の午後、その友人が突然、カンメラーの家に現われるとか。ばかばかしいほど退屈でまったく無意味な出来事ばかりだった。しかしその例証で科学者は偶然の一致が続いて起こることを示そうとした。それはバラバラな出来事ではなく、こうした知覚がその時代の初めから大衆知の一部となっていることを示そうとした。あらゆるゲーム参加者は幸運、不運は連続して起こることを知っている。あらゆる言語に「泣きっ面に蜂」とか「悪いことは重なる」といったフレーズがある。

続いて起こる必要がないほどの不幸もある、とマティアスは思った。不幸が大きすぎるとすべてを占めてほかのことが入る余地がない。たとえば、昨晩あの老人をタクシーに乗せたことは不幸でなかったか？　いやそれより悪い。その偶然の一致は続く不幸を予期していなかったか？　サン・フェリーペ病院に行ったことはどんな意味があったのか？　そうした偶然のすべてはある意味を隠し持っているに違いない。彼は一言ごとに魅了されながら、かたずをのんでセレブロを見た。

「カンメラーは宇宙が統一に向かう傾向があるという一般的な物理的法則が存在することを主張していた。彼によれば、重力に匹敵する引き付ける力が存在するが、その力は総体を引き付ける代わりに物事や物体や類似した形のものを引き付ける。別の言い方をすれば、宇宙は熱力学の第二の法則が定めるように、エントロピー、すなわち無秩序に向かう。しかしカンメラーは、一方で宇宙は秩序と調和に、塩の結晶や雪片の構造に見られる優雅な左右対称形に向かうと確信していた。偶然の一致はそうした法則の結果であり、時と空間に物事や似通ったものをグループ化しようとする力の結果であるはずだ。つまるところ、本が出版されたとき、大いに受け入れられた。アインシュタイン自身も彼の理論は独創的であり、ばかげたところは全くないと言った。しかし六、七年後、カエルのスキャンダルとカンメラーの死があり、すべては忘却に葬られた」

「しかしそれは残念ですね、世間の人はそうした法則があると信じているに違いないのに」。マティアスは思わず言った。というのはカンメラーの説明には十分な説得力があるからだ。

「あんたは彼のことをわかっていないね。それは科学的に賛同できないばかげた理論だよ」。セレブロはうなった。「どんな研究者もまじめに受け取らなかったし、実際のところ、科学でなく、ポエジーだ。素晴らしい考え方ではあるけどね。宇宙に秩序と調和に向かう力があると考えることは感動的で共感できる考え方だ。結局のところ、それがあんたに言いたかったことだ。何かの役に立ったかい」

ああ、セレブロは何かの主任教授であったに違いない。なぜなら、最初のためらいにかかわらず、彼女の中に教え、説明する喜びが認められたからだ。マティアスには偶然の一致が科学で認められないにしても同じだった。一体何回、有名な科学者が歴史の中で間違ったことか。マティアスは独学の人だったが、比較的教養があった。彼は本を読み、新しいことを学ぶのが好きだった。実際のところ、読書への愛好は、サッカー嫌いとともに、タクシードライバーたちの間で孤立するのに役立った。マティアスは科学的知識の相対性について歴史の中で知っていたし、先駆者たちがどのように無視されたかも知っていた。

「知っているかい?」セレブロはまるで彼の考えていることを読み取ったかのように付け加えた。「もっと恐ろしいのは、カンメラーの実験を研究した高名なスチーブン・ジェイ・グールド(注7)のような生物学者たちが、水かきが分かれたカエルが吸盤のあるカエルから発展した可能性があるという結論に到達したことだ。物事を語るには長すぎるダーウィン流の説明はあるが、そうした可能性があることは示しておく。そのあとすぐ戦争が起こり、カエルたちは死んで、カンメラーも実験を再現するのが難しくなった。そのとき彼自身かほかの誰かが墨を使った不正行為を犯した可能性があるが、直ちに不正であるとは言えない。しかし問題は哀れな人物に何か理由があったに違いないことだ」

マティアスが聞きたいことが一つ残っていた。最終的にカンメラーがカエルたちを探し当てたことが示されたとしたら、どうして類似の法則がいつか起こらないことがあろうか？　そこに大いなる真実が隠されていることは確実だ。きっとそうに違いない。偶然の一致は理由を持っているはずだ。昨日、老人が殺されたことと、まさしく彼をサン・フェリーペ病院に運んだことは、何かの強い意味が隠されているに違いない。それは運命が彼に発したメッセージである。さらにまだ偶然の一致に付け加えることがある。ふだんより前にオアシスにやってきて、その結果テレビニュースで殺人のニュースを知ったことだ。セレブロは時間の格言を述べ、そのあとカンメラーの物語を語った！　考えろ、マティアスよ、彼は不安から独り言を言った。もう少し考えろ。こうしたすべては何かに役立つはずだ。お前はこのことで何かをしなければならない。メッセージが何か理解しなければならない。リタが亡くなった後、混乱と呆然の数週間を過ごした後で、失われた多くの時間のあとで、おそらく世界は何らかの意味を取り戻すことができるだろう。

（注４）ラテン語の格言。
（注５）オーストリアの生物学者。1880-1926。
（注６）フランスの生物学者。1744-1829。獲得形質の遺伝を主張した。
（注７）アメリカの生物学者。1941-2002。

7

タクシードライバーになる前、マティアスは大手の引っ越し会社の一つのために働いていた。そしてその前は大工手伝いだった。さらにその前は車の無線機を奪ったために少年院にいた。そのころ彼は十五歳で、マリファナを吸い、がけっぷちに止まって風のひと吹きで深淵に向かって転落することがありうる羽のようなものだった。しかし少年院から出てきたとき、リタが自分で彼を救うことを決めた。隣人であったリタはその前から彼を助けていたし、子どもであった彼が涙を拭くとき、たまたまそこにいたし、母親が酔っ払って家の中に何も食べ物がないとき、トルティージャ（ジャガイモ入りのオムレツ）を作って食べさせたりした。しかしリタが本当に状況の手綱を取ろうとしたのは、彼が少年院を出たときだった。大工の仕事を探してやり、夜は勉強を教え続けた。そのうえ、彼を映画館に連れて行き、クラシック音楽を聞かせ、読書がわくわくする体験であることをわからせた。最後にリタ自身の柔らかく白い肉が彼の心と熱い腹部を受け入れた。初めて愛を交わしたとき、彼は十七歳で、リタは三十歳になったばかりだった。そのときまでに彼は複数の女を知っていたが、リタはまったく違っていた。リタが両脚の間に守っていたみずみずしい隠れ場所、素晴らしい愛の巣に入ったとき、マティアスは家に帰った感じがした。

二人は一緒に住み始めてすぐあと、バリャドリードを出て、マドリードに引っ越した。マティアスの母親のアルコール交じりの下品な侮辱と、隣人たちの悪口、不健全な好奇心から逃れたのだ。それは根本的な生活の変化、きっぱりとした断絶であり、実際にマティアスは二度と母親の顔を見ることはなかった。生きているかどうかも知らないし、それを知りたいと思ったこともなかった。二人の関係の始まりが起こしたスキャンダルが大きかったために、一緒に過ごした人生の後半は、年の差がほとんど分からなくなった時でさえ、ほかの人々と孤立して暮らした。二人はみんなが評価するタイプの人間だったが、実際は誰とも親しくしなかった。二人で十分満足であり、彼女が病気になったとき、マティアスはひどい人間嫌いに陥った。知人の呼びかけに反応がなくなるまでそっけなく答え、リタの急速な衰弱を誰にも知らせなかったし、携帯電話をサン・フェリーペ病院のくずかごに捨てた。妻の死は彼にとって、かつて人生をともに楽しんだように、すべてであった。

リタは女性教師で、その仕事を愛していたが、マティアスと結婚した後は教師の仕事をきっぱりとやめた。仕事を続けた場合、意地の悪いうわさに悩まされるのを恐れていた。彼女は教育の才能がある女性だった。上手に節度をもって教えることができた。知識を分かち合うのが好きだったし、マティアスも学ぶのが好きだった。それでマティアスは彼女のたった一人の生徒になった。

マドリードに着いた時、リタは情報処理企業の秘書として働き、すぐに役員室に移った。彼は引っ越し会社に見習いとして入り、のちにチームの責任者になった。彼の広い肩幅と力は重い家具を移動するのに役立ち、そのうえ壊れやすいものを誰よりもうまく荷造りすることを知っていた。なぜならリタの体は思慮をもって繊細に扱うことを彼に教えたからだ。数年後、マティアスは背骨の問題から仕事をやめねばならなかった。それはつらかったが、きつさにもかかわらずその仕事が気に入っていたからだ。彼は引っ越しのたびにエネルギーを爆発させるのを楽しんでいたし、どれだけ早く仕事を終えるかチームを使ってサーカスのように挑んでいたし、家の中を有無を言わせず整頓していく他人の生活の外科医のような感覚を楽しんでいた。というのは引っ越しをする際にはすべてを外に出し、数年間開けていない引き出しを開け、奥の方は半世紀の間も誰も触れていない家具を空にする。それはメスで腹部を切開して、もつれた内臓を引き出し、人が独占しようと病的な欲望で蓄積しつつあった大量の老廃物を除去することに似ていた。マティアスはそのようにして、その職業生活において、汚れたガラクタや役に立たない汚れ物で段ボール箱を一杯にし、梱包してラベルをつけ、トラックをいっぱいにした。彼は新しい家についたとたんそれらがゴミ箱に捨てられるのを知っていた。そうして最小限の秩序を保ち、暗い隅で繁殖する混乱と戦った。少なくとも再び新しい住まいで、役に立たないものが日陰のキノコのように無秩序に増殖するのを許すことはしなかった。いまそのことを考えると、運送会社の仕事に従事することで、カンメラーが語っていたように、彼は世界の調和を作るのに貢献していたのだ。

8

ダニエルは木製のあん馬に裸で口を下に開けて寝そべっていた。頑丈な鉄の足かせが手首と足首を器具に縛り付けていた。彼のそばには女が鉄球のついた七つの尾のある鞭を振り上げ、彼の背中に容赦ない一撃を浴びせていた。医師は打擲を受けるたびに痛みで体をよじった。正確には身をよじっていたのは、彼のセカンドライフでの筋肉質で赤毛のアバターであるニーロだったが。ダニエルはそのシーンをコンピューター画面で見ながら、もやもやした性的興奮と同時にかなりのフラストレーションを感じた。なぜなら、セカンドライフの三次元の描写は結局のところ描写でしかなく、アバターたちの動きは繰り返しで機械的だったからだ。鞭打つ女は常に同じやり方で、ニーロは常に同じ形で震えあがり、肌は滑らかで無傷のままだった。何て無気力な倒錯なのだろう、彼は思った。その情景は彼にはグロテスクに見えた。たわいない悪癖と同じで悲痛なものは何もない。医師がサドマド行為の世界に近づいて幻滅したのは初めてだった。

「本当のところこんなものは見たくもない、まったく退屈だ、やめさせよう」。彼はコンピューターのキーをたたいた。ルップはすぐにやめた。

「不快に感じるのですね?」彼女は尋ねた。

「いや、滑稽としか思えない。退屈だし、うんざりだ」。ダニエルは足かせを外して立ち上がった。

「それは残念でした。ほかの器具も試してみますか?」

彼らは陰気な石の城の地下納骨堂にいた。パチパチと燃える大きなたいまつで照らされた数部屋にわたって、数十の拷問具が並び、それぞれは使用する際にアバターたちが鞭打ちや苦痛で身をよじるような罰にふさわしい動きを行うために細かくプログラムされていた。地下納骨堂へ降りるためには、上の階にある出札口で入場券を取り出さねばならなかった。なぜならそこはディスコであり、サドマド愛好家、いいかえればBDSM(注8)の愛好者――ルップの説明によれば、ヤンキーたちはサドマド行為をそう呼んでいるそうだ――が気晴らしするためのセンターであったからだ。一見したところ、そのほうが耳障りがよかった。ポリティカル・コレクトネスの問題だ。ダニエルは、セカンドライフには様々な性的指向、とりわけ珍しい性、サドマド愛好家、女奴隷と主人や女主人と奴隷のプレーがたくさんあることを発見して驚いた。ダニエルはセカンドライフに入ったとき、そうしたことを探さなかったが、彼の性的生活は破滅的で、最近はすっかりセックスレスになっていた。彼の女友達がバーチャルな世界をほのめかした時、現実世界では股間がうずうずした。

「いいえ、結構です。ほかの器具を試すつもりはありません。明かりのある場所で長椅子に座ってちょっとおしゃべりする方がいいです。でも少し待ってください」と書いた。

ルップは豊満な胸に腕を組んで辛抱強く待った。彼の友人のルップは、もう猫の頭をしていなかった。友人ではなく、女友達だった。というのはつまるところ、ルップは女だったからだ。彼女がそう言ったので、ダニエルもそれを信じた。今やルップのアバターは背が高く筋骨のたくましい女性で、シジュウカラ色の髪を束ねて背中に垂らしていた。体にぴったりくっついた半透明の黒い服を着て、目がくらむような踵の高い靴をはき、肘まである黒い手袋をして手袋の上には金属の飾りのある大ぶりのブレスレットを付けていた。迫力があり魅惑的だった。ダニエルは再び敏感なゾーンがもぞもぞするのを感じた。今やルップはどんな形であれ幸福の殺人者ではありえなかった。なぜならカナダのバンクーバー近郊に住み、数千キロ離れており、時差もあったからだ。彼の夜は彼女の昼だった。実際、ダニエルはセカンドドライフでルップと同時にいることができるために当直勤務にモバイルを持ち歩いていた。

「たぶんあなたは鞭打ちに侮辱を感じたのでしょう？ ニーロさん」。ルップは丁重にたずねた。

ダニエルはセカンドドライフの性的倒錯者たちが非常に高い教育があるのに気づいていた。

「いや、まったく逆だ。ばかげているように見えたと言いたいんだ」。彼は金の縁取りのある赤い長椅子に座って答えた。ダニエルは何かが無視されたとき、彼らが経験済みであり、誰にも何ら教わることはないかのように、軽蔑的で優位に立っていることを見せびらかそうとするそうした人物だった。そのため、いまセカンドドライフでＢＤＳＭをする個人は、実際は愚か者であり、現実にはそれをしようとしない臆病者であると考え始めていた。彼の理論が正しいことを望んでいたので、ルップに訊ねることを決めた。

「個人的なことをたずねてよろしいですか？ あなたは実生活で、かつてサドマド行為をしたことがおありですか？」

「もちろんです。そのようにして二十年前、夫と知りあったのです。BDSMをするのは素晴らしい体験でした。しかしそのあとすぐにほかの人と変わりました。今はご存知のようにほとんどすることはありません」

わかった。ルップと彼はここ最近信頼関係をもったばかりだ。女は四十八歳でバルセロナに生まれ、子どもはおらず、カナダ人の夫とはうまくいってない。パーティーを演出する小さな会社の責任者で、毎朝五時半に起きて仕事に行かねばならない、自由になる時間は、週末も含めてセカンドライフで過ごしている。それが彼女について知ったすべてで十分である。そして今、そのデータに彼女の性的生活を明らかにするものを付け加えねばならない。彼女は本当にサドマド行為愛好者かもしれない。ダニエルは少し身震いするのを、不快と感嘆が逆説的に入り混じるのを感じた。野蛮さへのあこがれを持ちながら。それでは夫との関係は悪化しているのだろう。夫とはベッドを共にしていないのだから。あるいは共にさせなかったのか。人生は不思議だ。

「オルティス先生、すみませんが」

女性看護師が突然ドアを開けて、びっくりさせた。彼は吸っていた禁止のタバコを隠そうとして、コンピューターの電源を慌てて落とした。

「わかった。すぐ行く」

その夜は平穏だったので、職員には休憩室に仮眠しに行くと言ってあった。しかし彼は少しの時間もくつろぐことができなかった。彼はぷりぷり怒って詰め所へ行った。

「どうした?」

「これは明らかに虐待だと思います。警察に通報せねばならないと言ってるのですが、彼女は望んでません」。非常に若くひどく神経質な実習生が言った。

脇へ下がると、ダニエルがこれまで見た中で最も美しい、輝くような肌としなやかな長い首をもったスリムな黒人女性の素晴らしい姿が見えた。彼女は生まれつきの優雅さがあったので、座っていたベッドは王座のように見えた。少女はダニエルを落ち着いた表情で見た。

「ドクター、ちょっとしたアクシデントです。警察に告発するのはよくありません」

彼女は予想外に重々しくブロンズのような響く声を持っており、わずかにエキゾチックななまりのある良質のスペイン語を話した。ダニエルは彼女の美貌に戸惑いながら近づき、差し出した腕をつかんだ。彼は自分の両手が彼女の張りのある熱い肉に触れたとき、少し震えているのに気づいた。美しい女性から彼が離れたとき、四十がらみのベテランの医師とは思えなかった。彼は職業的な距離感を取り、常に保護者である年長者の口調で話そうと努めて、眉間にしわを寄せている少女の前腕を診察した。手首とひじの中間に幅三センチ、長さ三センチの赤い十字があり、深く鋭い切開で、明らかに熟練した手で切れ味の良い鋭いナイフによって行われたものだった。外科医の職業的な切開と思われた。彼はため息をついて、少女のもう片方の腕をつかんで、袖を上げた。そこにも細いものの同様の十字型の傷があった。ダニエルは以前にもほかの少女に同タイプの傷を見たことがあった。ある時は眉にさえあった。彼は少女を見た。

「誰かさんのためにそれを告発したほうがよくないか?」彼は不満げに訊ねた。

「ドクター、私にはよくありません」

少女はしっかりした口調で話し、今はじっと彼を見ていた。キャラメル色の目、ルネサンス調の乙女の楕円の顔、完璧な唇……。ダニエルは足が地に着いていないのを感じた。もちろん彼女は娼婦だったが、また女神でもあった。

「どこで仕事をしている?」

彼女は一言もしゃべらずに頭で否定した。

「心配しないでいい、君の傷を縫い合わせて告発するつもりはない」。彼は慌てて言った。「単なる個人的な興味だ」

少女は言葉の意味を推し量るかのように、彼を思わせぶりな態度で見た。すぐに結論に達したように軽く微笑んだ。

「カチートで働いています。お望みのときにいつでも会いに来てください。コルーニャ街道沿いにあります」

「よく知っているよ」。ダニエルは恥をしのんで言った。

診察して告発しなかった代わりに、彼が特別な支払いを要求していると、明らかに彼女は信じていた。彼は酔ったように顔が熱くなったのに気づいた。しかし彼は一度も売春婦のところへ行ったことはないのだ。その考えを嫌っていた。彼は困惑を隠すために傷をこれ見よがしに丁寧に手当てした。するべきことに集中して傷を洗い、縫ったが、彼女の体が放つかぐわしい匂いを避けることはできず、体に秘めた温もりを感じた。結局のところ、売春婦なんだと彼は考えた。いつかカチートに行くのがいい。その考えが彼を半ば勃起させ、同時に自分自身への嫌悪と得体のしれない不安感をもたらした。だが、神かけて、こうした少女が奴隷同然の扱いを受け、されたことを見たのに、お前はそこへ行って、客になるのか、と心の中で言った。彼は勃起がすぼんで性器が両脚の間に隠れるまでなえるのに気づいた。傷を縫うのを終えて、前腕に包帯を巻いた。

「心配するな。何も要求しない。本当に何も」。手当を終えると、彼は変に強調して言った。

ファトマという名前の少女は、彼を興味深く見た。医師が彼女を求めており、それゆえ彼が拒んだのは売春婦であると軽蔑しているからだと確信していた。しかし一方で彼女には刺激が必要だった。重要なのは治療が必要なことで、それは行われた。警察の介入を避ける必要があったが、そのことにいかなる形での借りを残さずにすんだ。ファトマは幸運だったと考え、口もとに世界の光と調和を感じて微笑んだ。そのときになって初めて、ダニエルは久しぶりに自分自身に平安を感じた。

（注8） bondage（捕われ）、discipline（懲戒）、sadism（加虐性向）、masochism（被虐性向）の略。

9

マティアスはサン・フェリーペ病院の前に二時間駐車していた。病院のタクシー乗り場ではなく、向かいの通りの角で気づかれないようにライトとエンジンは消していた。彼の見張りの位置からは救急センターの入口をよく見ることができた。ちょうど二十四時間前、そこに暗殺された哀れな老人を置いてきたのだ。老人をテレビで見て以来、その姿が彼の頭から離れることはなかった。それは胃の痛みのような執拗な記憶だった。不安が非常に大きくなったので、彼はその夜仕事をやめ、病院の前に陣取る決心をした。実のところ、そのことで何かが明らかにできるわけではなかったが、それが彼の頭のもつれた房をほぐす唯一の手段だった。探しているものがわからなかったので、彼はそのことに手がかりを見つけるために注意深くじっと見張ることを決めた。明け方のその時間、夜更かしを楽しむ人にはいささか遅かったし、早起きの人にはいささか早かった。夜の終わりを告げる落胆と空白の時間帯だった。通りは常に動きのある救急センターの入口を除けば人気はなかった。着いては出ていくタクシーや二列に止まった特殊車両、近づくときにサイレンは消したものの警告灯をつけたままで、黙って警告している救急車。

タクシーが動くと、風が起きた。古い船のように揺れた。病院に出入りする人々は、強風に頭を下げて外套にくるまって前かがみで歩いた。それは赤い砂まじりの強風で、いま十二月としては特に暑かった。マティアスはどんな風であれ、風を嫌っていた。たとえこのように汚れた風でなかったとしても。彼は風通しが悪く、煙突のような狭い中庭に面した小さな部屋で寝ようとした子供のころを思い出した。そこでは風が悪魔のようにうなり音を上げ、煙突がフルートであるかのようにヒューヒューと高い音を立てていた。そこで彼は風に恐怖を学び、少なくともそれを聞くのは苦痛だった。マティアスは車の座席でもぞもぞと体を動かした。背中が痛み、熱っぽかったが、台風並みの風が窓を開けるのを妨げていた。何てひどい冬だ。雨も降らず、山に雪もなく、本当の寒さもない。外套の中は汗ばんだ。風がタクシーを不規則に揺らし、いくつものビニール袋が、マティアスの目の届く範囲の通りのあちこちでさまようように舞い上がった。それが都会での風の結果だった。風の吹く日はどこからか出てきた無数の袋や小さいお化けのような白いプラスチックが通りを踊り、狂ったように舞っては、車輪の下に入り込んで泥除けに引っかかった。それはごみたちの雄弁な踊りだった。

いま、幼児を抱えた男性がやってきた。その急ぎ足から、マティアスは重体であると見て心配した。良い時間の終わりだった。これまで急いで救急センターに入った者のうちどれだけの人が永遠に幸福な生活を失う間際にいただろうか。彼らのどれだけがそのことが分かっていただろうか。愛する者の死を引き起こす多種多様な病気の中で、タクシードライバーを傷つけとりわけ後悔させたのは失われた時間だった。良き時代が永遠に終わって、必然的に二度とそれを楽しむことができないと考えることは彼を絶望させた。リタが病気になるまで、彼は持っているものの価値を本当に知らなかった。息子を腕に抱えて救急センターに駆け込んだ父親のように。もし子供が死んだら、不幸が訪れる前にもっとたくさんのことを楽しまなかったといかに嘆くだろうか。無邪気で幸福な生活のひと時ひと時に感謝しなかったことをいかに後悔するだろうか。そうしたことを考えると、マティアスは深く鋭い痛みを覚え、それは肉体的なものに変わった。まるで腸をナイフで刺されたようだった。あまりに痛んだのでほとんど息が途切れたほどだった。

彼は座席で伸びをして圧迫された肺に空気を入れようと努力した。不健全な姿勢を続けることはできなかった。病院に入ったばかりの子供は元気だったのは確実だ。父親が何らかのささやかなばかげた理由、一時的な下痢か歯の破損で子供を連れてきたにちがいない。彼は見張りをしながら心の中でそれを想像し、ぞっとした。マティアスはサン・フェリーペ病院の救急センターをよく知っていた。内部を詳しく描写することができた。右側に入院の受付カウンターがあり、壁には大きな窓が開いていた。カウンターの先にはやはり右側に看護ゾーンへの制限された入口がある。受付の正面には四角い待合室があり、壁は古い白いタイルで覆われ、床は緑がかったリノリウムで、黒いレールに止められたオレンジ色のプラスチックの座席が数列並んでいた。奥には二台の自動販売機があり、一台は水と清涼飲料水を、もう一台はサンドイッチとチョコレートを売っていた。あまり広い待合室でなく、椅子のいくつかは壊れており、それゆえしばしば満席になり、座る場所を見つけるのは困難だった。そこでマティアスは、高熱が妄想を引き起こしたり、吐血したり、最後の方には痛みが耐えられなくなって、リタを連れて行かねばならなくなったたび、数時間を立ったまま過ごした。制限ゾーンに入り、医師の診察を受けるために、スピーカーで呼び出しを待つ間、時折、待合室を埋めた周りの人々を見て、ほかの人々を待っていることについて果たして自覚しているか、死ぬことは苦痛であり、大きな出費と痛みを伴うことを知っているかを自問した。ちくしょう、マティアスはのどが締め付けられるような痛みを感じながらせっかちに声を上げて言った。ちくしょう、医師のやつがもうちょっと注意を払っていれば、リタはまだ生きていたのに。そしてそれ以外に言うことはなく、驚いた。というのはそう考えたのは初めてだったからだ。そうだ、あの医者に責任がある、妻が腎臓にひどい痛みを感じて二人が救急センターに来た時、診察したのはあの医者だ。それはほぼ一年前のことで、医者は気に留めず、リタをよく見て質問することもせず、ちらっと見ただけで腎臓の疝痛ですね、ブスコパンを出しましょうと言って相手にしなかった。そうして二か月が過ぎ、まる八週間が過ぎ、がんに打ち勝つのに重要な時間を逃したのだ。初期がんの九〇パーセントは治癒すると新聞で読んだばかりだ。連中は病院で病気に打ち勝った多くの患者のケースを知っている。そうだ、真の問題はあの役立たずの医者の無能にある、といまマティアスは気づいた。それを理解するにはここまで来てサン・フェリーペ病院の前で夜半を過ごさねばならなかったのだ。それが複数の事件のひだに隠され、守られていたメッセージだった。人生とはなんと逆説的なのだろう。幸福の殺人者と哀れな老人の死のおかげで、彼は痛みの源、原因にたどりつくことができたのだ。マティアスはあらゆる怒りと苦悩が秩序立てられてその一点に収束するのを感じ、つい最近までたけり狂っていた絶望が彼の体を電流のように流れ、光線の形であの忌まわしい医師の記憶の上に落ちるのを感じた。憎悪が人生を投影するように彼の中を満たした。

その時、女が出てくるのが見え、すぐにそれが誰かわかった。彼女だけがその長身としなやかな軽さを持っていた。彼女はオアシスの美しい黒人の娼婦だった。サン・フェリーペ病院へ何をしに来たのだろう？　夜の初めにアナウンサーが老人のことを語った時はまさにバールの止まり木に一緒に座っていた。いま再びここで会った。新たな偶然の一致は、マティアスに運命の隠された意図について確信させた。少女は風に押されてまるで飛び上がろうとするかのように腕を振り動かして歩道を歩いてきた。無人のタクシー乗り場で足を止めると、マティアスはエンジンをかけ、通りを横切り、彼女のところに来た。少女が温いつむじ風に包まれて車に乗り込み、慌ててドアを閉めると、バックミラー越しにタクシードライバーを見て、不自然な動きをした。というのは普通のように右手で取っ手をつかむのでなく、左手でつかんだからだ。

「こんばんは、コルーニャ街道へお願いします」

その時、マティアスは後ろを振り向いて、不自然な動作の理由を理解した。少女は肩の上にジャケットをかけており、右の前腕は包帯で膨らんでいた。それでサン・フェリーペ病院へ来たのだ。

「何かあったのですか？」彼はだしぬけに訊ねた。

少女は視線を返したが何も言わなかった。しかし健康なほうの腕の手は、病気の子供を撫でる人のように、包帯の縁に軽く触れた。マティアスは怒りが稲妻のように新たによぎるのを感じた。連中は何をしたんだ、と考えた。あの堕落したやつらならやりかねないぞ、チクショウ。

「すみませんが」。マティアスは口ごもった。「あなたを知っています。私のことをおぼえていらっしゃいませんか」

彼女はうなずいた。

「男やもめの運転手さんですね」

その文句は殴られたように彼をぶちのめした。マティアスは、セレブロがオアシスでセレブロとして知られているように、彼をみんなが男やもめと呼んでいることを知らなかった。つばを飲み込んだ。何と言っていいかわからなかったので、座席で背筋をピンと伸ばし、エンジンをかけた。数分間、言葉をかけずに運転した。

「カチートへ行くのですか?」彼は振り向かずにたずねた。

「ええ」

沈黙が続いた。

「どちらの出身ですか?」

「シエラレオネです」

マティアスはそれがどこにあるのかよく知らなかった。もちろんアフリカだ。アフリカは不幸に満ちた場所だ。それは貧困によるものにちがいない。マティアスはすぐに、それが自分であっても他人であっても、これ以上の苦痛に耐えることはできないと考えた。世界は恐ろしい場所であり、苦悩が鉄球のように彼の胸にのしかかった。ミラーを通して少女を見た。背もたれにもたれ、目は閉じて疲れた表情だった。彼は彼女の眠りを守り、彼のタクシーという避難所で休ませてあげたいと思った。しかし、街はまだからっぽで、どんなにゆっくり運転しようとしても二人はすぐカチートに着いた。彼は門に車を止めると、乗客に振り向いて言った。

「オアシスで何か食べていきませんか?　朝食はどうですか」

「いいえ、結構です。ちょっと疲れているので」。彼女は答えた。

彼女のなめらかな肌は、人工的なけばけばしいピンク色のネオンの下で、プラスチックのように見えた。健康な方の手をブルゾンのポケットに入れると、数枚の紙幣を取り出した。

「いいえ、支払いは結構です。タクシー代はおごりです」

少女は微笑んだ。彼女がこれまで微笑むのを見たことがなかった。世界が明るくなった。

「ありがとう」

「感謝の言葉はいりません」。マティアスは苦々しく言った。「お気の毒に。本当にお手伝いしたかっただけです」

彼女は彼を見て、その意図をいぶかった。彼女はちらっと見ただけで人を見分けることを学んでいた。というのは彼女の暮らしはそれにかかっていたからだ。タクシードライバーは、医師とは逆に彼女に性的な関心を持っていないという印象を持った。単なるお人よしの可能性もあった。

「なぜそんな風にいうのですか？　何が気の毒なのですか？」彼女は用心深くたずねた。

カチートの門の用心棒たちはタクシードライバーが車を止めてから目を離さなかった。マティアスはどもりながら言った。

「全部はわかりません。あなたにきょう起きたことは、もしあなたに何かが起きたとしたら、以前にも起きたと思うのですが……」

彼は言葉がつまった。

「そのことがひどく困ったことで、周りの人が愚劣で、人生が耐えがたいものであったら残念です」

少女は微笑んだ。

「いいえ、そんなことはありません。あなたは人生がどんなものかわかってない」

彼女は、子どもに言い聞かせる人のように滑らかに説得力をもって話した。健康な方の手を上げて、人差し指でタクシーの外を指さした。

「ごらんなさい」

マティアスはそれに従って見た。もう夜が明け始めていた。それが少女が指さしたものだった。遠くで町の輪郭と接した新しい光のラインは、暗闇を切り、空と大地を分けていた。

「ご覧になりましたか？　夜は光でいっぱいのお腹をもっています。私の国ではそういいます」

その時、長いおしゃべりにおそらく業を煮やした用心棒たちが、入口の陰から出てきて、強風に逆らうように肩をいからせてタクシーにゆっくりと向かってきた。少女は彼らを軽蔑の眼差しで見ると、タクシーのドアを開けた。

「送ってくれてありがとう」。彼女は言った。

少女は自分の後ろに一陣の汚れた風とレモンとシナモンの香りを残しながら姿を消した。

10

ダニエルは熱くなった額を窓ガラスにくっつけて下を見た。光のじゅうたんが暗がりの中でちらちらしていた。彼らは二十六階におり、きわめて近代的な摩天楼の大窓は最上階から地階まで広がっていた。それゆえ、透明な壁に寄り掛かると、目がくらむような感覚をもたらした。それは完全に見覚えのある感覚だった。というのはセカンドライフの星が瞬く夜に空を飛ぶのと同じだったからだ。ダニエルはバーチャル世界に入って以来、ひんぱんに経験したことのあるあの短くとらえどころのない呆然自失に身を任せた。しばしば、実生活がセカンドライフより現実的でないのに彼は腹を立てた。今のように二つの世界の接点が交じり合う瞬間があり、その幻覚の数秒間、コンピュータの中にいる気がした。その浮かぶ光のもつれ、近未来的な素晴らしい都会の景観、無と夜の高みにぶら下がっている感覚。神だ。ダニエルは深く霊感を受け、地上の感覚に戻った。彼の背後では、マリーナがアルコールに酔った甲高い声でおしゃべりしていた。それは幸せそうに聞こえ、ダニエルは一度ならずばかげた話を楽しむ能力をねたんだ。クリスマスイブで、彼らは最近買ったばかりのマドリードの新しい街区にあるマリーナの兄の家でディナーを楽しんでいた。ダニエルは壮大なパノラマと居心地の良い暗闇にノスタルジックな視線をやり、グループに戻るために振り向いた。親戚やら友人やら十数人の人がピスタチオ色のイタリア製のソファーに座って食後の一杯をゆっくりと味わっていた。ダニエルは彼の月給の三か月分以上はするに違いない堅く複雑な形のデザイン椅子に腰を下ろすと、テーブル上のお盆にある二十一年物のシーバスを味わった。

「ひどい暑さだ。なぜ窓を少し開けないのか?」彼は会話を切るナイフのようにかん高い声を上げた。

義兄はダニエルが毛嫌いしている同意と忍耐の態度で振り向いた。

「暑いのですか? そうかもしれません。ほかの人たちもそう感じていますか?」

「いいから、一度開けてくれ」。ダニエルはうなった。

持ち主は彼にぎこちなく作り笑いをして言った。

「開けられません、ダニエルさん。ここでは窓は開きません。インテリジェントビルですから」

「インテリジェントだって。間抜け野郎。じゃああんたたちは虫かごの中の蝶のように閉じ込められているのか?」

「窓はありません。ガラスの壁です。どうやって開けろというのですか?」義兄の妻が横柄な態度で口をはさんだ。

「ダニエル、いつもあなたは注文ばかりつけて。それもはっきりと。出ましょう」。マリーナは部屋の反対側からわめきたてた。

「落ち着いて。完全な空調と温度管理のシステムがあります。それを動かします。さあ、できた」。

義兄はサロンの天井にリモコンを向けて、慌ててなだめようとした。そのしぐさはセカンドライフそっくりだった。

ダニエルは何か短い気の利いた皮肉めいたことを言おうとしたが、ふさわしい言葉が思いつかず、不愉快な背もたれにもたれて口をつぐんだ。

「十二月二十四日というのにこの暑さは信じがたいですね。ちょっと恐ろしいほどです」。義兄はその場の空気をなだめようとコメントした。

「ええ、私たちは地球を背負っていますから」。チリンチリン鳴るブレスレットをつけた女が熱に浮かされたように言った。彼女は保険外交員でマドリードじゅうを運転しては町を汚染していた。

『そうですね、実際のところ、私たちが背負っているのは、地球ではなく、我々の文明です』。義兄は学者ぶって指摘した。「地球には何も起きないし、再調整して、存在し続けます。しかし雪解けや温暖化によって引き起こされた洪水や砂漠化は大勢の人々を北方へ向かわせます。戦争や虐殺や恐るべき飢餓が起きるでしょう。今世紀末には数億の人々が北極に住むことになると言われています。そのころには北極はアストゥリアス地方のような、緑の牧場と穏やかな気候になるといいます』

「つまるところ、地球がしていることは、犬がノミを払い落すように、我々を地上から払い落とそうとしているのです。われわれは忌々しい寄生虫ですから」。四十代の大学教授であるいとこのコルドは言った。彼はそれが生涯で最後のクリスマスだとは知らなかった。というのは翌年の八月に低い山に登攀中、滑落死することになるからだ。もしそれを知っていたら、おそらく貴重な時間を退屈な家族パーティーに費やさなかっただろう。

ダニエルは慌ててグラスのワインを飲み干し、胸いっぱいの募りつつある苦悩を抑えようと、もう一杯注いだ。アルコールは、知られているように、最良の抗不安薬だった。彼はいくらか酔っていたが、とりわけ、現実の外にいて、頭のタガが少々外れて無人の大地に浮かんでいる感じがした。そうした儀式が彼にとって重要と思われるクリスマスイブのディナーでそこで何をしているかわからなかった。彼はまるで家族の一員のように義兄の家にいた。実際はそうでないのにカップルであるかのようにマリーナと一緒にいた。どれだけ前からセックスしていなかっただろうか？

「はい、もちろんこの塔はあらゆる面で環境的にも進んでいます。ソーラーパネルとあらゆる装備を備えています」。義兄の妻は誰かの質問に答えて言った。

半ばまどろんでダニエルはタバコを一本また一本と吸い、会話の話題をぼうっとして聞いていた。しかし神かけて、人はどのようにすれば形成外科医になることができるだろうか？　それはマリーナの兄だった。形成外科医。美容を専門に選んだ医師はなぜそうしたかよく知っていた。このような贅沢なマンションを手に入れるためであり、億万長者になるためであり、患者の胸を大きくする詰め物のような偽りの裕福な生活を送るためである。それはクラゲのようなぶよぶよのシリコンの震えるだまである。おぞましい。すぐにダニエルはひどく孤独を感じた。そして不幸だった。感覚を持っているようには思えなかった。彼は空気によって運ばれる枯れ葉に、汚れた風であちこちへ飛ばされるポリ袋にすぎなかった。セカンドライフのバーチャルな女友達であるルップのことを思い出した。彼女は地球人ではなかったが、少なくとも愛を必要とする異星人だった。彼は彼女といくつかの拷問ゲームを試していたし、二人で裸になって、ありきたりのベッドにもぐりこんでいたし、水に浮かぶ小さなボールを詰めた柔らかいベッドの上で、様々な性的プログラムを行うためにクリックせねばならなかった。宣教師のポーズやアナルセックスやクンニリングス……。ディズニーランドめいたポルノをするのははばかげているし、あまり興奮できないと思っていたが、同時に彼の中に欲求不満や空腹に似た不安、熱い肌と肌を触れ合いたいという動物的な欲求、彼を物思いと憂鬱から救い出す激しい性的衝動が増大していくのを感じた。半ば死んでいることを忘れるためにセックスで死ぬのだ。

「もっとも興味深いことは、地球規模の温暖化に対して、十分なお金が注がれていることです」。ブレスレットをつけた女は物知り顔で言った。「少し前、シティグループのプライベートバンクの季刊誌で投資家たちにすでに変化が生じているという記事を読みました。あなたがたに最初の受益者の一人が私の担当するセクターであることをお伝えします。人々はより多くのお金を保険会社につぎ込み始めましたが、洪水や津波やハリケーンのような自然災害の増大は、保険証書の額を上回りつつあります。投資対象として明らかに興味深いもう一つのセクターは水のセクターです。近い将来に水は黄金より価値あるものになるでしょう。もちろん、あらゆるエコロジカルな技術的選択肢があります。そのうえシティグループの人々が言ってないこともあります。しかし私はそうするのが賢明だと信じます。北方の土地を買い始めなければなりません。たとえば、カナダの森です。

みなさん、お金はすでに動いているのです。それをしない人は取り残されるでしょう」

保険外交員の女はベレンという名前で、三十代というより四十歳に近く、腰から上が細く、胸が小さく、腕は骨ばった（ギリシア神話の）ケンタウロスのような体を持っていた。顔は小さく、小鳥のようにとがっていて、腰から下はカバのように太っていた。全体としてはまれな効果を生じさせていた。太く力強い雌馬の上に止まっている小鳥のように見えた。ダニエルは似た動物のことを考え、両足の間に喜びを、雌馬の尻を前に心地よさを覚えた。座席で不快そうに体をもじもじさせた。実際のところ、常に彼には恐ろしく耐えがたく思えるベレンのような女を引き付けるにはひどく体調が悪かった。しかし世界には何が起こっていたのか？　みんなには何が起きているのか？　その同じ朝、セカンドライフに接続している間、ダニエルはコンピューター画面にルップを見た。彼女にとっては朝の五時半だった。しばしば彼はそうした。しばしばルップは、彼が仕事をしに家を出る前にセカンドライフに入った。ダニエルは彼女が五十歳近くで、疲れて、中流のくたびれたアパートで起きたばかりで、夫と一言も交わさずに視線すら交わさずにカナダの冬の寒さ（あちらではまだ寒いはずだ）に震えているのを想像した。彼女が外出して一時間かけてばかげた勤務先に到着する前に数分間セカンドライフに入るために、台所に立って慌ててコーヒーを飲んでいるのを想像した。生きているのを実感するために、地球上のいろいろな場所、東京で、ベルリンで、ブエノスアイレスで、バルセロナで、シカゴで、ローマで、マドリードでほかの悲痛な人々が同じことをしているように、彼女がコンピューターのスイッチを入れるのを想像した。彼自身同様、他者の愛情に飢えた悲痛な人々は、広大で暗い孤独者の網《ネット》の中で、セカンドライフというへその緒で結ばれているのだ。

「ねえお兄さん、寒すぎると思いませんか？」マリーナは言った。

招待客は出ていくために立ち上がり始めた。そして実際のところ、外套を着ようとして身を縮め、凍えているように見えた。彼もまた凍えているのにダニエルは気が付いた。鼻の先がつららのようだった。邪な喜びが食道を通ってげっぷのように上ってくるのに気がついた。酸っぱくしつこいげっぷを抑えようとしたがだめだった。

「はあ、これがインテリジェントビルですか。もうちょっとましな温度調節システムがあったら、快適なのですがね」

「ええ、すみません。私の責任です。まだ操作に慣れていないので。みなさん、わが家は特殊な船のように、複雑極まります」。義兄は忍耐強く言い訳した。

招待客は三々五々と別れを告げ、音のしない鋼のエレベーターで下って行った。通りで再び別れのあいさつを交わすと、自分の車に乗り込んで姿を消した。マリーナとダニエルは車を見つけるまで生ぬるい夜の中を二、三ブロック歩いた。

「おれが運転する」。ダニエルが言った。

それはタワーを出て以来、彼が言った最初の言葉だった。マリーナは答えなかった。マリーナが友人同士の集まりで陽気に放つ多弁、機知、雄弁は二人でいる間、石のような沈黙に変わっていた。

ダニエルはまゆをしかめ、アルコールのほてりを飛ばして運転に集中しようとした。交通量はかなり多く、ほかの車も酔ったようにのろのろ走った。医師が周りに目をやると、どの車も彼らの車に似て、似通ったいかめしい顔つきの男女のカップルが乗っており、じっと前を見ているのに気が付いた。互いに言葉を交わさず、気もそぞろで、顔をこわばらせ、神々しい表情をしていた。クリスマスイブの強いられた幸福が残っているのだ。ばらばらになった家族の名残も。彼はずっと難破者たちの暗い網の一部になっている気がした。そしておそらく愚か者たちの。

「兄の家は素敵だったわね」。マリーナが言った。

ダニエルは舌をかんだ。こらえようとしたがこらえきれずに言った。

「僕には滑稽でばかげているように思えたがね」

「ああそう、どうして？」

妻の口ぶりは憎たらしく、ダニエルはそうしたものをどこへ持っていくべきか知っていた。しかしもう一歩を踏み出していたし、すぐに雪崩に変わる小さな土砂崩れがもう始まっていた。

「そうだね、でもあれは明らかに、気取った不快きわまるマンションだ。窓のない閉所恐怖症的な場所で、つまるところ、単なるステータスの問題のために買ったのが見え見えだ。メルセデスベンツを買う趣味の悪い建築屋と同じだ。しかしもちろん美容外科医に何が期待できるだろうか？」

「そうね、あなたにも何も期待できないものね」

「僕にだって？」

「あたしが言いたいのは、あなたはすごく妬んでいるということ」

「僕が？　何で僕が君の兄を妬まなければならないんだ？　家のことを言ってるのか？　それとも仕事のことを言っているのか？　僕の資産が一度もお金の面で彼を上回ったことがないのはよく知っている。君も前にそのことを指摘したな。そう言ったはずだ。君はずいぶんいろいろなことを言ったから。しかし、それにしても美容外科医っていうやつは。とんでもない医学の実践方法だ」

「もちろん、あなたの仕事のほうが立派だわ」

「そうだ、少なくとも公衆衛生のために働いている」

「それはいいわね。自分の挫折をイデオロギーでカモフラージュして」

「何て言った？」

「でもあなたはあなたの仕事と人生で何をしているかいうことができる？　何年も前からあなたは医療技術への愛情を失くしてるわ。キノコを作っているみたい。医学についても文学についても一冊も本を読まないし、コンピューターの前に座って毎日、脳をすり減らしている。少なくとも兄は毎年「国境のない医師団」に参加して、バカンスを人々のために使っているわ」

「良心のとがめをなくすために、アフリカで十五日間無料診療所を開いて、そのあと、マジョルカで一か月半船上生活を送るんじゃないか。結局、君のお兄さんはバカンスを好きなだけ取ってるんだ」

「でも、少なくとも何かはしてるわよ、ダニエル。少なくとも、行動しているし、望んでるし、仕事に愛着を持っている。少なくともあなたが言うように良心のとがめを持っているじゃない。あなたはどうなの？　あなたはいったい何をしているの？　あなたはこの期におよんで悪い医師だとさえ思っているわ。あなたには診てもらいたくない、きっぱりと言っておくわ」

「安心しろ。たとえ君が死にそうになってもそんなことはしないよ」

二人は同時にあごを下ろし、口を閉じて再びおし黙った。彼は苦々しい表情をして、額には怒りが現れていた。苦汁が数滴、胸に落ちた。ダニエルは妻が車内での喫煙を嫌っていたのを知っていたが、たばこに火をつけた。マリーナが座席でたけり狂って体を動かすのに気づいたが、沈黙で彼を罰するのを決めたように何も言わなかった。マリーナを不快にさせるのは、医師にちょっとした喜びを感じさせたが、嫌悪感をもたらす余韻を残す苦い喜びだった。なぜ彼らは別れないのか？　なぜ多くの毒を盛られたカップルがその毒の上に居続けるのか？　古いサドマド愛好家のルップとその夫のように。ルップはEメールで従業員として働いている企業のカタログを送ってきた。「ハッピー・デーズ」といい、実際に子供と大人の誕生日のパーティーや金婚式、銀婚式、犬や猫の誕生日パーティーさえ手掛けていた。カタログの中は、砂糖で作った造花や紙へびや色のついた籐や王子や王女の王冠やプードル向けの肉団子のケーキやキラキラとフクシアピンクの明かりが点滅するプラスチック製のハート形の花輪でいっぱいだった。ダニエルはルップが顧客に、「ファミリーセット」とか「オールデラックス」とか「ハッピーデーズ・スペシャル」とか、幸福をかたどった商品、焼き菓子や砂糖菓子やサンドイッチやハート形のケーキやボールやライトやハート形のドアマットまで、それらすべてがハート形に詰め込まれたものを売っているのを想像した。そして彼女がつつましやかな青い上っぱりを着て、その下には尻と胸が開いた「女王様」ご愛用の革製の下着をつけ、道化役者のように微笑んでいるのを想像した。しかしどちらにしてもセカンドライフのバーチャルな生活ほど、わくわくする素晴らしい生活が実生活であるだろうか？　ケンタウルスのような体でベレンは地球の破滅を救うための投資を説明することがどうしてできようか？　かわいそうなバーチャルフレンド、最初のうち、ダニエルはルップをルプスかロボという名前と思っていたが、今は実際の穏やかな名前、グアダルーペに由来するのだと知っている。夫への愛情を鞭打ちでしか表現できない哀れな女でないか？　ルップの会社の極端なバージョンである幸福の殺人者については語らないことにしよう。彼はより利他的である。というのは、殺人者は取り立てないからだ。この郊外では犯罪者であるに違いない。マドリードの暗い夜、どこかの場所で、どの老人を次に襲撃するか、今まさに始末する準備をしているに違いない。幸福という夢とそれを満たす可能性との隔たりがあまりにも大きいということを反駁できない方法で示すのに、クリスマスイブほどふさわしい日はない、とダニエルは考えた。そうしてみんな苦々しい顔で家へ戻って行くと、ダニエルはほかの車に乗っている人々を見ながら独り言を言った。とげとげしい態度やしかめっ面やあきらめきった顔、涙をこらえた表情、それらを集めたら酸化鉄のボールができる。この世の喜びはどこへ行ったのか？　ダニエルは幸福がなぜうまくいかないのか理解できなかった。実際はそんなに難しくないはずだ。たとえば、彼は誰かに好いてもらえれば十分だ。青年期に想像したほど込み入った完璧なやり方で誰かが彼を愛しただろうか。二人が知り合ったとき、彼はマリーナに対してそうした愛を信じていた。しかし長年毎晩一緒に眠り、汗とげっぷを分かち合った今では、そうした愛は後悔と痛みというケープの下に埋もれてしまった。お互いに好き合うことを望んだのに、それをすることができなかったとは何て悲しいことだ、とダニエルは独り言を言った。ああ、マリーナよ、マリーナよ。

11

気候が異常なほど穏やかだったので、ルスベッリャが夏のようにテーブルを外へ出して、バールの客たちは高速道路とピンク色にまたたく売春クラブの大きな建物を見ながらトゥロン(木の実の入ったヌガー)を食べていた。

「ごらん、このクリスマスイブは良い夜だとたしかに言うことができる」。隅の丸テーブルにいた年配のタクシードライバーは、みんなに聞こえるように大声で言った。

誰も答えなかった。というのはその人物はうるさかったからだ。テラスは満席だった。とりわけ陽気でおしゃべりな十数人の売春婦たちのおかげで、彼女たちは二つのテーブルに分かれ、ワインを飲みながら手長エビを食べていた。

「今日は仕事が少なさそうだな」。マティアスはあごでカチートを指しながら彼女らに言った。

「おや、そうは思いませんね、お兄さん」。赤毛に染めたがっしりした女が言った。彼女はバダホス出身で、売春宿に残っている数少ないスペイン人娼婦の一人だった。「どれだけの人がクリスマスイブに一夜のアバンチュールを楽しもうとしているか、その数を知ったら仰天するよ。そんな独り者は星の数ほどいる。良い女のあそこほど家庭に似ているものはないんだから」

マティアスは女の観察の正確さに打ち負かされて思いがけずため息を漏らした。たしかに、彼はありうる唯一の家庭があの熱い海中の洞窟であり、あのプルプル震える柔らかい穴であることをよく知っていた。彼は失くしてしまったものの大きさにぞくっとした。雨風にさらされてたった一人で、まる裸でどうすれば生き延びることができるだろうか？　彼は握りしめたこぶしを閉じて、良き時代を思い出すことで心を温めながら、傷つくほど押さえつけた。オアシスに来たのは失敗だった。テラスのテーブルに座ったのも失敗だった。売春婦たちと軽々しく口をきいたのはもっと良くなかった。しばしばマティアスはリラックスした。しばしば彼の体は苦しむことに飽き、頭は一瞬、記憶が途切れた。それは目を開けて寝るようなものだった。しかしそうした軽やかなひと時はほんの少ししか続かず、常に黒い痛みが彼の上に暴力的に襲いかかった。そして痛みは戻り、以前にもまして痛んだ。それは本を読んで最後の時を楽しんでいて、読んだしるしをつけようとページの端を二つ折りにしようとした人が、自分を待ち受けているものをいやおうなく自覚するまさにその前に死を宣告されたようなものだった。

「そんなに考えないで、マティアス。考えすぎることは健康に良くないわ。こんなお祭り騒ぎは有害だわ。思い出すことは罠になる。記憶という爆弾よ。さあ、あたしともう一杯飲みましょう。リオハのワインよ」

タクシードライバーは苦痛でまだぼうっとしながらセレブロを見た。女は赤ワインでいっぱいのグラスを彼に差し出した。それは例外的なことだった。セレブロはこれまで誰とも飲まなかったからだ。確かなことは彼らが初めて言葉を交わして以来、何かが発展したことであり、彼らのように不愛想でない人々にとっては、友情に分類されうるものだった。いずれにせよ、それは両者にとって全く予期しないもので、毎晩オアシスへ出かけ、沈黙と言葉を交わした。ほとんどすべての沈黙がタクシードライバーによるものであり、ほとんどすべての言葉が女からのものだった。それは常に教育的な、教師としての立場からの言葉であり、親密さからの言葉ではなかった。心地よいレッスンをタクシードライバーは好んで聴き、彼らは心地よい信頼関係を提供した。そうして個人的なことはまったく話さず、口をすっぱくして傷つけるテーマに触れるのを意図せずに避けた。マティアスはセレブロが彼を評価しているのを知っていた。彼の好奇心、感受性、生徒としての従順な態度を気に入っていた。もっと珍しかったのは、タクシードライバーもセレブロと同席するのが心地よかったことだ。飲むのをやめたことがない人物と親しくなれるとは考えてみたこともなかった。もちろん女は、せっかちに話さなかったし、ばかげたことは言わなかったし、フラフラしなかったし、地面に倒れることもなかった。体だけはしっかりと立てて、目ははれぼったく、話し方はゆっくりだった。最後には押し黙って、自分の中に閉じこもった。言葉がなくなったとき、出て行った。

しかしその時が来るまで一晩中アルコールを飲んで過ごすことができた。アルコールを飲むのを我慢することができるのは信じがたかった。タクシードライバーは疑わし気にワイングラスを見た。いいだろう。彼女と一杯やろう。いずれにしてもクリスマスイブなのだから。

「ありがとう」。彼はグラスを受け取って言った。

セレブロと彼は同じテーブルに座っていた。孤独な人が集まったら、孤独な人々といえるだろうか？　もちろんクリスマスイブは、クリスマスイブを完全に無視しようという人にとってさえも不思議なものである。周囲の影響を受けて、思いもよらなかったふるまいをさせる。たとえば、タクシードライバーは、セレブロとワインを飲むことを受け入れた。

「ありがとう」。マティアスは繰り返し言った。「でも我々が一緒に飲むとしたら、その時は、次の一回分は自分に払わせてくれ。注文だ、ここで一番おいしい赤ワインをもう一本くれ」

ウェイトレスはワインを持ってきたが、それは彼らがもう飲んでいるワインと同じだった。

「このクリスマスイブはいい夜だね」。話し好きの男は繰り返した。「そうじゃないか？　ルスベツリヤ。心地がいいし、素晴らしい時を過ごしているし、そのうえクリスマスイブだから。それを説明しよう。君は遠くからきていて、スペイン語がよくわからないから」

「ねえお兄さん、言葉を慎みましょうよ。彼女はあたしと同じコロンビア人よ。コロンビア人は世界で一番きれいなスペイン語を話すの」。ほかのテーブルから女の子の一人が口をはさんだ。

「わかった、お姉さん。知らなかったんだ。僕が言いたかったことはたぶん」。男は言い訳をした。

実際のところ、空気は静かで柔らかく、ほとんど熱かった。間違いなく気候不順で、十二月二十四日としては少々不快でさえあった。

「いい天気だって、ここではみんなが良い天気という」。セレブロはつぶやいた。「この国では地獄さえも良い天気という。夏にひどい干ばつで山々が熱くなり、耕作地は水不足で瀕死の状態にあるのに、気象予報官はテレビで幸せそうに微笑みながら言う。『イベリア半島には一片の雲もありません。完全な快晴で気温は四十度。ですから良い天気は続きます』。連中の無知無学にもほどがある。だから教えてやることが必要だ。気候変動でスペインは最後に完全な砂漠になるだろう。良い天気はもううんざりだ。砂漠に乾杯しよう」

セレブロとマティアスはグラスを飲み干した。

「先日カンメラーについてあんたに行ったことを覚えているかい？　連続の法則のことだ。彼は宇宙が一方でエントロピーへ向かい、他方で秩序へ向かうと主張した」

「はい。また、その理論は科学的に支持されなかったとあなたが言ったことも覚えています。僕には最も合理的に思えるのですが」

マティアスはセレブロをあえてあんたとは呼ばなかった。酒浸りの孤独な老女に過ぎないかもしれないが、タクシードライバーは君呼ばわりしなかった。それにもかかわらず女は一種の尊厳を醸し出していた。おそらくそれは物知りであることからであり、貧しいのに清潔であることからであり、自分の不幸を平然と受け止めていることからであった。オアシスでは誰も彼女をあんたと呼ばなかった。

「よろしい、カンメラーの理論は支持されていない。しかし世界の秩序について語った科学者たちはほかにもいた。具体的にはその観察が経験的に示された人物が一人いる。環境と気候変動に関係する問題について仕事をしていたので、彼のことを思い出した。ジェイムズ・ラブロック(注9)という名前だ。イギリス人であたしよりずっと年上だ。彼もまた生涯にわたって攻撃を受けた」

セレブロは「攻撃を受けた」という言葉で誰のことを指しているのだろう。マティアスは自問した。カンメラーか彼女自身か？　タクシードライバーがその疑問を提起しようと思わなかったのはたしかだ。

「ジェイムズ・ラブロックだ」。女はキャンデーを味わうようにゆっくりと繰り返した。「ずいぶん昔のことだが、この老人は、そのころはまだ年老いていなかったが、NASAのために働いていた。彼らは火星に探索機を送ろうとしていて、その惑星に生命が存在するか否か探ろうとして、テクノロジーでそれを準備することを望んでいた。ラブロックは彼らが地球に固有のばかげた探索方法を使っていることを見て取った。すなわちそれは地球で知られているような生命だけを探索することができる技術だった。しかし宇宙にはほかの形の生命が多数存在する可能性がある。酸素がなくても生きのびることができる生命体や酸の中で泳いでいる生命体、恐るべき高温や極端な低温でも生きのびることができる生命体だ。そのとき、ラブロックは驚くべきアイデアを持ち、どんな形の生命をも探索可能な方法を発見した。知られているように、宇宙は無秩序が均衡点に達するまでエントロピーに向かっている。しかしラブロックは、どこに生命があるか、どんな形の生命がいるか、エントロピーを測定することは過激な形で混乱させることに終わると気がついた。なぜならどんな形をとっても、生命は世界で秩序に向かうからだ。あんたがそれを理解できるようにずいぶん簡略化して話したんだが」

「でもよくわかりません」

「一キロの文字のスープを想像してごらん。文字の形をしたあの小さなパスタだ。今度はそれをシチュー鍋に入れたと想像してごらん。全部入り混じるだろう。それがエントロピーの均衡点だ。すなわち無秩序が極大化した点だ。しかし誰かが文字で言葉を作ることが想像できる。すべてのmの字を一方に、sの字を他方に分けることもできる。もしあんたがシチュー鍋に顔をのぞかせて、文字が分かれて秩序だてられていたら、誰かがそれをしたと確信できる。つまりそれが生命を作ることだ。元からあった文字で宇宙を秩序立てる。つまり生命とは秩序だ。素晴らしい考えじゃないか」

マティアスは女の言葉をよく考えた。彼は一度も信仰を持ったことはなかったが、セレブロがいう言葉を聞いたとき、科学の神秘に対する漠然とした宗教的な尊敬を感じた。だから生命とは秩序だ。彼自身の生命も苦悩と暗闇でいっぱいである。

その時、誰かがカチートのドアから出てきて、彼らに向かって空き地を横切った。タクシードライバーはすぐにその優雅で軽やかな歩き方を見て取った。黒い王女だった。ファトマはテラスに着くと、同僚にあいさつした。テーブルには四人だけが残り、ほかの女たちは売春クラブに引き上げていた。すぐにマティアスとセレブロに近づいてきて言った。

「こんばんは」。彼女は少ししわがれた声で言った。

「ああ、クリスマスおめでとう。俺たちと一緒に座るかい？」マティアスは返した。

少女はしばしためらったのち同意した。

「ほんのちょっとだけ」

少女を見ながら、マティアスはたしかに生命が秩序であることを信じることができた。驚くべき秩序だけが、目を訓練された監視兵のようにその長くカールしたまつげをまぶたの上に次々と配置することができる。その秩序をもたらす力だけが、両手のバラ色の爪から細長いすらりとした脚までたくさんの美を一つの体に合わせることができる。マティアスは胃に押すような痛みを感じた。ファトマを見れば見るほど意気を失った。神かけて、彼女が自分の娘であったとしたら。こんな寄る辺のない美しい娘がカチートの恐怖にさらされているなんて。

「少しワインを飲むかい？」セレブロが差し出した。

「アルコールは飲みません。イスラム教徒ですから。コカ・コーラのほうがいいです。トルティージャの小皿をお願いします」

ルスベッリャが注文品を持ってくる間、三人は押し黙った。清涼飲料水が泡を立て、テーブルの上にこぼれた。すぐに黒いハエが現れて、小さな水たまりで飲み始めた。十二月にハエ！　もしこんな調子で気温が上がっていったら、マドリードはセレブロが言うようにすぐに不毛の砂漠になるだろう、とマティアスは考えた。

「暑いわね」とファトマは彼の考えを読んだかのように叫んだ。

少女は大きなポケットのついたニットの厚いカーディガンを着ていた。カチートを出る時、仕事着の上に身に着けていたに違いない若者風の無邪気な服だ。今、彼女は丁寧な動作でそれを脱いで、脚にぴったりのパンタロンと模造のダイヤモンドでピアスしたへそと襟ぐりの大きいバラ色のサテン生地のチョッキを見せ、胸を前へ突き出していた。ファトマはカーディガンを注意深くたたむと、テーブルの上に置いた。

「ちょっとだけいます。ドラコはみんなと話すのを嫌がるから」

前腕ごとに滑らかな肌の上にマティアスは描いたダブルの十字を見ることができた。傷の一つはまだ柔らかかった。あれは病院で診察を受けたときにふさいだものに違いない。彼は再び一片の苦悩を感じた。

「あらまあ、あんたを先日サン・フェリーペ病院に運んだときもそれを見たよ。かわいそうに。何という人生だ」。彼はうなった。

「そんなに悪くないです。お客さんの多くはいい人ですし、同僚の多くも同じです」

沈黙が再び彼らの上に落ちた。セレブロはひっきりなしに飲んだ。それは彼女が毎晩引きこもる辺鄙で荒涼とした道だった。ハエがグラスの間を飛び回り、時おり満足げに足をこすった。この役立たずで汚い虫も世界を秩序立てる能力を持っているのだろうか？　ハエも生命の秩序をまとっているのだろうか？　タクシードライバーは少々気分が悪くなるのを感じた。少々気弱に、少々酔いを感じた。

「あたしはコノから来たの。山岳地帯よ。ギニアとの国境近く。そこにはダイヤモンドがある。シエラレオネにはたくさんダイヤモンドがある。それがあたしたちの不運よ」

ファトマはあたかも半分眠っているかのようにゆっくりと話した。彼女のしわがれたのどにかかったエキゾチックな声は、生温かい夜に響いた。

「革命統一戦線のゲリラ兵士たちが村にやってきて彼らに連れ去られたとき、あたしは十歳だった。(注10)毎日冒された。それも大勢に。そのときはたしかに悪かった」

マティアスはびっくりして彼女を見た。しかし彼女は語ったばかりの恐怖には無頓着に落ち着いて、三分の一に切り分けられたトルティージャをつまんだ。

「そしてそこでずいぶん過ごしたわ。どれだけかわからないけど、一年か二年か三年。つらかった。でもあたしには少しばかり幸運があったの。男の子たちはもっとひどかった。男の子たちは兵士にさせられた。コカイン漬けにされて銃を与えられた。彼らは人を殺させた。最初は自分の両親。パン、パン、パン。子供たちを試すために。そしてすぐに大勢の人を毎日殺さねばならなかった。女の子にも兵士にさせられた子がいたわ。しかしあたしはかわいかったから、彼らが楽しむために一人取っておかれた。それがささやかな幸運の一つ。その上あたしの両親はもうずいぶん前に死んでいた」

タクシードライバーはテーブルの縁をつかんだ。夜は暗く、売春クラブがバラ色に輝き、高速道路から車がうなる音が聞こえた。世界はぐるぐる回っており、マティアスは落ちるのを感じた。彼はもっと強く丸テーブルをつかんでセレブロを見た。しかし女は意気消沈したと見えて彼同様に押し黙っていた。ファトマは食事を終え、グラスを一杯飲み、すぐに唇を丁寧に紙ナプキンで拭いた。重いまつげの下からタクシードライバーを急いで見やった。

「だからここではそんなに悪くないと言ったの。心配しないで」

マティアスは口を開けて再び閉じた。すぐにつばを飲み込み、のどの奥から声を出して言った。

「だが、そうしたことはいつのことだ？」

「ずいぶん前よ」

「ところで君は何歳だっけ？」

「千歳よ」。ファトマは微笑みながら答えた。

「ヤモリだ」とセレブロがだしぬけに言った。

マティアスは彼女をびっくり仰天して見た。老女は震える指でテーブルを指さしていた。しかしテーブルの上には何も特別なものはなく、トルティージャの汚れた皿と清涼飲料水の瓶とワインのグラスと瓶と少女のたたんだカーディガンがあるだけだった。

「ヤモリだ」と女は繰り返した。

アルコールによる酩酊状態に入ったのだろうか？　彼女にヤモリが見えたように、母親は気分が悪く、入院させねばならないときクモが見えると言った。しかしその時、マティアスにはカーディガンの上で小さなしみが動いたように見えた。彼はそのしみをよく見るために前にかがんだ。ポケットから何かが顔を出し、注意深く外に出ようとしていた。実際に、それはヤモリであるように見えた。小さいながら整っており、輝く緑色で、背中には青い電光が走っていた。少女はテーブルの小さな生き物のそばに広げた手を置くと、爬虫類は柔らかい手のひらに乗った。

「きれいだこと。とても珍しい」。セレブロはつぶやいた。

ファトマはきらきらと輝く背中を注意深く愛撫した。

「ビッガよ。あたしのお守り。ンゲオの神がくれたの」

「だが君はイスラム教徒だと言ったじゃないか」。マティアスは言った。

「そうよ。でも世界にはたくさんの神さまがいて、みんな良いものをもってるわ。お見せしましょうか。とても頭が良くてきれいなトカゲよ」

そう言いながら、ファトマは前にかがんで生き物をマティアスの右手に置いた。タクシードライバーは汚れた手を開いたまま、動いて小さな生き物を傷つけるのを恐れて、じっとしていた。

「この子はあなたがいい人であるのを知ってるわ。こんなにおとなしくしているもの」。ファトマは満足げに言った。

そのためにヤモリを置いたのか？　マティアスは考えた。俺を試すために？　生き物は実際に気に入っているように見えた。手のひらをゆっくりと散歩し、小さな足で彼をくすぐった。

「ファトマ、お前はここで何をしているんだ?」

後ろから声が聞こえた。マティアスが振り向くと、ドラコが近づいてくるのが見えた。一度も彼と話したことがなかったが、すぐに彼だとわかった。彼は悪人の顔をした小柄な人物だった。ファトマは慌てて立ち上がったので、椅子をバタンと倒してしまった。彼女は顔が真っ青になっていた。たしかに彼女の輝く黒い肌は今や灰色を帯びていた。マティアスはアドレナリンの波が全身を走るのを感じ、全身が赤くなった。

「すみません、ドラコさん。あの子はお腹を空かしていて、何か食べにやって来たのです。もうすぐ行きますよ」

「だが、べっぴんのファトマさん。そのために外出する必要があるのかな? カチートには何でも好みの食べ物があることを知ってるね?」ドラコは優しく言ったがその優しさには毒々しさが含まれていた。

テラスには女たちは一人も残っていなかった。マティアスは彼女たちがいつ出て行ったか気づかなかった。少女とタクシードライバーの目が一瞬交差し、彼女はわかりづらいしぐさをした。それは否定と懇願を同時にしたものだった。彼はメッセージを理解したと信じ、左手を右手の上に置いて、ヤモリを隠した。

「はい、その通りです。あたしはもう行きます。ありがとう」。ファトマは再び言った。

七万五千人以上の死者が出た。

12

彼が目を覚ましたのは、ドアをたたく音ではなく、チュチョとペッラの鋭いほえる声であり、足が床をたたく音だった。リタが亡くなって以来、いつもそうしていたように、疲れたまま立ち上がった。生き物たちの世界に戻るのも大儀だった。彼は半ば手探りで部屋を横切った。複数の窓には日中のまばゆい光が睡眠を妨げないように毛布が掛けてあった。何時かわからないままドアを開けると、夕方の光が彼に降り注いだ。太陽は沈みかけていたが、最後の光線が荒れ地から届き、目をくらませた。マティアスは光の攻撃の前に落ち着かず目を細めた。昼間の容赦ない明るさ、現実の世界を二倍に写す明るさを彼は我慢できなかった。不機嫌になって彼は訪問者を見なければならなかった。それは黒い、非常に黒い影だった。逆光に対する黒いしみが少しずつファトマの繊細なシルエットになっていった。彼女は太陽の光を後光に浴びながら微笑んで言った。マティアスはぎょっとして感嘆の声を上げた。

「ここに何の用なんだ？」

「ビッガを探しに来たの」

「誰のことだ？」

「あたしのヤモリよ」

あの生き物のことだ。タクシードライバーは寝る前に生き物をルスベッリャからもらったマドレーヌの空き箱に穴をあけてから入れたことを思い出した。中にいればいいのだが。

「入りなさい」

横向きになると、少女は静かに軽々と入った。男はドアを閉め、心地よい暗がりが二人を覆った。彼は手探りでスイッチを探し、電灯をつけた。ファトマが目を周りにやると、マティアスは目をゆっくりと泳がせて彼女が見ているものを見ることができた。セメントの床、裸の壁、ふさがれた窓、しわのよった毛布、犬が水を飲む瀬戸物、ゴミバケツ、床の隅に積まれた四着の衣服。彼は起きたばかりだったことを思い出し、見苦しくないか自分の姿を見た。トランクスとシャツは着ていた。

彼は赤面し、あわててジーンズとセーターを着た。

「気にしないでください」。ファトマは彼の慌てた姿を見て笑った。

しかしすぐに真面目になって言った。

「ありがとう」

マティアスは困惑して口をつぐんだ。彼は安定の悪い二脚の椅子からタオルとせっけんと揺れる上着を片付け、椅子の一脚を座るように彼女に差し出した。ファトマは軽く頭を振って椅子を断った。

「いりません。すぐに行きますから」

「どうしてここに住んでいるとわかったんだ?」

「ルスベッリャから聞きました」

「彼女にどうしてわかったんだろう?」

「わかりません。あなたがこの町の端に住んでいると言いましたが、その場所は知りませんでした。ドアの前にタクシーが止まっていたのであなたを見つけたのです」

マティアスは言葉をなくし、再びうなった。

「で、あたしの守り神は?」

「ああ、ここにいるよ」

男は犬たちが届くのを避けるために数時間前に窓の下枠の上に置いた箱をつかんだ。注意深くふたを開けるとヤモリが底で縮こまっているのを確認してほっとした。

「取りなさい」

ファトマは手を入れると、爬虫類はすぐに手の上に乗った。マティアスは小さなヤモリが少女の手のひらで神経質そうにふらふら踊っているのを感嘆しながら見た。それは子犬が興奮して喜んでいるさまを見せるのと同じだった。

「君のことがわかると言っているんだろうね」

「もちろんあたしのことはわかっているわ。ビッガだから」

ファトマはヤモリの背中をやさしくなでた。いまや生き物はまったく落ち着いて指の優しい摩擦に身をゆだねていた。ヤモリは電灯の光に体にニスを縫ったように輝いた。純粋な緑であり、燃え上がるような青だった。

「寝る前にはこの子にハエを食べさせた。気に入ったようだ。それで太った」。マティアスはつぶやいた。

ファトマは彼を見た。目が輝いていた。

「ありがとう。あなたはいい人だわ。この子もわかっているわ」

「よろしい。僕もうれしい」。タクシードライバーはとぎれとぎれに言った。「今、水をやっていないのに気が付いた。何かしなければならなかったことがあるかい?」

「大丈夫です。心配しないで」

少女は注意深く生き物を胸のポケットに入れた。彼女は前の夜と同じカーディガンを着ていた。

「あたしは行かなければ。ここにいるわけにはいかないの」

マティアスは眉をしかめた。

「あのドラコはかわいそうなやつだ」

「気にしないで」。少女は繰り返した。

「差し支えなかったら、カチートまで送ってやろうか」

「いいえ、よくないわ。タクシーで来たからほかの車で戻るわ。色々とありがとう」

マティアスはドアを開けた。太陽はもう姿を消し、あたりは青色を帯びて薄暗くなっていた。敷居をまたいだとたん、ファトマは飛び上がった。一瞬手を胸のポケットにやり、すぐに下ろした。

「どうしたんだ？」マティアスは彼女が表情を変えたのを見て訊ねた。

女はあごの先で示した。

「あいつの犬の一匹よ」

突き当りの塗りたくられた塀のそばに色ガラスのジープがあった。車にもたれて肉付きのよい男が腕を組んで彼らを観察していた。左利きのマノロで、ドラコの用心棒の一人だった。二十代の野蛮な男で、まったくの悪人ではなく、良心に呵責があったが、くたばるまで叩きのめした人物だった。しかしすべての悪人が凶悪さにおいて同じでないし、人殺しも同じではない。マノロは田舎町に母親がおり、それは良い母親で、しばしば彼の感情を動かした。時がたって、孤児となった後、無感覚なごろつきになったが、そのときはまだ同情することができた。とりわけファトマのような美しい女性のときには。というのは、美はしばしば感情を与えるからだ。それでマノロは少女に同情し、以前から彼女の小さな過ちには口をつぐんできた。彼はまったく変更することなく、血気盛んな男の鷹揚さからそうした。しかしこいつは厚かましすぎる、とマノロは独り言を言った。ドラコに告げる以外に方法はない。気が向かないが。

マティアスは険しい目つきでボディーガードを見た。

「あいつと話してこよう」。彼は言った。

「だめ、だめ、だめ」。ファトマは慌ててささやいた。「本当にそれはよくない。心配しないで」

少女は決然とした足取りで歩き始め、用心棒のほうに向かった。男は車の方を向くと、扉を開けた。ファトマは何も言わずに乗り込むと、色ガラスの向こうに姿を消した。ジープに乗り込む前に、マノロはマティアスにおどけるように手で合図した。タクシードライバーは目で車を追い、しばらくドアの前に立っていた。夜の闇が急速に降り、あたりはすっかり見えなくなった。わずかに壁の殴り書きだけが読むことができた。一番上に、ばねの絵のそばにマティアスとあった。下には、「エステベスがクビになった」とあった。しかしまさにその時、遠くの街灯がつき、まぎらわしい夜が始まった。タクシードライバーは壁の字は違うことを言っているのを知っていた。壁は「これが君の使命だ」と叫んでいるのを知っていた。

マティアスは悪寒をこらえた。ああ、きょうはクリスマスだったんだ。彼は興奮することもなく急に思い出した。彼は家に入ると、ドアを閉めた。

13

物言わぬ裸体ほど絶対的に無言のものはない。ダニエルは新聞のクロスワードパズルをしているふりをしていたが、実のところは、マリーナが寝る前にどのように服を脱ぐかこっそりと観察していた。彼女は自分の肉体に無関心にそれをしたし、ダニエルがいるのにも全く無関心にそうした。靴を脱ぐために前かがみになる時には、でっぷりした腹にしわがよった。おっぱいと尻を出して歩くのも気にしなかった。それと同様に、数分前、彼がパジャマを着る時、トランクスを脱いで男性自身を見せるのも彼女は気にしなかった。しかしながら彼らの体が価値と目的で宗教的な重みを持っていた時期があった。そのころ、マリーナの乳首を見るのは一種の公現祭(注11)だった。そのころ、恥部をあらわにして外気にさらすのは、信者が聖人の称賛すべき遺物を見せるように、ほとんど宗教的なしぐさだった。性器は健康で情熱的であり、常に聖的な何かを持っていた。しかしまもなくそうしたすべては痕を残さず霧散してしまった。

見飽きた肉体ほど悲しいものはない。とりわけ完全に無視された体はそうだ。マリーナはまる裸で、ダニエルの存在を無視して、整理ダンスから椅子へ、窓からドアへと部屋の中をうろうろした。彼女の皮膚のいたるところから耐えがたい無関心がにじみ出ていた。いや、ある時、変化があった。お腹を少し引っ込めて、背中を伸ばし、両肩を少し上げた。鏡の前を通り過ぎて自分の姿を映した。もっとよく見せるために。彼女はパートナーの意見より、自分の意見を気にしていた。マリーナが鏡に注いでいる視線を、どれだけの男が実在であれ架空のものであれ向けてくれただろうか。彼の妻は男性の視線を想像しながら見た。すなわち、ほかの男の視線であって、決して夫のものではなかった。その点において、女というものはラジカルであり、妥協の余地がなく、狂暴であった。肉体関係を持たなくなったそれ以降は全く持たなかった。それはあたかもダニエルが突然別の種類の生き物になったみたいだった。たとえばサイがその例であり、それゆえ、マリーナにとって、夫とペアを組むということはばかげており、考えられないことになった。もちろんサイは彼に起きたことに似ているると、ダニエルは独り言を言った。サイは優美で、大きくて強く巨大な角を持っている。しかしマリーナは彼をサイのようには見ていなかったのも確かだった。たとえば、彼をウサギのように見ていた。つまるところ、どちらも同じことで、人間とウサギは決してペアを組むことはできないのだ。

彼のほうといえば、まだマリーナの体をいくぶん望ましいものと見ていた。足を止めて実際に観察することで十分であり、マリーナが再び一人の女性になるためにかつての彼女の肌の温かさを思い出すために少し努力するので十分だった。たしかにダニエルはまだ彼女を求めることができたが、不幸なことに彼女に触れることは全くできなかった。セックスするには時間がたちすぎていたし、そのうえ彼女は何度もダニエルを拒絶した。それで、ダニエルはもうマリーナとはサイの角を見つけることができないと確信していた。こうして彼だけが彼女を少し求めていたが、彼自身のものでないかのように遠くに求めていた。それはおそらく一種の非現実的な性的感覚であり、片方の足を切断した後で、まだ切った足に感覚があると信じる人々に似た感覚だった。マリーナは彼の切断した足だった。

いま彼の妻は寝たばかりで、テーブルの明かりは消してあった。同じベッドを共有しながら、数か月の間、触ることなく何とか一緒に寝ているのは信じがたいことのように思えた。何年もの間、彼にとってよそ者であるばかりでなく、敵でさえもある女と、汗といびきを分かち合いながら夜を過ごしたのはさらに信じがたかった。不眠中に正気に戻ると、ダニエルは実際には全く共通点のない人と一緒に寝そべっているのにびっくりした。たぶんその午後、彼とメトロの同じ車両に乗り合わせた旅行者でも、その複雑な関係を見出すだろう。というのは忌々しい車は再び壊れようとしていたからだ。

しかしながら彼らは別れなかった。

それはミステリーだった。

前の夜、ダニエルは一度ならず悪夢にうなされた。誰かを殺したという悩ましい感覚を覚え、目覚めた後もその感覚は消えなかった。たしかに救急センターで長年当直を勤めるなかで、大勢の人々が死ぬのを見た。いくつかのケースでは、彼の医療的処置はおそらく適切とは言えなかったことを思い出させた。しかし彼はベテランのプロであり、ずいぶん前から自分が神ではないことを学んでいた。過ちはあった。死なせたこともあった。いずれは誰もが死ぬのだ。われわれみんなが死体となる運命にある。それが少し遅いか早いかは、大した問題ではない。

しかし今回は理解しがたい悪夢が苦悩を満たしていた。おそらく思い出すことのできない罪に罰されるために彼はマリーナといるのだろう。しかし、バーチャルフレンドのルップでさえ、妻より彼に愛情深い。しかもルップはサディストだ。ダニエルは新聞をベッドに置き、手を伸ばして睾丸の膨らみを触り、ベッドカバーの、シーツの、パジャマのズボンの上からしなんだペニスを触った。マスターベーションをする意欲さえ感じなかった。体は委縮したままだった。

彼は腕を切られた人目をひく黒人少女を思い出した。あの夜救急センターに現われて以来、ダニエルはしばしば彼女のことを考えた。それはしばしば興奮を伴い、性的欲望を伴い、記憶が体の奥をよぎるのを感じた。しかし別のときには今のように痛みの感覚があった。それは彼女に対する痛みや彼女が売春婦として悪い待遇を受けていることへの痛みではなく、彼自身に対する痛みだった。なぜなら彼女は美しく、決して彼と恋愛関係になることがないのがわかっていたからだ。また彼は思春期に思い描いた、燃えるような情熱をもう経験することができないのをわかっていた。世界の美はいったいどこへ行ったのだろうか？　自分はいま急いで何かをする必要がある。そうしなければ、ある日落胆だけが原因で死んでしまうだろう。ただ息をすることをやめて。

明かりを消すため新聞をテーブルの上に置くと、視線が見慣れないニュースの上に落ちた。一見したところ、数百万の蜜蜂が何らの跡を残さずに地球上から失跡しつつある。蒸発するように消えて、死体さえも残していない。ダニエルは数百万の縞模様のある毛深い小さな生き物が空中でばらばらになるのを想像した。いまこの時に生きていることは何て不思議なのだろう。悪いことに気候温暖化が現実になり、聖書の黙示録の前夜にある。つまるところ、ダニエルは自分の中で世界が難破するのを感じていないのではないか？　さらに異常なことには、働きバチたちは女王バチを残して大量に姿を消していることだと新聞の記事は伝えていた。問題は蜜蜂がどこにもいなかったように見えることだ。ダニエルは気の遠くなるような長い世代の間、忠実な働きバチたちに世話を受けて、発生学的に単独で生きることはできない哀れな取り残された女王バチたちのことを考えた。目覚めたときに巣が空だったら、どんな大きな不安を彼女たちは感じるだろう。いたるところで愛の欠如が勝利している。それが世界の向かうところだ。

（注11）イエスが東方三博士の贈り物を受けた記念日。一月六日。

14

週間後、ダニエルは新聞の性的サービスの広告を見ていて気が付いた。そのたぐいの広告に関心を持つことは、彼にとって野暮ったく未熟な人がすることのように思われ、売春婦のもとへ行くことは恥ずべきことであった。しかし美しい黒人少女の思い出は、彼の記憶の中で日増しに痛んで皮膚の上に盛り上がる膿を持った吹き出物のように比べようもないほど膨らみ続けた。その吹き出物は、触ることだけが炎症を起こさせるのをわかっているのに指でいじる誘惑を持たせるのだった。ところで、腕に傷痕の残る少女と一緒にダニエルに似たことが起きた。心の中で少女の記憶に触れるのを避けることができなかった。彼女は名前をファトマと言った。カチートで働いていると言った。車でマドリードから出入りするとき、ダニエルは一度ならず売春クラブとして知られるきらきらした直方体の建物を見た。そのうえ、広告の中には大きい四角の枠の中に簡素な表現で次のような言葉が並んでいた。「カチート、背の高い女の子十人、ホテルと居室」「カチート、我々はあなたが想像できるあらゆるファンタジーを現実にします」。十分にあいまいで希望を抱かせる文句だったが、ダニエルが頭の中で「想像できるあらゆるファンタジー」と美しいファトマの思い出を結び付けると、息が止まるのを感じた。

ここ数日、ダニエルはぼんやりときわどい言葉の広告をめくりながら、一度ならず新聞のすみに目をやったのは何であるか考え続けた。ある朝、新聞のエロチックなページを開くと、黒人女が彼の心を奪ったことを認めざるを得なかった。楽しいアイデアが彼の頭に乱暴に火をつけた。ファトマにまた会えないだろうか？　もちろん売春宿で客としてではなく、友人として。彼女に電話をかけて、コーヒーを飲み、傷と人生について尋ね、女王のように愛撫する。そうして彼女は売春婦として扱われなかったことに感謝し、感動し、おそらく彼に対して何らかの愛情を感じ始めるだろう。彼は全幅の愛情と敬意を与え、そのたびに彼女は彼が好きになる。そして最後には彼を愛するようになり、二人は恋人同士になるだろう。彼は彼女を腕に抱えるのを想像すると、体じゅうの血が両脚の間に集まった。激しく鼓動する心臓を養う血はほとんど数滴しか残っていないほどだった。

その感情の衝動は彼を驚かせた。十分間会った売春婦とバラ色の小説を作るにはばかにならなければならない、と彼は独り言を言った。しかしながら少女を呼ぶというアイデアがいったん心に現われると、それをあきらめることはできなかった。数日間、そのことを繰り返し考え、彼女を呼ぶという可能性を考えるだけで、生活に喜びをもたらした。

こうしてある午後、カチートの広告にある電話番号を押し、ファトマのことを尋ねた。しかし電話に出た偏屈な女は、女の子たちと直接話すことはできないと答えた。もしそうしたいなら、ファトマ嬢が空いているときに予約を取る必要がある。というのは、彼女は一番人気があるからだ。そしてわずかな追加料金を払えば、女の子を家まで派遣するサービスを受けることもできる。ダニエルは考えておきますと言った。

そして彼は考えた。二日後に再び電話して、ファトマを家に呼ぶことを決めた。もちろんダニエルには人を呼べるような家はなかったので、前もって空港の近くの一部屋を予約した。空港近くのホテルはおあつらえ向きだった。というのは同様のホテルは非常に不規則な使い方をされており、午前三時にチェックインして二時間後に出ていく客がいることを医師は想定したからだ。無秩序は不都合な関係を隠すには好都合だった。ダニエルは気づかれずに過ごすことを望んだ。誰かに起きていることを知られるのはぞっとした。

彼はホテルに翌日の夜十時のサービスを予約し、面会するまで三十時間を過ごした。予約を取り消すために電話機を取り、番号を押し終わらない前に再び電話機を戻した。さらに悪いことがあった。恥ずかしいことに、少女と何も起こすことはないと繰り返していたのにもかかわらずぎりぎりになって絹のボクサー型パンツを数枚買ってそれを身に着けた。彼ははやる思いで九時半ごろホテルに着き、無邪気な旅行者を装うため小さな旅行鞄を用意していた。彼は陰謀家風の態度で密告されるのを恐れて、フロントでチェックインし、無味乾燥とした部屋に入るとすぐ、前もって考えていたように、ファトマがコンシェルジェへ彼のことを訊ねないよう、携帯電話で部屋の番号をメッセージで送った。何よりも慎みが必要だ。続いて空の旅行鞄をベッドの下に隠し、緊張を和らげるため、ミニバーからウイスキーを取った。不安でいるのはこっけいだった。実際に何も起こらなかった。しかしながら彼は最初のデートを待っている青年のように感じた。ばかげているぞ、彼は独り言を言った。君は四十五歳の医者で彼女は二十歳の売春婦じゃないか。不安なのはどちらのほうだ？　しかし問題はなぜそこにいるかわからないことだった。何をしたいのかもよくわかっていなかった。

彼が千六百三十二秒悩んだ後、ファトマはこぶしでドアをたたいた。医者が開けると、彼女の美に圧倒された。彼は彼女を味わって記憶の中にしっかりとどめた後、実際の女が彼を幻滅させるのを恐れていた。しかし彼女のたぐいまれな美は彼を再び困惑させた。半ば無邪気で半ば知的な古代の女神のような顔、浮かぶ骨のような軽い体は、その繊細さにもかかわらず本質的な感受性を与えられているように見えた。敷居に立ち、少女は半分頭を入れた。

「入れて下さいませんか？」ファトマは微笑んだ。

輝く整った白い歯がのぞいていた。

「はい、もちろん」

二人は部屋に入った。ダニエルは体をこわばらせ、間が抜けたようにおどおどしていたが、ファトマはジャケットを自然に脱いだ。彼女は地味な色のスカートと体にぴったり合った緑のジャケットを着ており、それは明らかにホテルに行く際に注意をひかないよう考えた服装だった。しかし上半身を脱ぐと、黒い縁取りのあるオレンジ色のブラジャーがあらわになった。短いひもとつやのある肌の盛り上がった胸。ブラジャーの縁には完璧な形の薄暗い乳首が姿を見せていた。ダニエルは懸命に努力して視線をそらした。

「あたしたち二人のために飲み物を用意してくださいませんか？」ファトマは微笑みながら言った。「あたしはジュースをお願いします」

「僕のことを覚えていますか？」ダニエルは訊ねた。

少女のつややかな顔には質問が彼女を不愉快にしたような軽い陰りがよぎった。眉をしかめてじっくり彼を観察した。

「ん、もちろんです。前に一緒にいたじゃないですか。そうじゃないですか？」彼女はあまり確信をもてずに言った。

「いや、そうじゃない。僕はサン・フェリーペ病院で君の傷を縫った医師です」

ファトマは頭を上げて、視線を彼の方へ滑らせた。からかうようで少しかしこまっていた。

「その時は確かにあなたが好きだった」

「いいや、そうじゃない」

「好きでなかったの？」

「もちろん好きだった。君に会いたいと思っていた。君がどんなふうにしているか知るためだけに」

「ここではあなたをもてなすことはできません。外出も禁じられています。クラブだけです。あなたにクラブに来るように言いました」

ダニエルは女の言うことが理解できずに戸惑った。

「いや、そんなことを君に言ってるんじゃない。僕はカチートに電話したが君を呼べなかった。それで面会の約束をした。しかし君と何もするつもりはない。すなわち何もしなくていい。君を尊敬している」

ファトマは彼を深刻そうに見た。まもなく手のひらを広げた。

「二百五十ユーロです。前払いしてください」

「わかった。前払いは問題ない。何もしないと言っておく」

少女は肩をすくめた。

「あなたが望むようにしましょう。でも先に払ってください。今すぐ」

「わかった。もちろん。取りなさい」

ダニエルは料金を払わなければならないことをわかっており、必要なお金を現金で取り出した。少女がほかのことは要求しないことは理解していたが、いずれにせよ出会いは出だしがあまりよくかったように思われた。ファトマは紙幣を数えてバッグに入れた。すぐに再び微笑むと部屋は明るく熱くなった。

「じゃあ、何をしましょうか？」

「うまく言えないが、君と友達のようにおしゃべりしたい。腰を下ろして、いま飲み物を用意するから」

ファトマはベッドに腰を下ろし、ダニエルはミニバーをひっかき回した。ジュースを差し出し、自分にはウイスキーを入れた。そして部屋にあった唯一の座り心地のよくない肘掛け椅子にゆっくりと腰を下ろした。それをしながら、鼠径部に新しいトランクスの絹のやわらかい摩擦を感じた。それは予期しない感覚だった。彼は押し黙ったままの少女を見て、咳ばらいをして言った。

「君はおしゃべりをしたいとだけ言われて驚いているに違いない」

「いいえ」

「違うのか?」

「そういうことも何度かあったわ。ただおしゃべりしたいという男性がいるの。心を込めて聞いてあげる。人は誰しも孤独だから」

ダニエルにはそのたとえはうっとうしかった。

「ああ、だが僕はそれとは違うと思う。僕は客ではないから。たしかに君と会う予約をした。ほかに会う方法がなかったからだ。だが僕が望むのは君のことをもっと知って、君の友達になることだ。君を尊敬している。商売女のようには見ていない」

「売春婦のようにって言いたいの?」

「君を尊敬している」

ファトマはキャラメル色の目を細く開けた。あざけるような小さな微笑みが唇に浮かんだ。

「あなたのことを好きだったわ。お金を払わずにセックスしてもいいわ」

ダニエルはいらだった。

「それはだめだ。なんということを言うんだ。本当は僕を覚えていないんだろう」

「もちろんあなたのことをはっきり覚えてるわ」。ファトマは笑った。「たくさんの男の人たちが頭の中に夢を持っているわ。売春婦にあなたがたと恋人になってほしいと。あなたたちとセックスしてお金をもらわないことを望んでいる。そのぐらい好きだから。そう考えるのはすばらしいじゃない。もしあなたが言うような商売女が、たくさんの男を知っている女があなたたちとセックスして、愛し合うなら、それはあなたたちが立派なからだわ」

「僕はそういうふうには言っていない」。ダニエルはつっけんどんに言った。

ファトマは立ち上がって、言葉に許しを求めるかのように彼の額に軽くキスして、再びベッドに腰を下ろした。しかし悪意ある微笑みが彼女の口を躍らせた。

「わかった。あなたはそうじゃないわ。アミーゴ」

ダニエルは何と返事していいかわからず、椅子で体をもじもじした。傷ついたのを感じていた。この間抜けな少女は彼が差し出そうとしていることがわからない。彼が好きになることができるということや好きになってほしいということが。この愚かな女は彼の大切な気持を評価することができないのだ。彼の中にある善良なものやずいぶん前になくしたと考えていることも。

ファトマは整った顔をかしげ、彼を考え深げに見た。すぐに前かがみになり、彼の手をつかんだ。

「すみませんでした。あなたはいい人よ。あなたに大いに感謝します。あたしをこんなふうに扱ってくれてうれしいわ」

しかしダニエルには彼女が誠実でないように思えた。彼女の中にオルガスムスの喘ぎ声をあげるふりをしたり、彼女とセックスしている卑劣な老人に欲望の言葉をささやくのと同じ職業的な配慮と同じものを感じ取ったと思った。彼が彼女に聞きたいと思っていることだけを言っていた。手を離すとうしろへのけぞった。

「君について語ってほしい」。最後に言った。それは命令のように聞こえた。

ファトマは背中をそれとわからないようにぴんと張った。

「何を語ってほしいの?」

「すべてだ。今君は何歳で、どうやってここに来たのか?」

少女はジュースをあわてて飲んだ。

「二十一歳です。アフリカ人よ。あたしの人生はごく普通。そしてお金のためにここに来たの」

「さあ、それはお話でしかない。本当のことを語ってくれ」

「話すことは何もないわ。うんざりすることばかりだから。そのうえ、商売女は聞くのが仕事で、語ることはないわ。しかしお望みなら、お話を作ってあげる。売春婦たちはみんな人生を作り上げるものよ。そう言われてるんじゃない? 悲しい話か、幸福な話かどちらがお好みかしら?」

ダニエルは深い失望を感じた。もちろん数分間会っただけの売春婦と恋愛関係になるのは不可能だった。それは必要だったが、ばかげていた。しかし、それではなぜ彼は心が痛むのか? 彼はオレンジ色のブラジャーをつけてベッドに腰を下ろした美しく魅惑的なファトマを見た。彼女は大きなおもちゃのように彼に差し出されていた。そして彼女が愚か者のようにふるまっていると考えた。熱い衝動が彼の下腹にパチパチし始めた。おそらくいずれにしてもファトマの方に理があるだろう。おそらく彼が望んでいる唯一のことは彼女と寝ることだろう。しかしそのとき彼は彼女の腕の傷に気が付いた。彼自身が縫った醜い傷を見た。彼は頭の中で組み立ててあった善意からの願望を思い出した。ファトマに言ったばかりのもったいぶった言葉を思い出した。そして少女と彼自身を前に、もし今そうすることを熱狂的に望んでいるように彼女に飛びついてベッドに押し倒すとしたら、取り返しのつかないことになると理解した。彼はベッドからはね起きて、ドアに近づき、おののきながら体が熱くなっていたことを隠そうとした。

「お腹が空いた。君は何か食べたかい？　一緒に晩御飯を食べに行かないか？」彼はまごつきながらとっさに言った。

「いいわね」とファトマは答えた。

こうして少女は再び上着を着て、長い指で上から下までゆっくりとボタンをかけ、オレンジ色のブラジャーを隠した。二人は、空の旅行鞄をベッドの下に忘れたまま(ダニエルは取りに戻りたいと言わなかった)、ホテルの閑散としたありきたりのレストランに行って、そこで黙ったまま味気ないディナーを食べた。そのあと、ファトマは彼の唇にキスして出て行った。二百五十ユーロに加えて、部屋代の九十ユーロ、ディナーの六十ユーロ、しめて四百ユーロだとダニエルは計算した。

それには絹のトランクスは含んでいない。ばかげたことをして子羊の目で一晩中不愉快な売春婦を見て四百ユーロだ。

15

ペッラはもともと全くの野良の雌犬だった。ずんぐりしてひどく醜い外観から鼻づらから飛び出てゆがんだ犬歯や目までそうだった。さらに悪いことには、ねずみ色のやせこけた雄犬であるチュチョを偶像視しており、全てにおいて真似をしていた。たとえば、ペッラはおしっこをするとき、今では雄であるかのように脚を上げていた。すなわち脚を上げようとした。そうするには非常な困難がともなった。というのは雌犬としての本能がしゃがませたからだし、両脚はあまりに短く、脚に比べて大きな体は丸かったからだ。それゆえ、彼女はアクロバットの軽業師を強いられているように見え、しばしばバランスを失って道化師のように脚を上げたまま横に倒れた。

それをしたとき、リタは笑いに笑った。涙を流すほど大笑いした。

マティアスは痛みと怒りでうなり声を上げた。人生は地雷原であり、タクシードライバーは、どんなときにも気づかないまま痛みを爆発させる記憶を踏むことができ、それをすれば耳が不自由になり、手足が切断され、記憶で血の海になった。それで夜の仕事をする前に犬たちを散歩に連れ出すような簡単な仕事も、彼には拷問に終わることがあった。知っている通りを歩くことや妻と一緒に最後に歩いた時を考えることも同様だった。バス停で広告を見たり、キャンペーンについて取り交わした機知に富んだコメントを思い出したときもそうだった。どんな些細なこともリタの啓発により神聖な色を帯び、それに触れると言葉で表せない痛みを生じさせた。マティアスは通りの暗がりの中で区別できなかったので、チュチョを呼ぶために口笛を吹いた。犬たちを家に入れてできるだけ早く自分の考えから、自分自身から離れることを望んでいた。数か月の間、逃げるしかなかった。

最初のうめき声は非常に軽く、マティアスは自分の口から出たものと思ってそれを無視した。ときおりそうしたことが起こり、かすかな嘆き声が空気中に聞こえるのを感じ、すぐにその音は自分の口から出ており、ある種のささやきか思わず膨らんだ胸から漏れた荒い息遣いであるのに気づいた。そうしてチュチョを呼び続け、犬が姿を見せないので、そこで何が音を立てているか聞くために耳を澄ませた。

聞こえたのはあえぐような息遣いだった。再びうめき声が聞こえ、こんどははっきりして、疑いなく、他人のものだった。誰かがこの忌まわしい世界で呻き続けていた。

マティアスはアスファルト舗装も側溝もない通りを、彼の家に隣接する瓦礫でいっぱいの空き地を手探りで進んだ。街灯はまだ先にあり、タクシードライバーは足元がほとんど見えないまま進んだ。悩まし気な息遣いがますます近くなった。

「そこにいるのは誰だ?」

再び誰かが呻いていた。マティアスはもう隣の家に着いていた。そこはレンガを積んだ貧相な小屋だった。住まいには明かりはなく、タクシードライバーは彼の正面のドアのそばに何かを識別することができた。そこは影が濃くなっており、黒いものがあった。彼がその暗がりにかがみこむと、人影はうめいた。明らかに人間だった。マティアスは触った。熱くなっていた。

「どうした？　お前は誰だ？」

身の毛もよだつような喘ぎの中に言葉にならない片言が混じった。タクシードライバーは腕をつかむと、遠くの街灯の光が男まで届くように上体を起こさせた。たしかに想像した通りだった。隣人のモロッコ人だった。少年はコガネムシの甲羅のように幻覚をまとった黒くきつい目でぼんやりと見た。つらく息をしていた。息をするごとにそれが最後の息であり、恐怖からなる熱を発しているように見えた。

「君は何て言ったかな？　思い出せないが、モハメッドだったかな。君」

青年は混乱した音をつぶやき、自分がどこにいるのかわからないような印象を与えた。明らかに病気であり、重症であり、熱にうなされていた。マティアスは男を脇の下からつかんで、たやすく立たせた。まだ力が強く、体の忠実さに元気づけられたと思った。モロッコ人を胸にもたせかけ、ベルトをつかんで、引っ越し会社で働いていた時、重いじゅうたんのロールをかつぐように肩に乗せた。段差でつまづかないようにゆっくりと道を逆戻りし、タクシーのドアを開いて少年を荷物のように後部座席に置いた。彼のくるぶしのまわりに速足でかけてきたペッラとチュチョをつかんで家の中に放した。タクシーに戻ると、運転席に座った。車の中は隣人の体から発散する熱気で暖まっていた。

エンジンをかけたと思ったら、その瞬間に火のように熱い手が彼ののどをつかむのを感じた。驚いて跳び上がると、車はエンストした。マティアスは病人のカサカサの腕をつかむと、たやすく首から離し、振り向いた。モロッコ人は座席に立ち上がり、ひきつった眼で彼をじっと見ていた。目には知性のひらめきが戻っていた。

「何をする？　やめてくれ」。少年は怯えた顔でせっかちに言った。

「君を病院に連れて行く。俺は隣人だ。覚えているかな？」

思い出してもらえないほうがよかったとマティアスは考えた。それで慌てて話し続けた。

「君は病気だ。ひどく熱がある。病院に連れて行く。心配するな」

「だめだ、病院はだめだ」。少年はマティアスの肩をつかんで絶望したようにわめいた。

放そうとする努力が少年をなかばむせ返らせ、不安で口を開くと、壊れたふいごのような音を立てた。

「落ち着きなさい。君は何て言ったかな？　ムスタファかモハメッドか？　私は友人だ。君は具合が悪い。息ができないのがわからないのか？　病院へ行かねばならない」

「だめ、だめ、だめだ」。少年はふたたびささやいた。一言しゃべるごとに肺の一片を吐き出すかのように力を入れてつばをはいた。「書類がない。警察が。だめだ」

少年はへとへとになってシートに倒れた。

「そのことか。心配するな。本当だ。君を助けてやる。着いたら教えてやる。俺は君の友達だ。君は招かれている。俺の家に住んでいると言ってやろう。心配するな」。タクシードライバーは彼をなだめた。

しかし少年は彼の言葉を聞いておらず、ふたたびせん妄の熱い川に沈んだ。マティアスはエンジンをかけ、大急ぎでサン・フェリーペ病院へ向かった。密猟者のように何日も病院の前で待ち伏せた後で、いま、救急センターの入口を横切るのは彼自身だった。急病人の扱いには慣れていたので、自動ドアの前でタクシーを離れて、助けを求めに行った。すぐに看護助手を見つけ、二人で車から少年を引き出し、半ば失神したまま少年を車椅子に座らせた。

「君はここで待ちなさい」。二人は言った。

まだ彼のことがわからないようだった。

先に車を駐車しに行った。そしてすぐ考えた。自分がここ数日見ていたのと同様に、俺が出入りするのを誰かが見ていたのではないか？　そのとき、通りの反対側に陰の中にうずくまって自分自身を見ていた気がした。彼は冷や汗がうなじを流れるのを感じ、パニックで体がけいれんするのを感じ、荒い息遣いをした。見ているのと見られるのはパニックだった。二人で中から出て行くのもパニックであり、ここにいるのもパニックだった。彼は強く息を吸い込んで、抑圧を終わらせるため、空気を中へ押そうとした。

彼はロボットのようにひどく汚れた待合室に入り、椅子の一つに腰を下ろした。そこで息が元に戻るまで、注意深くゆっくりと呼吸した。彼はあえて何もしようとしなかった。というのは痛みが害獣のように自分のまわりをまわっているのを感じており、注意を引けば自分に引き付けるのを恐れていたからだ。それでまったく静かにしており、背中をこわばらせて頭は両肩の間に沈めていた。それは子供の頃の「死のポーズ」で、災難から自分の身を守る昔ながらの手段だった。母親が酔払っていたが完全な酩酊ではないとき、まだ倒れずに痛い平手打ちを食わせることができるので、家のどこかの隅で死のポーズをとるのが都合よかった。すなわち母親がアルコールに溺れて感覚をなくすまで、壁にまぎれて見分けできなくするのである。しかしもっと必要なとき、彼女がなければ生きのびることができない時点まで、マティアス少年は死のポーズを取った。短い期間ながら彼女は良い母親になろうとした。病院に入院後、酒のない家に戻ってくると、母親は彼の肩をつかんで、今度はうまくいく、自分たちは幸せになれるともったいぶって彼に伝えるのだった。それから女は決然と頭にほっかぶりをして、ぐちゃぐちゃになった部屋の中の整理を始める。床に散らばった汚れた衣類の山や、地層のように積み重なったごみ、大量の空き瓶、シンクをふさぐ食べ残し。タオルや下着を水につけ、汚れたシーツをあちらこちらへ動かし、冷蔵庫の大量のかびをきれいにする。しかしそうした努力がいたるところに見られる汚れを一掃することはけっしてなく、数時間後には元の木阿弥になるのだった。そのとき、彼女はマティアスをつかんで、スーパーマーケットに連れて行き、そこで寡婦手当のすべてをつぎ込んで、チョコレートやプリンやカスタードクリームや砂糖のかかったマドレーヌや動物型のバニラビスケットや栄養を摂るには全く無意味な小さな楽しいパッケージでカートを満たすのだった。そして家に戻ると、ハチミツを使った揚げ菓子を熱心に作り、たとえそれが焦げてもばかのように笑うのだ。マティアスの首を抱きしめ、頬にべたべたと口づけした。そうすれば幸せな気持ちになれるからである。愛情過多は悪いことに数日しか続かなかった。すぐに精神安定剤や睡眠導入剤、起きるためのアンフェタミンを多量に服用するようになり、目は涙で曇っていてもしじゅう微笑み続けた。ある午後、マティアスが学校から戻ってきて、彼女が地面に寝そべっているのを見つけ、家に入るために彼女の上を飛び越えなければならなくなるまでそうだった。そのとき軽く息をしてリラックスし、アルコールのない数週間維持していた死のポーズをやめることができ、心の中の冷淡さや彼が欺瞞に陥ることから救っていた防御的なぎこちなさ抜きですませることができた。それは幸福は可能であると信じていた恐るべき罠だった。

しかしながら、リタとの幸福は本物だった。

待合室のスピーカーがパチパチ音を立てて、うなり、こもった声で呼ぶのが聞こえた。

「ラシッド・バクリさんのお知り合いの方、診察のためにボックスへお越しください」

マティアスはびくっとした。隣人である彼のことを言っているに違いない。ポケットの中をかき回して彼の名前を確かめ、パスポートを取り出した。少年が見せるのを恐れたにもかかわらず、合法のように見えるツーリストビザ付きのパスポートだった。時計をちらっと見て、到着から二時間以上がたっているのに驚いた。死のポーズを取っているうちに、時間はまるで彼が墓地の中の壁龕にいたかのように無常に流れていた。彼は長時間、緊張状態におかれたあとで苦労して立ち上がった。筋肉が痛み、骨は重かった。看護ゾーンの扉に近づいた。

「ラシッド・バクリです。呼ばれました」

「はい、一番右のボックスにお入りください」。女性看護師がリストを見ながら言った。

彼は診察室に入ると、古い痛みが胸を、おおよそ心臓のところをよぎるのを感じた。壁はリタの臭いが、リタの薬の臭いが、リタの病気の臭いがした。彼はほとんどすべてのボックスを知っていた。それぞれのボックスは一定量の希望や苦悩を飲みこんでいた。マティアスは深呼吸して、去来する不安と戦うことができた。彼は廊下を奥の方に進み、最後の個室に入った。そこにはラシッドがおり、ベッドに寝かされてシーツを被り、酸素マスクをして腕には点滴をしていた。痛ましい姿そのものだった。

「どうだ、調子の方は？」タクシードライバーは小声で言った。

若者は答えなかった。そのときボックスに女が入ってきた。ネズミのような顔をした若い女性医師で、頭がよさそうで、目が大きく、まばらな髪を肩まで伸ばし、ふけが光っていた。

「ラシッドさん、気分はどうですか」。彼女はほがらかに尋ねた。

モロッコ人の青年は彼女を怯えた目で見た。

「肺炎ですね」。女医はマティアスのほうを向いて説明した。「抗生物質で抵抗力のある菌をなくすのを待っています。ここ数日かかるでしょう。ベッドが空き次第病室に運びます。解熱剤を処方し、熱を下げたので気分が良くなっています。ラシッドさん、気分はよくなりましたか？」

若者は黙ったままだった。医師はカルテの記入を終えると、マティアスに渡した。

「入院の書類を整える必要があります」。女医は別れを告げるように言った。

女性医師が出て行くとすぐ、ラシッドは酸素マスクをつけたまま、体を起こした。

「お願いです。お願いします」。彼は嘆願した。

怖がっているようだった。

「書類はありません。警察はだめです。お願いです」

つまるところ、悪いことにビザは偽造だった。シーツの下から少年のやせて骨ばった体がのぞいていた。少年は裸にされて、粗末な衣服は丁寧に椅子の上に折りたたまれていた。

「心配するな、俺が責任をもつ」。マティアスは答えた。

何かにつけ、この病院には長らくお世話になっていた。おそらく受付で彼のことを知っている職員がいるだろう。少年はすすり泣くように顔にしわを寄せた。

「両親は、何かあったら、僕がここにいるのを知りません。良い両親で、善良なイスラム教徒です。しかし、頭が古く、因習的で、今の世界のことが理解できません。僕がここにいると言わないでください」

マティアスは少年の苦悩に共感するのを覚えた。このあわれな少年はまったく身寄りがない。彼は酸素マスクを戻してやるとすぐ、手を骨ばった肩に置いた。

「君は何も心配することはない。俺が責任を持つ」

その時、医師がだしぬけに個室に入ってきた。

「もう女性医師の診断を聞きましたか？」

マティアスは彼を見てがっかりした。

「もう女性医師はあなたがたと話しましたか？」男はいらだって繰り返した。

その顔にマティアスは言葉で表せない不安があると考えた。皮をむいたようなその口。少し曲がったその鼻。突然病室が白い霧で覆われ、男の顔だけがはっきりと見えるような気がした。あいつだ。あいつであるに違いない。リタを家に返した下劣な医師だ。名前は何だったかな？　マティアスは男が胸につけたプレートを読み取ろうと努力した。オルティスだ。オルティス医師だ。あいつだ。彼女を殺したろくでもないやつだ。彼の奥歯はきしみ、鼻からは竜の熱い息のような荒い息が出た。

ダニエル・オルティス医師にとっては、男が答えないのが意外だった。彼は救急センターにやってくる人々のそそっかしさに慣れていたし、そのうえ、常に人間は基本的にまぬけな動物だと考えていた。それで急ぎ足で廊下を通り過ぎる女性看護師の腕をつかんだ。

「このボックスが必要だ。私に開けてくれ」

「この方は入院の予定ですが、まだベッドに空きがありません」。女は答えた。

「それじゃ男を廊下の車椅子に移してくれ」。ダニエルは有無を言わせない態度で命令した。

たしかにあいつだ。マティアスは繰り返した。あの反感、患者を無視するような傲慢な態度。しかしとうとう彼を見つけたのだ。彼を捕まえたのだ。

マティアスは誰かが彼の手に触れるのを感じた。視線を落とすと、ラシッドが指を開いて、タクシードライバーが肩に突き立てていた引きつった手を緩めようとしているのが見えた。

「すまんな」。マティアスはつかんでいた手を放しながら言った。

そして付け加えた。

「君は落ち着いていろ。俺が全部何とかするから」

それは本当だった。彼は最終的にすべてを手配することを決めていた。

16

ここ数日、ダニエルは不愉快な気分が続いていた。しばしば通りを歩くと、すぐにうなじに視線を、実体はないが否定できない摩擦を感じた。それは背中を撫でる不快な風の一吹きのようなものだった。サン・フェリーペ病院の精神科医の一人であるオチョアは、偏執病の患者は偏執病であることに常に理由があるとよく言っていたが、オチョアは役に立たなかった。そのうえ、ダニエルは彼を追跡するその感覚を病院の中でさえ経験するようになっていた。救急センターの廊下を横切りながら、獲物を狙う犬のように、目に見えない存在が彼の影をつかんでいた。結局のところ、それは現実ではなかった。疑いなく、想像上のあるもので、それは彼の増大しつつある不快感、膨らみつつある苦悩からきていた。正確にはファトマとホテルで戯れごとをしたあとから感じるのが始まったが、それは偶然ではありえなかった。ダニエルは自分に何が起きているか理解できなかった。長年にわたる完全な倦怠、亀裂のない無感覚のあとで、それがたとえ快適でないにしても、少なくとも彼を災いから守っていたのだが、今やすべてが崩れていたように見えた。おそらくそれは有名な四十代の危機であり、それが遅く訪れたバージョンだった。おそらくそれはセカンドライフがもつ罪であり、彼がゲームのように入ったバーチャル世界の罪だった。しかし悪いことにはそれは単なるゲームではなく、実際に第二の生活だった。それは現実の人間と関係をもつような社会環境であって、痕を残した。セカンドライフに参加して以来、何かが彼を中から動かし始めていた。彼はバーチャルなレンガの井戸から頭が離れることはなかった。レンガは感情を持たないし、彼を傷つけることはないのだが。

　だから彼はほとんどこらえることができないほど気分の落ち込みを感じていた。一度もこんな気分になったことはなかったが、今は耐えることができなかった。彼は憶病で、感情的で、気がおけなかった。彼はひどい頭痛に苦しめられていた。当直を終えるにはまだ数時間あったが、片頭痛を言い訳にして外出し家に向かった。誰かに見られているという感覚をもちながらサン・フェリーペ病院のがらんとした駐車場を横切り、暗い通りをつけられているのを感じながら運転し、追跡者への恐れから車を彼の住むアパートの角に駐車した。まるでばかになったようだった。明け方の五時半で、まだ夜は明けてなかったが、玄関の前にあるこじんまりしたバールはすでに開いていた。彼らは路線バスのターミナルの近くに住んでおり、その場所を任されている仕事熱心な小太りで親切なレバノン人は、早起きの旅行者たちの便宜を図って、朝早くから店を開けていた。実際にその時刻にも止まり木にすでに数人の常連客がいた。ダニエルにとっても、レバノン人のバールはたちまち暗闇の中のある種のオアシスに、孤独からの一時的な避難所になった。それで通りを横切って店に入った。アフマドはまるで犬のように働かねばならないことを何とも思っていないかのように、にこやかにあいさつした。明け方に起きて夜が明ける前に床を掃除し、夫がそれをしている間、妻はカウンターでコーヒーを入れていた。

「テーブル席に座ります」。ダニエルは窓のそばの円卓に向かいながら注文した。「ウイスキーを氷入りのダブルでお願いします」

彼は椅子に倒れ込むと、見られているのを感じ続けた。とんだ迷惑だ。彼の背後にはコーヒーポットがうなり声をあげ、フォークが陶器にチリンチリンと音を立てていた。朝の耳を弄聾するようなエネルギーの放出は、ダニエルがガラス越しに見るまだ静かな夜の通りと対照的だった。

その時、家の玄関の扉が開き、男が出てきた。不幸なことに歩道は照明で十分に明るく、それゆえダニエルは男の姿をはっきりととらえることができた。

経営コンサルタントの男だった。彼の妻の小企業の経理を担当していた。離婚した四十男でうぬぼれ屋だった。手にネクタイを持ち、一番上のボタンは外していた。彼の義兄の友人とはいえ、まさかクリスマスイブのディナーにいたとは。それでマリーナは昨晩あんなに笑っていたのだ。それで機嫌がよかったのだ。みんなが知っているに違いない。彼の方といえば、完全な寝とられ夫の役割を演じて、まったく知らされなかったのだ。

彼は血が沸騰して頭に上った。携帯電話を取り出して、家の番号に電話した。二回目の呼び出しで妻が電話を取った。

「あいつを見たぞ。俺はレバノン人のバールにいる。あいつを見た」。彼は苦々しげにささやいた。

「ほんと?」

「それ以上うそをつくな。マリーナ。もう十分だ。経営コンサルタントのろくでなしが玄関のドアから出てくるのを見たばかりだ。君はホテルへは行けないのか? 恥ずかしげもなくあいつを家にまで連れてきて? ありがとう、アフマド」。彼は声を上げて、レバノン人が飲み物を持って近づいてきたとき、平静を装って言った。「俺は妻と話してるんだ、アフマド。最愛のマリーナと。いま、マリーナのことを君に話してやろう。もう一杯ウイスキーを飲む間に」。彼は妻に聞こえるように悪意をこめて微笑んだ。

「そこで待ってて」。彼女は電話の反対側から命令口調で言った。「二分で降りていくから」

受話器を下ろした。

ダニエルは欲求不満を抱きながら電話機を見続けた。呼んだのはあいつじゃないだろうな。現行犯で驚かせて、歌うような声で認めさせたのはあいつじゃないだろうな。しかしマリーナはいつものようにイニシアチブを奪ってもう片付けようとしている。受話器を置いて、彼に待つように命令した。実際に彼は妻の尻に敷かれてここで待っている。

二分もかからずにすぐ、再び玄関の扉が開いて、マリーナが現れた。じっくり見ていない可能性があるとはいえ、ダニエルが知らないボルドーワイン色のおしゃれな服を着ていた。彼女は上気しており、きれいだった。忌々しいことに、妻がきれいだったのに気づいた。医師は彼女がゆっくりと通りを横切り、バールに入るのを見た。口元に冷たい微笑みを浮かべながらまっすぐ彼の方へ向かってきた。ダニエルが仰天したことには前かがみになって彼を抱擁し、額に二回キスした。医師は妻を驚きの目で見た。ここ数年、互いに体を触れたこともなかったのに。

「気づかないふりをして、ダニエル」。マリーナはいつわりの微笑みを浮かべながら渋面をしてささやいた。

彼女は彼の隣に座ると、腕をつかんで親し気なふりをして間近に話した。触れた妻の体は息と同じくらい熱かった。

「気づかないふりをして。アフマドと奥さんは地区の噂話の最大の出どころよ」

「俺のことはどうなってもいいのか?」ダニエルはたけり狂ってちっちっと言った。

「もちろんあなたも大事だわ。でも知られたくないの」

彼女に理があるに違いない、とダニエルは認めざるをえなかった。なぜなら彼も慎み深いささやき声で話していたから。

「あなたとこんな形でぶつかるのはひどく残念だわ。でもお願いだから、寝取られ夫の数を増やさないで。あたしたちは何年も本当につらい関係を続けてきて、あの人と寝たの。あなたと同じよ、それを認めて。唯一あなたが苦しむのは自尊心だわ。なぜならあなたは笑い者にされることを恐れているから」

「じゃあ、君はあいつを家に連れ込んでいいと思っているのか？　あいつをクリスマスイブに連れ込んだのか？　君の兄すら知らないのに、ボーイフレンドと会うために万事お膳立てして」

「あなたに言っていることがわからないの？　あなたが苦しむのはほかの人たちがそれを知るからだわ。だから、あなたが大人しくしていれば、誰も知らないわ。あたしの兄ももちろん。兄の友人であり、彼がお金を出してディナーに呼んでもらったのはたしかだわ。あの人がいない方が良かった、それは確かだわ。それにあなたも言ったでしょ。君に理があると。あたしは悪いことと分かっていながら彼を家に招き入れました。それはあなたに謝ります。でもこんなことをしたのは最初でたぶん最後だわ。ことはこんがらがっている。でも二度と起きないわ」

「考えてみてくれ。君は彼と出て行こうとは思わないのか？」

「後生だから、いや。大した問題ではないわ。単なるアバンチュールよ。ごくささやかで中身のないことだと、あなたに保証するわ」

「わかった。でも君はあいつと寝たんだろう」

「あたしがあの人と寝たか寝なかったかそんなに心配する代わりに、あたしたちがなぜこんなに長い間、寝なかったのか心配すべきだわ。あたしたちの関係のばかばかしさを心配すべきだわ。あなたとは何もできないし、話す話題はないし、あなたは人生をゴミ箱に捨てて、退屈しきっている。つまるところ、もう話したけど、いまここがそうする時でも場所でもないわ。あなたが酔っ払ってばかげたことをしでかさないためにだけあたしは降りてきたのよ」

ダニエルは深い心痛に苦しめられるのを感じた。

「上で、上に上がって、俺を侮辱してくれ」

マリーナは彼の腕をつかむと、いくぶん愛情のこもったまなざしで彼を見た。それは耐えがたかった。

「よく考えて、ダニエル。あなたは酔っ払って、何か間の抜けたことをしてしまうわ」

ダニエルはそう考えるとたしかにそうだと認めるほかはなかった。きっと彼は間の抜けたことをしてしまうだろう。いま言われたおぞましいことにもマリーナに理があるのではないか？　この容赦ない獰猛な妻は、不貞の主が自分である時でさえ罪を彼になすりつける。いきなり、かすかな記憶のつらなりの中から、ダニエルは両親のことを思い出した。彼らは運命論者で、非難する時以外は話さなかった。しかしほとんど一緒に亡くなった。夫が亡くなったのは、妻の死のおよそ六か月後だった。一人息子だったにもかかわらず、ダニエルは息子としての愛情を感じたことはなかった。しかし両親がいなくなった後、彼は裸になった気がした。彼らがいなければ彼を必要とする人は誰もいないし、彼を覚えている人は誰もいないし、彼がいないのを淋しく思ってくれる人も誰もいないのである。おそらくマリーナを除いては。少なくとも恨まれているとはいえ、数年間は妻がその地位を占めた。少なくとも彼は妻にとって、嫌われていても何者かであった。そのうえ、マリーナが彼をそんなに嫌悪していることはありえなかった。もし本当に彼女がそう考えているとしても、なぜ彼と一緒にいたのだろう？　その問いかけは彼の口に焼けるような痛みを感じさせた。その問いかけに人生の残りがかかっているような気がした。

「マリーナ、なぜ君は僕といっしょに暮らし続けたんだ？」

女は彼を見て、眉をしかめた。その視線には共犯めいたものはかけらもなかった。

「本当のところは、わからないわ。でも家を出て行こうとは考えていないとあなたに言っておく。出て行きたいのなら、あなたのほうがどうぞ。あたしは家賃を半分払うから。抵当権はあたしのほうにあるから」

それじゃそれだけか？　単なる物質的な困窮だけか？　引っ越しの面倒はどうなる？　ダニエルは底のない孤独を味わった。彼も残ったほうがいいと考えた。この話はここまでにしよう。妻はこのいまいましい家に残って、彼は出ていく。どうしてももう一杯が必要で、彼はウイスキーに腕を伸ばした。しかしひどく動顛していたので、グラスは指の間を滑り、ズボンの上に中身をぶちまけ、さらにグラスは床に下向けに落ちて、ガシャンと音を立ててばらばらになった。

「不器用な人ね！」マリーナはガラスの破片を靴の角で遠ざけ、ダニエルのズボンを紙のナプキンでぬぐいながら、非難するようにささやいた。「いつもドジばかりしているんだから！」

ダニエルは彼女を憎悪の目で見た。出て行ってくれ。あいつは姦通した女だ。捕まってないだけだ。

「君は利口だ。あのアパートは僕のもので、僕は出て行かないよ」

「それじゃ売りましょう。あなたの好きな方を選べばいい」

「もう一つ言うと、君はエゴイズムの固まりだ。一度も僕を助けてくれたことがない。いつもここにうずくまっていて、足を突っ込んで批判するのを待っている」

「わかっているように、あたしはこれ以上あなたと議論するつもりはないわ。もうそのことは話したのよ。さあ一度家に戻りましょう」

医師にはマリーナの口から出た「家に戻りましょう」という文句が、誤ったみだらさで汚されているように思えた。彼女が言うことはするまい、と考えた。降参してはならない。しかしひどく疲れており、頭の中では涙まで出てきた。もうなるようになれ、彼は意欲がそがれていくのを感じ、独り言を言った。そして立ち上がり、がっくりして導かれるままに敵である妻と共有するアパートに上っていた。

17

もう決めたことだ。今すぐにもそれをしよう。ダニエルは独り言を言った。最終的に決めたことは、彼を解放したのでなく、神経質と不安で満たした。

まる一週間そのことを考えて過ごしていた。そのアイデアは前の金曜日の当直中、平穏な時に、休憩室で小型のポータブルテレビをぼうっと見ていた時にひらめいた。深夜のでたらめな番組の一つで、性的倒錯についてリポートしていた。スペインの性的倒錯者のための売春宿を紹介し、彼がセカンドライフで見たものと同じ道具を見ることができたが、実際に金属と木でできていた。聖アンドレスの十字架、むち打ちの台、粗末な鎖の輪。痛ましいがらくたを眺めていたその時、何か尋常でないことが起きた。胃にけいれんと試してみたいという狂気じみた欲望を感じた。すぐにその考えを遠ざけ、ばかげたこととみなしたが、そのアイデアを頭の中から取り去ることはできなかった。この頭の中にとどまり、膨らんで、ぐるぐる回って、時おり生殖器まで降りてきた。そこで彼を誘惑で震わせた。

ダニエルが数年間送ってきた性的な無気力状態は、彼に一定期間、避難所となっていたが、最近は耐えがたいものに変わっていた。内的な牢獄から逃れることが必要であり、何か違ったことをする必要があった。まださらにあった。異なった人が必要だった。ファトマとの出会いは彼を恥じ入らせ、マリーナとの性格の不一致は彼を卑屈にした。どうしたら彼女と生活し続けることができるのだろうか？　性的倒錯者ならできるだろう。むち打ちはだめにしても。しかしながら、彼のバーチャルな女友達であるルップは、変態性欲行為をすることは素晴らしいと言っていた。それを試してみたいという気持ちが彼の頭の中で日増しにとどまり、ばかげたこととは思われなくなった。それでもしそれが彼自身の姿であることを発見したら、とダニエルは自問した。それで彼の人生が根本的に変わったら？　実際のところ、彼はいまの生活に飽き飽きしていたので、その荒唐無稽な見通しは彼を引き付けた。そしてそうと自覚しないまま、妄想が計画に変わる時が来た。

行く場所を決めることも悩ましかった。新聞広告の中にはサドマゾ愛好者を誘う刺激的なコピーがあった。たとえば、広告の一つは「限度のないお仕置き、浣腸」と言っていた。しかしダニエルは身の毛がよだった。セカンドライフでは浣腸のことを聞いたことがなく、目新しいことへの欲求もそれほどなかったからだ。別の広告では、「デカぱいのいつでも調教のうまい女主人」と言っており、決めるのをためらった。永遠に調教してくれるというのか？　それとも永遠に行為を続けるのか？　一度も休息させてもらえずに、調教され続けるのは驚きでしかない。ダニエルは広告を読んで苦悩した。緩んだ笑いや恐れやあざけりを誘う恐怖が頭に浮かび、彼に一歩を踏み出すことをできなくさせることを恐れたからだ。彼は一歩を踏み出すことを望んでいた。彼は本当の感情を再び経験することを望んでいた。われわれの世界は何て不思議なんだ、と彼は考えた。生きていることを実感するために痛みを挑発する必要があり、自らを傷つける必要があるのだから。

結局、何度も逡巡したあと、彼はカチートへ行くことを決めた。というのはテレビのリポートはもっぱらあの売春宿を取り上げていたからだ。そこでは性のスーパーマーケットと呼ばれ、売春宿の概念を一新したと言っていた。つまるところ非常に近代的である。あらゆる嗜好に応じる特別なセクションがある。サドマド愛好者に対するサービスは特に良いと説明していた。それを何というのか？　スタジオだ。サドマドスタジオだ。見たところ、さまざまな器具がある。あなたは征服するか、征服されるか選ぶことができる。ダニエルは当然、征服されることを望んでいた。彼は罪に対してお仕置きをされて、されるがままになり、けいれんして無力になることを望んでいた。彼は恐怖で身震いする体験を望んでいた。そのうえ、女性を虐待することを引き受ける心の準備はできていなかった。

彼は数日間かけて熟考を重ねた末、漠然とした憶病なプランが最終的に意思のある行為に、「今・すぐ・それを・しに・行こう」という五つの言葉に結晶した。そして夜の十時、勤務が終わった後、売春宿に向かった。人生の野蛮の岸へ向けて船出する日がとうとう来たのだ。

彼はカチートのゲートの前に駐車しているのが彼の車だと気づかれるのを避けるため、病院に車を置き、タクシーを使うことを決めた。これまで見たように、彼はすべてのことを考えていた。あるいはほとんどすべてのことを考えていた。というのは売春宿に向かう間、理学療法を受けるときのように、事前に時間を予約しなければならないと言われたからだ。カチートに着いたとしても、女王様が全員ふさがっていたら？　彼は小部屋が並ぶ長い陰鬱な廊下を想像した。そこでは大勢のデカぱいで怒りっぽいエネルギッシュな女たちがおびえてお手上げ状態になった大勢の男たちを鞭打ちしていた。廊下全体に鞭を打ち鳴らす音が反響していた。彼はつばを飲み込んだ。というのはその想像が彼を興奮させたからだ。両手に汗がにじみ、胸がドキドキした。ドライバーに顔を見られたくなかったので、タクシーに乗り込んだ時から、彼はあご先を胸骨に付けていた。売春クラブに行くというのがひどく恥ずかしかった。

「もう着きました。十八ユーロと四十セントです」。そのとき、運転手は車を止めて言った。うっとりした思案にふけって、頭を抱える無理な姿勢で視界が遮られていたので、ダニエルは着いたのに気づかなかった。彼は運転手にあまり顔を見せまいと、車の窓を通してこっそり観察した。カチートの四角い建物が間近に巨大に見えた。ネオンのバラ色の輝きが建物全体を浮きだたせていた。彼は十ユーロ紙幣を二枚取り出すと、運転手に手渡した。

「これでいいですね」。彼はつり銭を受け取らずに済まそうとつぶやいた。

「待機しましょうか？」男は言った。

「どういうこと？」

「お望みなら待機します。あるいは迎えに来ます。たとえば、一時間後とか」

「いや、結構です」。ダニエルはぶつぶつ言った。

「わかりました。ではお望みのように。でもすぐにタクシーを見つけるのは難しいと注意しておきますよ。ご存知のように、夜も遅いですから、車を望んでも、客待ちをせずにさっさと引き上げてしまうので」。男はいわくありげな下品な口調で言った。

ダニエルは返事しないまま車から出た。彼はどぎまぎして売春宿のゲートを見た。二人の正装した用心棒に監視されていた。背後にタクシーがエンジンをかけて出ていく音を聞いた。もう前に進んであの場所に入るしかない。

そしてそうした。安全に見せるための小さな階段を上ると、用心棒の一人がうやうやしくドアを開けてくれた。

「こんばんは、セニョール」

電飾で飾られた正方形の広い待合室に入った。サイケデリックな大きなガラス電球があり、様々な色がアメーバ状にゆっくりと上り下りしていた。またオーストリアハンガリー帝国のシャンデリアを模した真鍮製のランプもあった。ソファにはシマウマとヒョウの柄が合わさって織り込まれていた。待合室の中ほどには、スチール製である以外は守衛のテーブルにそっくりの四角いテーブルがあった。それは大きなホテルのレストランの厨房にも置かれるものだった。テーブルの後ろには成熟した化粧の濃い女がおり、胸元から乳房の半分を見せていた。それは印象的な胸であり、ダニエルはどぎまぎした。

「やあ、旦那さん。ご指名を」。女は微笑みながら言った。

「僕がですか?」

「あなたは新入りね。一度も見たことがない」

「たしかに」

「お手伝いしましょうか?」

ダニエルは扉が開いて複数の客が入ってくるのに気づいた。しかし彼らの顔はほとんど見えなかった。というのは、彼らはすぐにダニエルが気に留めていなかった屏風のようなものの後ろに消えたからだ。おそらくそれがカチートに入るもっとも慎み深い方法なのだろう。彼は新参者としての過ちを犯していたのだ。

「教えてちょうだい。何か特別な嗜好はおもちですか?」

ダニエルは赤面した。

「はい、僕は、女王様を希望します」

「何がお好みなの? もっと大きい声で言ってちょうだい。何でもないから」

「女王様を望みます」

「よろしい。サドマゾのプレイですね。あなたはちょうど良い場所へちょうど良い時に来ました。我が家にはヨーロッパで最良の女王様がいます。ドミナ・デモーニです。スペイン女性でハンブルグから戻ったばかりです。そこでは女王であったことを保証します。あなたを魅了するでしょう。セックス付きですかセックス抜きですか?」

ダニエルはぼうっとした。

「わかりました、セックス付きでお願いします。ここは売春宿ですから」

「旦那さん、あなたは初心者のように見えます。サドマゾプレイの大部分はセックス抜きです。ドミナはもちろん誰とも寝ません。しかし心配はいりません。そのためにあなたに女奴隷を一人あてがいますから」

女奴隷という言葉を使ったことが彼を不快にし、同時に興奮させた。黒人の美しい娼婦の姿がダニエルの頭をよぎり、女奴隷が彼女であることを熱く望んだ。しかしその瞬間に自分の欲望を恥じた。何ておぞましいのだろう、あのファトマが、彼の尊敬するファトマが、虐待され、傷つくなんて。しかしながら彼は彼女を欲していた。彼女を凌辱することすら望んでいた。彼女に会えるためだけにカチートを選んだ可能性がある。おそらく少し復讐するために。彼は体が激しく赤らむのを感じた。

女は大きい料金表を調べて、鉛筆でしるしをつけ、記帳した。

「わかりました、旦那さん。特別なスタジオでの女王様との女奴隷付きの完全なプレイですね。五百ユーロです」

「五百ユーロ？　新聞には四十ユーロと出ていましたが」

受付の女性は微笑みをやめて怒りの表情を見せると、場末にふさわしい粗野な態度を取った。

「来る場所を間違っていませんか？　ここは贅沢な場所です。お望みなら四十ユーロの雌狐のところへお行きなさい。あそこならしっぽを穴に突っ込むことができますよ」

「いや、いいです。わかりました。払います」。ダニエルは口ごもった。

そんなにかかるとは思っておらず、彼は十分なお金を持っていなかったので、ビザカードを取り出さねばならなかった。ゲートのところで車の跡を残さないよう注意したのに、今度はクレジットカードの領収書で売春宿を訪ねたことを確認することになった。彼は自分のドジさに腹が立った。

「素敵です。旦那さん」。女はふたたび甘ったるい声で言った。「そこのエレベーターで三階の六番目のドアです。ノックせずに入れます。楽しんできてください」

彼は胸をどきどきさせながらエレベーターに乗った。廊下は思い描いていたほど陰鬱でも長くもなかったが、十分に暗かった。六番目のドアを探して、ドアノブにつかまった。なぜならひざががくがくしていたからだ。彼は大きく息を吸うと、入った。

そこは広々とした殺風景な部屋だった。天井と床と壁は白く塗られていた。照明は弱く、雰囲気は堅く、受け入れがたかった。隅には絹のように見える黒いシーツのかかったベッドがあったが、もっとも目を引いたのは多様な金属製の道具で、いたるところに突起や害を与える仕掛けがあった。ダニエルはそれらの道具のいくつかをセカンドドライフで見たことがあったが、その仕組みは想像すらできず、まったく別の様相を見せていた。全体として、部屋は手術室を思い出させ、肉体の脆弱さと痛みをめぐって作られた場所だった。

「どうぞ、どうぞ、さあ。何をお望みですか？」

ダニエルはさっと振り向いた。ドミナは入ってきたばかりで、SF(空想科学)映画で登場が期待されるサドマゾの女王であるドミナとそっくりの格好をしていた。体にぴったりの黒い皮、リベットを打った長いブーツ、金属の爪のついたブレスレット、裸の胸をおおう鉄の輪のついたブラジャー、乳首は鋲で留められていた。しかしながら彼を驚かせたのは女だった。というのは窮屈な衣装にもかかわらず、すらりとした容貌をしていた。生まれながらの金髪で、あごが高く、角ばったエレガントな顔をして知的な表情をしていた。知性があり、不機嫌そうだった。女は高圧的でさげすむような顔をして手に鞭を持って彼に近づいた。

「お前が懲らしめられることを望んでいる小男か。楽しんで苦しむといい。懲らしめられたいのだな？　答えは」

「は、はい」とダニエルはどもりながら言った。

ドミナは彼の額に軽く鞭を当てた。滑らかで、痛みはなく、愛撫に近かった。

「ご主人様と言え。繰り返すのだ」

「はい、ご主人さま」

女は略奪者のように、眉をしかめて怒りの表情で、彼の周囲をゆっくりと回り始めた。

「言え、どのくらい苦しめられたいのか？　たくさんか、普通か、少しか？　安全についてのお前の言葉は何だ？」

「どういうことですか？」

「これはまた、新入りさん」。本当の名はマカレーナというドミナ・デモーニは独り言のように嘆いた。新入りは油断ならないし、厄介で、危険だ。全部説明を受けたと思っていたら、ゲームのやり方も知らないし、楽しみ方も知らない。家畜のようなやつの相手をしなければならないのは、うんざりだ。ハンブルグではよかった。ハンブルグでは変態性愛はずっと受け入れられていて、そのうえ、彼女はお得意さんすらいた。しかし母親が死に、父親が一人残され、気腫を病んで、いやおうなく彼女がマドリードへ戻って面倒を見なければならなかった。彼女は初心者の面倒を見なければならないという怒りも実際に加わって、態度を少し硬化させた。

「これからすることについて何の知識も持っていないんだね、小男さん？　痛めつけられに来たのは初めてなんだね？」

「はい」

鞭が彼の顔を横切った。今度は少し痛んだ。

「何て言うんだった？」

「はい、女主人様」

「それでは、お前はみじめなバニラだ」

「何とおっしゃいましたか？　女主人様」

「退屈な、分からず屋。型にはまった因習的な性の実践者め。性的に因習的な連中とは、あらゆる色や味わいのアイスでいっぱいの驚くべきアイスクリーム屋に入ったのに、いつもバニラ味を注文するやつのことだ。それはお前だ、小男よ」

因習的な性の実践者だって？　とダニエルは思った。そうじゃないと落胆して自分に言った。自分は因習的でもないし、性的でもないし、実践者でもない。

「お前は田舎者丸出しで無知なまま、私の女奴隷の一人と寝ようというのか？　まず最初にお前が好むかどうか見てやろう。私がお前に寛容さを感じられるように私を喜ばせることができるかどうか見てやろう。なぜなら私はいまひどく立腹しているからだ。ひどくだ。覚悟はいいな。教えてやるから。感じるほかのやり方、苦しむほかのやり方があることを学ぶのだ。よく聞け、ちゃらんぽらん男よ。繰り返さないからな。お前とプレイを始める前に我々は安全のカギを思い出さねばならない」

「安全のカギですか」

鞭が耳を熱くした。

「女主人様」

「お前が耐えられないと感じたら、その時だけ、お前は安全のカギを言うことができる。私はやめて、プレイが終了する」

「単にやめることをお願いすることはできないのですか？　女主人様」

「何とお前は間抜けなのか、小男よ？　お前の懇願、うめき声が私の喜びであり、お前の喜びでもあることがわからないのか？　私に止めることをお願いしたらお前はそれをすることを望んでないのではないか？　懇願するのがプレイの一部であることがわからないのか？」

ダニエルは、怖がって口をつぐんだ。

「それゆえ、我々がしていることが、明らかであり、間違いでないことを知るために言葉か文句を探すことが必要だ。何でもないことと混同することがないように」

ドミナは悪意のある微笑みを浮かべて口元を締めた。

「ジャガイモのトルティージャ《トルティージャ・デ・パタタス》。それが安全のカギになる。もしお前がそれ以上我慢できなくなったら、ジャガイモのトルティージャと言え。そうしたら解放してやる。わかったな、小男よ」

「はい、女主人様」

ドミナは天使のような冷ややかな顔で彼を見て、あざけるように唇をなめた。

「よろしい。今からお前を楽しませてやろう。ズボンとパンツをおろせ」

ダニエルは震える指と熱っぽい顔で従った。今のところは彼を何も刺激していない。今のところは場違いであって、こっけいであることを感じているだけだ。このうえ、ドミナは彼に何をしようというのか？　熱したロウのことは聞いたことがある。それは彼の好みではない。ペンチで乳首をつかむという話もある。それもごめんだ。彼は拷問用の十字架にしがみついて、ジーンズの脚から引き出すために片足を上げたが、手に持ったむちが彼の動きを止めさせた。

「脱ぐようにお前に言っただろうが、このちゃらんぽらん。ズボンをおろせとだけ言ったはずだ」

ダニエルは服をくるぶしにかけたままぼうっとして立ち続けた。

「そこにある拷問台まで歩いて行って、うつぶせに倒れかかれ」

下ろしたズボンとパンツが普通に歩くのを妨げたので、彼は小さくはねながら部屋を横切る格好になった。ドミナの残酷な笑い声が聞こえた。

「そうだ。雄鶏のように跳ねるがいい。何てこっけいなんだ、小男よ」

ダニエルの頭に稲妻のように彼の患者の姿がよぎった。腹を揺らす哀れな老人で、彼はズボンをくるぶしまで下げて部屋を同じように横切らせた。彼は鉄でできた拷問台に倒れかかった。その上部は黒いゴムが貼られていた。彼は恐怖で死にそうだった。

「腕を伸ばせ」

彼が従うと、ドミナは鉄のかせを手首に締めた。すると女は服のからまった彼のくるぶしに触り、ヒュッという音を立てて縛った。ダニエルは捕まえられたのを感じてパニックで体をけいれんさせた。しかしその時、かせが皮膚を傷つけないように繊維が貼られているのを見て、軽くため息をついた。これはゲームだ、と独り言を言った。ゲームにすぎない。リラックスして楽しまねばならない。彼は裸の性器が拷問台のゴムと触れるのに気づいた。ドミナはどうやってワイシャツのすそから彼の尻が外気にふれるよう鞭で出したのだろうか。すぐに柔らかい棒が、肉の間に半ば開いた尻のみぞを愛撫するように下り始めた。「アアアアアアー」と医師はとつぜん激しい興奮を感じながらあえぎ声を出した。そして思った。これは恐ろしい。

ダニエルはきっかり十一回むち打ちに耐えた。普段はマカレーナはなめらかに始め、お得意様には強くプレイした。しかし生理前症候群だったので、スペインに戻る前に意気消沈し、唇を紫色にした父親を見て意気消沈し、本当の新参者を見て意気消沈した。それで通常のプロとしての規範をうっちゃって、彼を滅多打ちするのを楽しんだ。むち打ちの激しさが増すにつれて、ダニエルは金切り声を上げ、痛いということを最大限に強調して、お願いだから、お願いだから止めてくれと頼んだ。八回目のむち打ちを受けて、これ以上耐えられなさそうに思ったが、安全のカギを放つのが恥ずかしかったので、さらに三回我慢し、十一回目に悪魔に取りつかれたようにわめいた。

「ジャガイモのトルティージャ、ジャガイモのトルティージャ、ジャガイモのトルティージャ、チクショウめ」

ドミナが彼を放すと、ダニエルは立ち上がり、服を大急ぎで整えて、女に向き合おうともせず、走りながら部屋を出た。苦しめばいい、くそったれのバニラよ、とマカレーナは思った。国際人のような外見にもかかわらず、彼女は労働者が住む地区で育ったのだ。医師はアドレナリンに酔って、廊下をよろめきながら歩いた。エレベーターを待てずに階段を降り、稲妻のように待ち合いのホールを横切り、慌てて売春宿から出た。入口の用心棒の一人がほとんど止めようとするほどだった。

「気を付けて、お兄さん」

一跳びで階段を降りると、実際に客待ちのタクシーが一台もないのを確かめた。それで大急ぎで歩き始め、コルーニャ街道に出るとき、力が尽きてふくらはぎがけいれんした時だけスピードを落とした。彼はいらだって言った。ちくしょう、ちくしょう、タクシーが捕まる場所まで、まだ高速道路のへりを数キロ歩かねばならない。ちくしょう、彼はパンツにこすれて尻が熱くなってほとんど泣きながらあえいだ。鞭打たれるのはもうこりごりだ。それにしても独りよがりのばかげたことをしたものだ。

18

ファトマが起きたとき、外はもうかなり暗かった。ナイトテーブルのランプに明かりをつけ、腕時計を見た。午後五時四十五分だった。手を伸ばし、ベッドの下に隠してある竹かごから小さな箱を取り出した。金網のふたを上げると、ヤモリが回転し、箱のへりに小さな足をかけて、彼女を鋭い目で見た。それがあいさつの方法だった。

ファトマはヤモリをやさしくなでて、クッションの上に置いた。すると体をうれしそうにシーツの間に伸ばした。少し遅かったが、前の晩、ドラコは彼女を私的なパーティーに送り、終わったのは朝の十一時だった。もう少し休息する権利があった。彼女の同室者のバネッサはもう出かけていた。だからファトマはその時刻、運が良かった。ファトマは恵まれていた。自分のために独りでいる時間があった。ビッガがそばにおり、元気で無事だった。彼女は柔らかいマットレスの温かいベッドと肌触りの良いシーツがあった。誰も彼女を殺しに来ないし、少なくともそれは不可能だった。また、誰かが近い将来に彼女を傷つけることもできなかった。食事は良かったし、今のところ、起きるとすぐ台所に行ってぜいたくな朝食の準備をした。望むものは何でも食べることができた。飽きるほど美味しいものがあった。彼女はふたたび伸びをして、自分の体、健康で若くて頑強で完全な体を感じる喜びを味わった。右腕をシーツの折り返しの上に伸ばした。手の先端まで健康だ。片脚をシーツの下から出して、伸ばした。かかととバラ色の爪先まで健康である。そしてすぐ起き上がって、化粧室へ行き、ミカンの香りのする液体せっけんをつけて熱いシャワーを浴びた。人生は驚くべきことの連続だ。

廊下に足音が聞こえ、警戒してビッガを箱に戻した。娼婦たちの部屋はカチートの裏側にあり、悪くはなく、ファトマには十分すぎるように思えた。しかしカギはなかった。カチートには閉じこもる方法はなかったし、寝室も共同浴室も同じだった。さらに悪いことには、いつでもボスか手下の誰かが入ってくることができた。親密でなかったので、しばしばドラコと寝なければならないのは彼女には耐えがたかった。ボスと寝るのはありきたりのことであり、物事はそうしたものだが、ファトマはそれをする時、自分の中に閉じこもることを知っていた。多くの年月の間に自分の身を守り、頭の片隅に閉じこもることを学んでいた。そして自分の体から離れて、素晴らしいことを考えた。両手の十本の指と両足の十本の指のことを考え、手をたたいてビッガをつかむことを考え、二十本の指で跳ねたり、走ったり、踊ったりできることを考えた。お得意様の相手をするときも彼女はよくそうした。彼らが彼女の体に入ってくるときも、彼女の中まで到達することはなかった。

ドアの反対側の足音は遠ざかった。同僚の誰かに違いない。ファトマは軽く息を吸った。彼女はとりわけ精霊のニャファァに恐れを抱いていた。もしドラコがビッガを見つけたら、彼女に対して絶大な力を持つことになることを知っていた。バネッサはヤモリを、すなわちヤモリがいることを、どこに隠しているかは知らないまでも知っていた。しかしバネッサはいい娘だった。実際に世界は善良な人々でいっぱいである。たとえば、やもめ男のタクシードライバーがそうだ。良いことをしようとする人々は他人に対して何も変えようとしない。腕の傷を縫ってもらうためにサン・フェリーぺ病院へ行った夜、待合室で二人の足の不自由な人物と顔を合わせた。一人は若い子で未成年だった。彼の二本の足はあまりに短く、金具のついた特殊な靴を履いていた。松葉づえを使わねばならなかったが、それでも動きはひどく悪かった。もう一人はずっと年上で、たぶん三十歳代だったが、奇形だった。脚は内側に曲がり、一本はずっと短く、ゆがんだ足と高い台のついたブーツで終わっていた。しかし男は助けをかりずに何とか移動することができた。二人は座席につくまで這うようにして待合室を横切った。年長の男は若い男を気遣い、すぐに何か欲しいものはないかと尋ねた。少年は「はい」と言って立ち上がろうとした。「そのまま、そのまま、俺が飲み物を買ってくるから」と年長の男は、病人を世話する健康な人のような、弱者に目を配る力持ちのような、無知な人を守る賢者のような落ち着きで返答した。そして彼は、アヒルのようにヨタヨタとひきつった脚を引きずりながら、離れた飲料水の自動販売機まで行ったのだが、それは病気の友人を喜ばせて元気づけるためだけにそうしたのだった。

みんな良い人たちだ。

それよりずっと前、数年前の朝、シエラレオネにいた時、ファトマはゲリラ戦から逃れることができた。ほかの少女たちと水を汲みに行き、不在にしていた間に根拠地は政府軍とカマジョール(注12)たちによって攻撃された。彼女は混乱を利用して逃げることができた。そのあと起きたことをぼんやりと覚えている。彼女は歩きに歩いて、もう少しで死にそうになったがもう少し歩くことができた。そうして少しずつ三百キロを踏破し、首都であるフリータウンの近くまで来た。そして子供のための避難所を作ったギニア人のカトリック司祭であるナナモウドウと出会った。少年兵や彼女のような少女娼婦のための避難所だ。そこでファトマは両足と体とちょっぴり心の傷をいやし、骨が肉の下に隠れるまで太った。それは少ししか続かなかった。再びカマジョールたちが来て、ナナモウドウを「子供たちがどこにいるか言え、彼らはゲリラ戦士だからだ」と言って拷問した。彼らはジャガイモの袋を着てかつらをかぶり、敵の首を飾りのように持ち歩いていたが、そうすれば、弾が彼らに当たらないと信じていた。しかし子供たちを洞窟に隠していたナナモウドウはたとえ自分の腸を食べさせられても話さなかった。それでファトマはふたたび救われた。

みんな良い人たちだ。

しばしばファトマは誰かを殺したことを夢に見ることがある。それはとらえどころのない悪夢で、詳細はわからないが、罪を犯したという苦悩だけがあった。彼女は汗びっしょりで目覚め、しばらくの間、その罪の意識が彼女を苦しめた。目を開けているときでさえ、心が受けた害によって暗くなっているのを感じた。しかしその時、ビッガを、彼女の守り神をつかむと、彼女は何の罪もなく、これまで見た死者たちが夜、彼女の頭に入り込み、彼女が眠っていて無防備であることを利用してそうしたことを引き起こしたのだと理解した。死者たちは彼女に尊敬と少しばかりの愛着を要求してやってきており、彼女は彼らを喜ばせようとした。ファトマは愛情と感謝の気持ちをもって彼らのことを考えた。なぜなら彼女は多くのものを持っているのに、彼らは要求しにやってきても当然なほど少ししか持っていなかったからだ。しばしばファトマはナナモウドウが開設した無料診療所で知り合った少女のことを思い出した。彼女は十歳ぐらいだったはずだが、両手両足がなかった。一方ゲリラ兵が斧で切断したからだ。しかし少女はただ生きていることに満足して微笑んでいた。一方で、彼女には、完全な両足と健康な二本の腕があり、一本も欠けることのない二十本の指があり、頭の両側に耳があり、気管の上に鼻が、口の上に唇がある。ほかの者とは違う。彼女はすべてを持っており、幸福だ。

（注12）シエラレオネの武装グループ。内戦中に政府軍を支援して、革命統一戦線と戦った。

19

病院でオルティス医師と出くわしたあと、リタの死以来マティアスを脅かしていた痛みと懐疑と怒りが彼の中で形になり始め、医師に集中し始めた。それはトルネードとなり、暴風を強めた。タクシードライバーは日増しに起きたことは偶然ではなかったことに確信を強めた。老人の殺人は彼を病院に目を向けさせ、リタの早すぎる臨終でのオルティス医師の役割を理解させた。彼の隣人の肺炎は彼らを向かい合わせ、医師の姿を認めてその名前を思い出させた。マティアスは運命が何かするように彼を追いやっていると信じていた。それが何をするかはまだ分からなかったが。しかし、いずれにせよ、そうすることを彼は望んでおり、そうした黒いエネルギーの出口を見出すことを望んでいたが、まだ彼の中でぐるぐる回っており、心の中でハリケーンのようなうなり音をたてていた。

そうして強迫観念が作られていった。復讐という考えはますます唯一の目標に収斂していった。

ラシッドの肺炎でマティアスが医師のことを思い出したその夜にはもう頭から離れなかった。モロッコ人を入院させた後、タクシードライバーは仕事に行かねばならなかったが、そうすることができなかった。その代わり、病院の正面の角に駐車して、サン・フェリーペ病院の門を見張った。彼は数時間後にオルティス医師が出てくるのを待ったが、すぐに衝動からタクシーのエンジンをかけ、病院の駐車場のゲートに近づいた。そこで男が自分の車で彼の前を通るのを待った。そうしてどれが医師の車であるか特定し、すぐにどこに住んでいるかわかるまでほかの車が入らないように後を追った。

人体の中で、妄想は全速力で暴走しやすく、死をまき散らすほど悪辣である。突然、マティアスはオルティス医師に対して理性を失った。もうタクシードライバーとして働いておらず、客も乗せていなかった。医師を待ち伏せして夜を過ごした。彼を待ち、彼の跡をつけ、彼を見張った。しばしばサン・フェリーペ病院の待合室にもぐり込み、医師の職業的ふるまいを何時間も観察することすらした。マティアスは医師の生活を再構成し、次はどうするか予見することを望んだ。それは退屈きわまる仕事だった。というのは医師の日常の行動はあきれるほどほど単純だったからだ。自宅、病院、向かいのバールで一人飲むアルコール。タクシードライバーはそうしたつつましい生活の無言の証人だった。それにもかかわらず、それも一つの人生だった。オルティスはリタの死を引き起こした後も、そうした取るに足らない生活を楽しんでいた。それは耐えがたかったし、許すことができなかった。マティアス自身が彼自身の生活を破壊していたし、家に帰らず、食うや食わずで、床でまどろんだ。というのは彼女なしでも普段通りの生活ができるという考えが、奇抜なように思われたからだ。しかしながら、そこには忌々しい医師が、無傷で、平然として、彼自身の習慣にどっぷりつかっている。タクシードライバーの医師に対する憎しみは日増しに膨らみ、ある明け方に怒りを集めて堪忍袋の緒を切らすまでになった。

いつものように、マティアスは一晩中、病院の正面で見張っていて、オルティスが出てくると、いつものバールまであとをつけ、彼を追って入店し、止まり木の角に陣取った。医師は窓際に座り、ウイスキーを注文した。いつもと同じだ。しかしその時、いつもと全く違ったことが起こった。数分後、女が現れた。彼の妻だ。怪物は結婚していたのだ。タクシードライバーは信じがたかったが結論を下した。どうしてそのことを考えなかったのか？　常に不愛想で独りだったので、彼はずっと医師を独身だと想像していた。女は医師に近づくと、マティアスがよく知っているように愛情深く抱擁した。そのあと、怪物の妻は並んで、すぐそばに座り、頭を寄せ合うようにして、おしゃべりしながら心地よいひと時を過ごした。世界の真ん中に二人だけしかおらず、彼ら二人で十分なようだった。マティアスは痛みで唸り声を上げないよう、ひどく我慢しなければならなかった。なぜならリタを懐かしむ心が彼を赤熱した鉄のように焦がしていたからだ。ガチャンという音が聞こえた。医師が飲んでいたグラスを落とし、床にぶつかってガラスが粉々に砕けたのだ。女はグラスのはね返りで汚れた男のズボンをまめまめしく紙ナプキンでぬぐった。すぐにテーブルに数枚の紙幣を残し、彼らは立ち上がると出て行った。タクシードライバーは二人が腕を組んで、明け方の弱い光の下、いたわり合いながら通りを横切るのを見た。そして玄関で姿を消した。略奪者はすべてを持っている。泥棒がぬくぬくと生きているのだ。

マティアスは息が詰まるのを、気分が悪くなるのを、嘔吐に先立って口から熱い唾液があふれてくるのを感じた。おそらくグラスが割れるときに聞いたと思った音は、実際には彼の心が引き裂かれる大音響だっただろう。彼は止まり木に数枚の硬貨を置くと、その場所を走るように出た。大股の四歩で彼のタクシーにたどり着き、何も考えずに車のドアに拳骨をぶつけた。鉄板がバチンと鳴り、骨がきしんだが、マティアスの耳には彼自身の悲鳴であり、怒りと苦しみのうなりであるように聞こえ、まもなくそれは幸いにも肉体的な痛みに変わった。というのは彼の指はつぶれていたからだ。

「こんちくしょう」。彼は手を脇の下に入れながらうなった。

服とネクタイを付けた早起きの男が反対側の歩道へ渡り、マティアスを怯えた目でこっそり見ると慌ててよけた。息を止め、手を開いて指が動くのを確認した。腫れて皮がむけ、きっと膨らむだろうが、動かすことはできる。曲がってたぶん骨折しているだろう小指を除けば。彼は噴火口のように丸いくぼみと血で縞模様のついた車のドアを開け、常に所持している粘着テープのロールをグローブボックスから取り出した。それはかつて引っ越しの仕事に従事していた時、何かあった時に多目的に使える道具として愛用していたものだった。彼は歯を食いしばり、動かすと想像される痛みにもかかわらず小指を伸ばした。いったんまっすぐにすると、薬指と並べて二本とも清潔なティシュペーパーで覆った。続いて二本の指を粘着テープで縛り、動かなくなるまで再び覆った。指が折れたのは初めてではなかった。そのあとタクシーの引き出しからばらの灰色がかったアスピリン二錠が見つかるまで探し、ズボンをさっと拭うと、水なしでのんだ。車に座ると、規則正しく息をして痛みが和らぐのを待った。傷は大きく取り返しがつかないことはわかっていたが。手は治るだろう、しかし人生の痛みはけっして癒されることはないのだ。

彼はうめき声を上げた。あいつを許すわけにはいかない。医師が彼の人生をずたずたにしておいて人生を楽しみ続けるのは許せない。怠惰な医師、責任を何も感じないよこしまな医師は、根本的に異常であり、物事を混乱へ導く元凶である。オルティス医師は無秩序の一部をなし、万人にとって危険である。再び害を及ぼすのを防がねばならない。その通りだ。マティアスはそのことに関して何かをすることを決心した。それが何かはまだわからないが、やがてすることになるだろう。

20

オルティスの妻を見た二週間後、マティアスはまだ何も実行せず、具体的な計画の準備をしないまま、彼の監視ポイントに居座り続けた。タクシードライバーは腕時計をちらっと見た。彼は時計の針のあまりにも遅い進行にいらだって、毎晩百回以上それをした。まもなく夜が明け、また一日が無駄になるだろう。彼は絶望し始めていた。というのは六日前からターゲットを見失っていたからだ。ある夜、オルティスが病院から出て、タクシーを拾うのを見た。それは驚くべきことであった。医師の車はまだサン・フェリーペ病院の駐車場にあったからだ。彼は慌ててエンジンをかけ、相方を追ったが、折れた小指のためにハンドルを回すのが難しく、遅れてしまった。タクシーの登録番号かナンバープレートを見分ける前に信号で止まってしまい、再び追いついた時には、同じ型のタクシーが二台いて、二台とも客は一人だった。暗闇の中ではどちらが医師の乗ったタクシーか見分けることはできなかった。彼は疑いを晴らすために前の車と並ぼうとアクセルを踏もうとしたが、ラウンドアバウト（環状交差点）に出て、二台のタクシーは違った通りに入った。マティアスはどちらか一つに決めねばならなかった。数百メートル先に進んで、車を止めたとき、間違っていたことが明らかになった。オルティスを見失ったのだ。さらに悪いことにはその時以来、再び医師と出会っていない。医師の車はずっと病院の駐車場にあったが、男はどこからも姿を見せなかった。それからマティアスはサン・フェリーペ病院に電話すると、医師は病気で休んでいると言われた。そのニュースは彼をがっかりさせた。もっと早く行動しなかった自分自身を呪い、すぐに復讐できなくなる何らかの事情が起きるのを恐れた。彼は引き続き、救急センターのゲートの前で見張りを続けたが、オルティスは戻ってこず、彼はますます神経質になるのを感じた。

雨が激しく降り、そのたびごとに視界を確保するためにワイパーを動かさねばならなかった。ブラシがフロントガラスをちっちっと音を立てて拭ったが、数秒後には雨滴で外が見えなくなった。突然、深い疲労が黒いベールのようにタクシードライバーに襲いかかった。空腹で、のどが渇き、尿意があるのに気づいた。首は硬直しており、背中が痛んだ。体が生きるのを要求しているのを感じ、彼に注意と手入れを要求し、疲労で頭にもやがかかったまま、休息と忘却を望んでいるのを察知したように感じた。マティアスははっとして座席で背筋をピンと伸ばした。けっして降参するわけにはいかないし、休息するわけにはいかないし、忘れるわけにはいかない。パニックで腸がねじれた。リタの死について痛みを感じなくなるのは、彼女をもう一度殺すようなものだ。そのために彼はやぶ医者に会えないことを心配していた。彼に憎悪を持ち続けることができなくなるのを恐れていた。

襲いかかる苦悩は彼に息を切らせ、しばらく呼吸を落ち着けて、肺を新鮮な空気で満たすことにした。夜明けが近づいて、夜の色があせ、マティアスは見張りを終えることを決めた。家に戻る前にオアシスに寄ることを決めた。何かを食べて、まず第一にルスベッリャがチュチョとペッラのために取りよけてくれてある残り物を引き取らなければならない。

マティアスがバールに着いた時、セレブロはもう夜の酩酊状態に入っていた。沈黙にほとんど近かった。しかしいずれにせよタクシードライバーが入ってくるのを見て喜んだ。彼女は彼が気に入っており、科学の世界のちょっとした逸話や関心事を、教師であった当時の名残の、昔ながらの教育的方法で語るのを楽しんだ。女が不眠症で飲んだくれの孤独な老女に変わる前に送った前半生をよく覚えていなかったとしても。彼女は忘れるために飲み、ほとんどその目的を達したのだ。ここ数年の間、セレブロはオアシスで沈黙を守る近寄りがたい存在であった。彼女は科学研究者としての正確さと執拗さで、自らを痴呆化するという非情なプログラムを達成したのである。しかしタクシードライバーの何かが彼女の心に届いた。それはたぶん絶望か痛みかうつろさであったかもしれない。それはセレブロに親近感を持たせ、ふたたび物語を説明することにさせた何かだった。そうしていま彼女は純粋に喜んで彼に微笑んだ。

「こんばんは、マティアスさん」

男は返事しなかった。彼女の隣の止まり木にうなだれて腰を下ろした。彼の重苦しい気持ちは酸っぱい汗のように臭った。セレブロはタクシードライバーの気分が悪いのに、すなわちいつもより少し調子が悪いのに気づいた。その時、彼女の口に先人の言葉や彼女がかつて知ったすばらしい事柄が集まり、彼を励まそうと美と真実について語ることができると考えた。

「マティアスさん、親愛なるマティアスさん、あなたは気分が悪そうね。あなたに一つだけ言いましょう。人生は時おり、息をする場所も残さないほど苦しいことがあります。そのとき私は飲みます。肺は酸素の代わりにアルコールを吸います。しかしそれはあたしがあなたに話したいことではありません。あなたがお酒はあまり好きでないことを知っていますから。絶望に対してはほかの良いからくりがあります。すべてはそこを同じように通り抜けます。それ自身の痛みの穴から。飲むことも感覚を麻痺させることであなた自身からあなたを取り出させます。それは手術室で麻酔をかけられた病人と同じです。脚を切ることが出来てもそれは知覚できません。なぜなら何らかの形でそこにはないからです。しかし私たちはすでにあなたがアルコールの愛好者でないことを知っています。よろしい、ほかにも同じことから抜け出す方法があります。たとえば、ずっと大きいことを考えることです。きょうのあなたの痛みを、いまこの時の、今日の、小さな人生の痛みを、地球が存在した四十五億年と比べてみてはどうでしょうか？　しかしもっと小さなものを考えたほうがうまくいくかもしれません。たとえば、原子のことです。世界に存在するすべてのものは原子でできているのはご存知だと思います。それはいたるところにあります。それは透明な空気中にも、堅い岩の中にも、柔らかい我々の体の中にもあります。世界にはその数が想像できないほどたくさんの原子があります。頭に入らないほど非人間的な数字です。原子は集まって分子になります。二つかそれ以上の原子が安定した方法で結びつくと一つの分子を作ります。それをイメージするために、一立方センチメートルの空気の中には、このテーブルで同僚のタクシードライバーさんたちが遊んでいるサイコロとほぼ同じの、空気のサイコロ一つの中には、四京五千兆個の分子があります。周囲を見ていたるところにある原子の並外れた量を想像してみてください。さらに付け加えると、原子は数が多いばかりでなく、実際のところ、永遠なのです。数えられないほどの間持続します。ですから最小のものが数においても耐久性においても莫大なのです。原子はその長い生涯において、あちこち移動したり、分子を作ったり壊したりします。間違いなく、我々の体の中にある原子の一部は遠い太陽の白熱した心臓部に由来しています。ご存知のように、我々は星のくずです。そればかりではありません。統計的に我々は歴史的に著名な人物の多数の原子を持っている可能性があります。数十億のセルバンテスの原子、キュリー夫人の原子。プラトンの原子、クレオパトラの原子というふうに。原子は再生するのに一定の時間がかかります。亡くなった人の原子が再びサイクルに入るのは数百年かかるといったほうがいいかもしれません。しかし地球上に存在したすべての人間は私の中に生きており、私は将来に生れてくる人間の中に生き続けるということができます。日に焼けた草の茎や兜をまとったコガネムシの体の中にも生き続けるのです」

それがセレブロが言おうと考えたことであり、たしかに元気づける素晴らしい内容があった。しかし明け方のその時間には女はすでに酔いが十分に回っており、話の方向が見えなくなるのを恐れていた。ちっちと言ったり、誤りを二倍にするのを恐れていた。どもりがちに早口で話し、酔っ払いとみなされるのを恐れていた。つらい人生と我慢しなければならなかった数々の屈辱にもかかわらず、セレブロは誇りを持ち続けており、船の旗にしがみついて沈んでいく難破者のように尊厳という言葉にしがみついていた。それゆえ、言葉をかみしめ、一瞬ためらったあと、女はいつもの明け方のようにおし黙った。しかし今回は沈黙に沈むのは苦痛だった。彼女は目に涙を浮かべていた。

彼女は針金のように立ち上がると、いつものように立ち去ることを決めた。

「帰ります。おやすみなさい」

マティアスは彼女を見て、ひどくうるんだ目が酔いの影響だと想像した。実際の話、それはあまり間違っていなかった。かわいそうなセレブロ、タクシードライバーは優しさに近い同情を彼女に感じたと考えた。だしぬけに彼女がひどく年老いて、疲れて、無防備でいるように感じた。どこに住んでいるのだろう？　夜が明けるといつも一人で出ていく。歩いていくのだから、あまり遠くでないに違いない。カチートを除けば、もっとも近い建物もかなり離れており、横断が困難な自動車専用道路と暗い荒蕪地を横切らねばならない。

「家まで送って行きますよ」。マティアスは彼女の腕をつかんで言った。

セレブロは払いのけた。

「いや、あたしは一人で帰る」。彼女はわめいた。

すぐに女は態度をやわらげ、髪を震える手でなでつけると、軽く微笑んで言った。

「本当にありがとう。でもいつもこうしているから」。彼女はきっぱりと言った。「おやすみなさい」

そういうと、ドアを開けて背筋を伸ばし、彼女の上に突風が吹いたように体を右に傾けて歩いて行った。セレブロが話そうとしないのはつらかったし、彼女が黙ったのもつらかった。というのは、未来のある時点で彼自身の原子とリタの原子が、再び誰かの体の中で結びつくことになると知らされたら、マティアスにとって大いなる慰めになることが想像されたからだ。しかし他の日よりうまくいかない日はあるもので、その日、マティアスは彼にとって大切なことを知る機会を永遠に失ったのである。我々が短い人生のうちで知ることは、我々がけっして知ることができない非常に多くの物事からほんの一部を抜き出した空虚なものにすぎないのである。

21

実際のところ、セレブロはコルーニャ街道の反対側に住んでおり、オアシスから五分しかかからなかった。彼女は歩道橋で街道を横断した。マティアスには歩道橋を使ってすぐ近くに住んでいることが思いつかなかったのだ。家は巨大な石造の邸宅で、かつてはマドリードの北西の出口の目印だった古い豪邸の一つだった。自動車道路が拡幅されるにつれて、アスファルトが古い家々の庭に食い込み、しばしば別荘を取り壊さなければならなかった。元の裕福な持ち主たちはずいぶん前に地所を売却しており、今は自動車道のフェンスにぎりぎりに建った数件の邸宅だけが残り、事務所や店舗やディスコに転用されていた。セレブロの一族に属するものを除いては全部そうだった。かつては裕福だった家族も後継ぎがなく、セレブロと荒廃した邸宅だけが残っていた。家は廃墟化し、屋根は雨漏りし、今にも崩れそうで、木の鎧戸は蝶つがいが外れ、入口のステップはスイカズラで隠れていた。それは、以前は今はなき庭園を飾っていたのだが、今は繁茂し貪欲な野草に変貌していた。家の内部は広く、実際には空だった。セレブロはそれを食べ、より正確に言えば、家具や絵を一つずつ飲み代に変えた。電気ケーブルでぶら下がっていたシャンデリアは、セレブロがその下でいると、気が滅入るような弱い光を放った。昼夜を問わず、自動車専用道路が耳を聾するような低い振動音を立てていた。道路がすぐ近くを通っていたので、車が家の中にあるような気がし、壁が震えていた。そこでセレブロは暮らし、スプリングがはみでた古いソファの上で常に酔ったまま眠った。そのことを知らないまま、マティアスと彼女は、たとえその過去は違っていたにせよ、同じような仮住まいに、残骸の中に暮らしていた。

　その夜、いつものようにセレブロは歩数を数えながら帰宅した。それが彼女の流儀だった。それが道を見つけるトリックだった。ガルバンソ豆を数えるようにオアシスを出ると前に十五歩進み、それから左に百五歩、排水溝の草むらの間のやっと道と分かる程度の小道を通って高速道路のへりに達する。いったん道路のへりに着けば、八十歩進めば歩道橋に到達する。そこで四角形の三辺をたどるようにそれぞれの辺を六歩歩んで、一種のUを実行せねばならない。そうして足で図形を描きながら、高くなった橋に通じる階段にたどり着くのだった。もしUの字と四角を考えなければ、酔いと暗闇がこんがらがった中で歩道橋への近道を見つけるのはひどく困難だった。いったん入口のくぼみを見つけると、セレブロは止まらずにずんずん上った。三つの階段が十五段、十五段、九段とジグザグ状にあった。それぞれの階段の二歩上に踊り場があった。その上にできれば避けたい、目がくらむような、ぞっとするような箇所があった。車とライトが、耳をつんざく音を立てて渦巻き、猛スピードで流れる川の上の歩道橋を、足をすくませながら渡らねばならなかった。セレブロは欄干をつかんで、力を振り絞って歩んだ。たとえ目が回って、時おり上下が正しいのか逆なのか、車のライトが天空なのか、オレンジ色を帯びた都会の夜空が、アスファルトの上に街灯が反映したのに過ぎないのかわからなくなったとしても。そうした時には鉄の欄干を震えながら掴まなければならなかった。そうしないと仰向けに落ちる感じがするからだ。彼女は墜落するのがひどく怖かった。百歩でこの横断を終えた。轟音の間のゆっくりした百歩だった。ようやく反対側に到着する。頑張れと自ら励ますが、どこにも力は残っていない。十五段下ると、また十五段、さらに十六段。なぜなら反対側の地面はへこんでいるからだ。それから八歩前に進むと高速道路の防護壁に達する。そこを右に曲がり、壁にそって百三十五歩マドリード方面に進む。やっと着いた。家の前に空いた一メートル半の場所から入り、貪欲なスイカズラに覆われた狭い小道をたどる。もし階段を一歩と数えれば、オアシスと彼女の家の間に五百五十四歩ある。もし最大限に正確に表現すれば、四百六十九歩と八十五段ある。それが彼女を助けた。正確さだ。より正確に言えば、残りもの、ずっと昔に持っていた名残、人生を一変させることになるがまだそれには気が付いていない事件が起きる前にもっていた正確さの名残である。

その夜、いつもと同じように、セレブロは道を数えながら戻った。橋の反対側に数人が現れるのを見たとき、二百七十三歩、すなわち二百二十二歩とあと三十九段、十二歩で歩道橋のところにいた。高速道路の最後の拡幅と両側の進みつつある非居住地化が歩道橋を十分すたれさせていたとしてもしばしばそういうことがあった。しかしそれは時おりまだ使われていたし、バス停に行くときにはとりわけそうだった。セレブロは鉄の欄干につかまりながら歩道橋を大儀そうに歩み続けた。十一歩向こうの二百八十四歩(すなわち二百二十二歩と三十九段と二十三歩)のところで、セレブロは見慣れない人々が彼女のほうにやってくるのを見た。彼らは若者であり、街灯の黄色い光の下、アルコールでもやがかかった頭にそのようであるように思えた。全員男だった。おそらく五人か六人だった。動物のように固まって歩いてきた。ぎっしり固まり、獲物を狙うオオカミの群れのようだった。セレブロは二歩進んで、二百八十六歩のところで立ち止まった。酔いが破れた薄絹のベールのように急速に晴れていった。恐怖とアドレナリンの驚くべき効果だった。なぜならセレブロはいきなり恐怖を抱いたからだ。連中は急いでやってくる。もうすぐ近くまで来ていて、彼女を見ている。笑って彼らの間で何かコメントして、彼女を指さしていた。女は引き返すことを考えたが、可能性と距離を単純に計算して、彼らから逃れるチャンスはないに等しいことを理解した。それでまっすぐ進むことに決めた。脇を通るのだ。彼らを無視して、彼らが彼女を無視してくれることを意図した。

しかし彼らは立ち止まった。彼女のちょうど前で立ち止まって、横に広がり、道をさえぎった。野蛮な六匹の子犬たちだ。

「ぼけたおばあさん、こんな時間にどこへ行くんですか？」少年の一人があざけるように言った。セレブロはぎこちないながらも背筋をピンと伸ばした。それは犬が敵と出くわした時、大きく見せるために背中の毛を逆立てるのに似た本能的な行動だった。しかし彼女は立ち向かうことは望んでいなかった。まだいやだ。彼らの視線を避けようとした。彼らの言葉を無視しようとした。歩道橋の脇をすり抜けて、彼らから離れようとした。少年は欄干を押さえて、彼女の通行をブロックした。

「ぼけたおばあさん、どこへ行くんですか?」と繰り返した。

セレブロは顔をゆっくり上げて、少年を観察した。十七歳にはなっていないだろう。背が高く、良い服を着て、髪は栗色で短く、とかしており、スポーツマン風だった。金持ちの息子だ。気取り屋だ。彼女は素早くほかの子供たちも見た。全員が数世代にわたって裕福だった家族の息子か孫かひ孫の様相をしていた。セレブロはそうした家族のタイプを、そうした階級の子弟を知っていた。なぜなら彼女も似た環境の出自だったからだ。彼女はため息をつき、少し伸びをすると、話しかけてきた少年の目をまっすぐに見た。

「家に行くんだよ。友達の家を出て、正面のあそこにあるあたしの家に帰るところさ」

「酔っ払いのぼけたばあさんよ」。少年は芝居がかってわめいた。「あんたは乞食の売女か酔っぱらいの売女だ」

ほかの少年たちも笑って、侮辱に付和雷同した。彼らは誰一人一滴のアルコールも飲んでいなかった。しかしその興奮とひきつった眼はほかの種類の薬物の使用を告げていた。

「あたしは乞食でも酔っ払いでもない。友達の家で二、三杯飲んだだけだ。あんたがコカインか何かしらの薬物を飲んだのと同じだ。さあ、通してくれ、さもないとあんたたちの親御さんに言いつけるよ」

セレブロは説教調で女教師めいた口調で語ったが、それはかつて主任教授であった名残だった。少年は動揺を隠せず、少し仰天した様が顔をよぎった。ぼけた老女はぼけた老女のように答えなかった。その言葉にも命令調の声にもぼけたところはなかった。少年は何か言おうと口を開いたが、何も言えなかった。そしてそのときセレブロは過ちを犯した。強い口調で念を押すべきだった。道をふさがないよう重ねて命令すべきだった。しかしそうする代わりに気力と前に進もうとする気持ちを失い、少年の体を押して、その脇を通ろうとした。しかし肉体的接触が、テストステロンとアドレナリンが詰まった少年の中でただちに暴力的な反応を呼び起こしたが、それを理知的なセレブロは知るべきだったのだ。少年は彼女をつかむと宙に持ち上げた。あまり重くはなかった。

「静かにしなよ、ばあさん。どこに行きたいんだ？　急いでるのか？　急いでいるなら、手伝ってやろうか？」

あたしはしくじった、とセレブロは考えた。恐怖の悪寒が体の中を波のように広がった。肉体的な恐怖があったが、とりわけ屈辱と無意味な野蛮さが彼女を怯えさせた。ばかげたことで死ぬことを悲しんだ。自分を守ろうとしたができなかった。仲間の一人の助けを得て、少年は彼女を欄干の上を通して、高速道路の上にふくらはぎを押さえながら逆さまに吊り下げた。

「見てみな、もうすぐ下に着くよ、ぼけたばあさん。あんたは飛んでいくんだよ」。少年は笑いながら言った。

少年の後ろでは、ほかの少年たちがはやし立ててばかげた言葉を繰り返していた。セレブロは吐き気がした。くるぶしが痛み、血が頭に上った。スカートは尻のところに丸まり、痩せて白い脚と老いさらばえた姿を外気にさらしていた。高速道路は彼女の下で肉をミンチにする機械のようにうなり音を上げていた。首が折れたらもう終わりだ。誰かが轢く前に頭蓋骨が割れてしまう。彼女は死と、卑劣でみじめな死と折り合いをつけようとした。しかしできなかった。死に打ち勝つことはできなかった。

「お聞き」。彼女は下から、声が詰まって道路の騒音のために聞こえなくなるのを恐れながら叫んだ。「お聞き、あたしを放して殺すのは簡単だ。それが、あんたが命がけでやりたいことなのかい？」

「説教はしないでくれよ、ぼけたばあさん」。少年は歌うような声で言った。

セレブロは襲撃者の顔を見るために頭を上げようとした。少年はそこに、彼女の上にいた。高速道路のライトが中世の広場の興行のように顔を黄色くちらちらと照らした。彼女は頭を後ろに落とした。体位を支える筋肉はなく、首がひどく痛んだ。

「お聞き、あんたは十七歳か十八歳になっていないだろう？　後々ずっと後悔することになるよ。老女を高速道路に落として殺すやつになりたいのかい？　すべては明るみに出るだろう。あんたは罰を受けることになる。あんたはそうなることを本当に望んでいるのかい？」

彼女は力を振り絞ってもう一度少年を見た。そのときこの先どうなるかわかった。彼女は人生で極めて重要な瞬間の証人であり、ささやかではあるが本質的な軌跡の証人だった。彼女は襲撃者を前に仲間たちがどのようにふるまうか、少年がどのように選ぶか、どのように心が傾くかを見て取った。誰もが心の中に残虐さという影と美への熱望を持っている。ある種の人間はどこへ落ちるかわからないまま、崖っぷちを歩くこともある。少年は眉をしかめると、不愉快そうに舌打ちした。

「いい加減に黙れ、ぼけたばあさん。俺は頭が痛いんだ」

すぐに仲間の方を振り向いた。

「さあ、こいつを引きあげてやれ」

「本当ですか」

「早くしろ。ガキが」

仲間の少年はぶつぶつ不平を言ったが、グループのリーダーは反発する時間を与えなかった。セレブロを柵から持ち上げると、歩道橋の上に立たせた。すぐに彼女を放し、数歩遠ざかった。

「本当に俺たちがあんたを落とすと思ったのか、おばさん。からかっただけだ」

「そうだ、からかっただけだ」。ほかの少年も口をそろえて言った。

「さあ、放してやる」。少年は締めくくった。数年後、彼は厳格さと同情心のなさ、自分自身しか恐れるもののない融通の利かない教師然とした態度で知られる青少年担当判事になるのである。

セレブロは、白い点々を見て、耳で血が音を立てているのを感じ、失神する寸前だった。しかし倒れることはできなかった。今はだめだ。右手で欄干をつかみ、左手でスカートを下ろし、身だしなみを整えようとした。目が回るような点の渦が網膜に溶けた。まだ吐き気がしたが歩かねばならないと考えた。彼女は酔いでふらつきながら歩道橋を歩き始めた。それは、今はアルコールのためではなく、恐怖に酔ったためだった。あとどれだけ残っている？　二百八十七歩目だ。力を振り絞って九歩進むと二百九十六歩で足が崩れ、跪いた。鉄の柵につかまって絶望的な努力で立ち上がった。後ろは見なかった。背後は完全に無言だったが、少年たちが見ているのを知っていた。三百二十八歩と三百五十六歩で再び倒れた。すぐに下りに着き、最初の段を降りると、反対側の階段で若者たちが足を踏み鳴らしたり、大声を上げたり、笑うのを見た。彼らは歩道橋を後にしてその先に進んでいた。そのときセレブロは段に腰を下ろした。力を回復する必要があった。両方の肩の上にふたたび頭を置き、起きたことをよく考える必要があった。命とは何と執拗なのだろう、彼女は疲れながらも感嘆した。彼女は常に死にたいと思っていたのに。しかし彼女のような、老いぼれて必要とされなくなった者たちも執拗に生き続けねばならないのだ。

22

今は雨が降っている。

終わりの見えない干ばつと冬の風のサハラからの予期しない到来と季節外れの暑さと気候変動によるもろもろのあと、今は雨が降り続いていた。すなわち大雨だった。テレビ画面は、騒がしい泥の川や、とどろきながら木々や車を引きずる栗色の増水であふれた。それはサラゴサで、バリャドリードで、タラゴナで起きた。しかしまもなくそれは世界の反対側の映像、おそらくインドネシアかフィリピンの映像に置きかわった。そこでは川からあふれた水が車を引きずるのではなく、死んで腹を膨らませた牛を、しばしばそうした牛につかまった人間の頭を、革袋のように膨らんだ人間の死体を押し流した。そしてテレビ画面を通して見る水は、たけり狂って灌木の茂みを根こそぎし、収穫をなぎ倒し、うなりながら地表を裸の岩肌にするまで押し流した。水はたえず頭上に容赦なく落ちた。一週間やまずに降り注いだ。

ダニエルが仕事に行かずに過ごしたのはその時だった。彼は気分が悪いので、欠勤していた。彼は悲嘆の病気だった。サン・フェリーペ病院の精神科医ならそれをうつ病と呼ぶだろうが、オルティスは心の病でなく、単なる現実の客観視であると確信していた。というのは、現実は嘆かわしかったからだ。四十五歳であり、ほとんど老人だったが、これまでの暮らしが気に入らなかったとはいえ、この先に残されているのは、必然的に悪くなるだけだった。夜、床に就いて明かりを消すとき、彼を待っているあらゆる災難が落ちてきた。進みつつある老化と病と死と、部屋の暗闇をまとって彼の上に忍び寄る黒い未来である。生きることに意味を見出せないとき、意味のある人生を送るのは何て難しいのだろう。きっと真の人生は一定の地位にとどまり続けることに違いないし、たしかに人生を楽しむことができる人々もいる。しかし彼はずっと物事が脈動する外側にいた。彼はモノトーンのぼんやりした世界に捕らわれていた。たしかに過去のある時点で彼は誤って死の道に入り込んでいた。そして今は、人里離れた荒れ地に、子どももなく、職業的な成功もなく、親友もなく、愛もないまま取り残されていた。ファトマとマリーナの記憶が頭をよぎり、体が痛んだ。なぜなら痛みは肉体的だったからだ。不調は体のあちこちに及び、うつろで、内にこもっており、膝に、ひじに、首筋に、胸骨に感じた。痛みはリュウマチの発作のように、徐々に強まり、耐えがたくなった。彼は気がふれていた。はげしく彼を軽蔑している女と暮らし続けるほど気がふれていた。あるいはそれは、ほとんど会ったことがない売春婦と愛し合うことができると信じるほどだった。性的に常軌を逸した冒険にはまるほどだった。ばかげたことをした。彼は驚くべき速さで自制心を失いつつあるという感覚を持っていた。毎日少しずつ人生を損なっているという感覚を持っていた。関節が再び痛み始めた。それは謎めいた痛みだったが耐えがたかった。彼はおろかになり、無気力になり、良心を失い、すべてを忘れることを望んでいた。永遠に眠り、自分自身から逃れることを望んでいた。

それゆえ、仕事に戻ることを決めた。そうすれば病院から薬をかすめることができる。なぜならこの世で最良の抗不安薬であるアルコールが底をつきかけていたからだ。そうして彼はサン・フェリーペ病院に戻り、健康について数少ない同僚に尋ねられると、ぶっきらぼうに答えた。というのは、心の痛みはしばしば不機嫌に似ていたからだ。彼はここ数年そうしていたように自分の決まった仕事だけをこなし、看護師長がぼんやりしている時に、持ち出し可能なバリウム剤や抗不安薬、精神安定剤を、またある時は抗うつ薬を持ち去った。時には複数の薬物のこともあった。化粧室に入り、バリウム二錠を蛇口の水でのんだ。それは不安を抑えるためだった。その後、家に戻ったら、抗うつ剤の種類と副作用を見るため、インターネットに接続すればいい。というのは、まだ使いこなせていない薬であり、彼自身へのショック療法を考えていたからだ。彼はバリウム剤の脱力化作用で脊柱から波に乗ったように感じ、頭の中が精神安定剤でリフレッシュし穏やかになるのを感じた。当直は終わりに近づいており、そのとき、脱力した状態を穏やかにするためにもう一錠のもうかと思ったが、最終的に家に着くまで待つことに決めた。

それで、サン・フェリーペ病院から明け方に出てきたとき、適度に薬が効いていた。彼は病院の門で立ち止まり、お馴染みのわびしく潤いのない都会の風景が取り巻いているのを見た。フランコ時代の組合企業が建てた安っぽい古い家々、スポーツ施設の長い擁壁、茂りすぎた垣根と荒くれ者に壊されたブランコのある殺風景な小公園。油のような重く黒い雨がそうした醜さの上に落ちている。彼は不本意ながら車を拾わねばならないと考えた。バリウム剤は反射神経をだめにすると言われているものの、運転する状態にないわけではなかった。おそらくそうなのだろうが、いずれにしても彼は存分に車を運転することができると感じていた。問題は彼がそれをする気にないことだった。彼はこの化学作用による倦怠感を、快適な夢見心地を振り払いたくなかった。いま車に乗りこんで家に着くのはひどく厄介だった。おそらくタクシーを拾ったほうがいいだろう。しかしタクシー乗り場には誰もいなかった。しかしながら、正面の約四十メートル先の街角に、ライトを消した一台のタクシーがある。ダニエルは、空車か、運転手が中にいるのか自問した。もちろんそこはまったくの角で車を止める場所ではなく、通りには少し先に空いている場所がたくさんあった。彼は離れた距離から暗闇の中で車を調べようとした。歩道から降りて、よく見るために車に向かって数歩歩きさえした。タクシー運転手は中にいるように見えた。実際にいま誰かがワイパーを動かして濡れたガラスを拭おうとしていた。彼はいらだちながらも内心で微笑んだ。もし数日前、パラノイアを感じていた時に見たなら、追い払っていただろう。しかし今は躁病だった時期は過ぎており、それはメンタル面の敗北とうつ症状の産物であったに違いなかった。いま唯一関心があるのは、あのタクシーが空車であり、乗ることができるかどうかだった。ダニエルは舗装道路の真ん中で足を止めてつぶやいた。なるほどあそこは暗くて角にある。客を乗せたくないのだろう。誰かを待っているのだろうと決めつけた。彼は雨でずぶぬれだった。自分の車を回収するほうがいいに違いない。カチートに行ったとき、車を置いたがそのあとすぐは働いていない。それで一週間駐車場に置いたままで、古いバッテリーは上がった可能性がある。ダニエルは決心してきびすを返し、サン・フェリーペ病院の側面の一つにあり、病院の駐車場として使われている空き地に向かった。そこは病院のほかの付属施設と同様、手入れの行き届かない場所で、街灯はないに等しく、舗装はひび割れて雑草が生え、アスファルトは穴だらけで、今は水に浸っていた。日中は車でいっぱいだったが、その時は人けがなかった。奥には病院の職員のための専用ゾーンがあったが、すぐにいっぱいになるこっけいなほど不十分なスペースであり、それゆえダニエルはしばしば駐車場所を求めて、あちこち車を走らせねばならなかった。しかしながら幸運なことに最後の空きスペースがあった。彼はカーディガンのポケットから車のキーを取り出した。

「オルティス医師」

ふだんならダニエルは、真夜中の寂れた駐車場で、しわがれた男の声を聞いてびっくりし跳び上がったことだろう。しかしバリウム10が効いていたので、ぼんやりしていた彼は落ち着いて振り向いた。

「そうだが」

大きく力の強い男だった。間違いなく彼よりずっと大きく、力が強かった。そして神経質に見えた。大男の落ち着きのなさはダニエルを不安にし始めた。

「そうだが、何かご用ですか？」

男は幽霊を見る人のように彼を見た。ひきつった目で、狂人の目で穴を開けるように彼を見た。ダニエルは薬物の効果が血管にあるにもかかわらず、不安による寒気の一吹きが背中を上ってくるのを感じた。彼は車の方を向いて、キーを雨に濡れて震える指で鍵穴に差し込み、ドアを開けた。しかし中へ入る時間はなかった。男の大きな手が扉の上にのしかかって、再び閉じたからだ。

「オルティス医師、どこへも行かせない」

「どうして俺の名前を知っているんだ？　金がほしいのか？」ダニエルはつぶやいた。

「正義がほしいのだ」。男はくぐもった声でうなった。

それでは追跡者は本当だったのだ、と医師はひらめくように理解した。そしてすぐに恐怖とヒステリーが彼を襲った。彼は男がのしかかってくるのを見た気がした。彼は車のドアに逃げるすべなく押し付けられていて、力の強い大男が彼のそばに立っていた。

「助けてくれー」。彼は絶望して叫び始めた。

マティアスはびっくりした。大きな手で医師の口を押さえようとした。

「お願いだからだまってくれ。黙らないと警備に聞こえてしまう」

「助けてくれ」ダニエルはタクシードライバーの腕の中で身をよじりながら早口でせっかちに言った。

「黙れ、この野郎。あんたと話したいだけなんだ」

それは事実だった。数日間の実りのない追跡の後で、医師が病院から出てくるのを見たとき、マティアスは電流が流れるのを感じた。医師と面会の約束をするまでおとなしくしていてもなんの成果もないことがわかっていた。それで具体的なプランはなかったが、行動に移すことを決めた。その機会を逃すことはできなかった。彼は抗議し、クレームを言い、医師の行動を叱責することを望んでいた。彼は医師の悪い飲酒癖をやめさせ、忌まわしい幸福な人生を少々苦くすることを望んでいた。責任と向かい合わせ、リタにしたことを認めさせなければならなかった。そして彼に許しを請うことを要求する。彼は恥知らずの医師を叱責することを想像した。そのシーンは彼を慰め、正当のように思われた。その時は雨で人気の少ない夜こそふさわしい。それでタクシーのドアを閉め、駐車場へ医師の後をつけた。言うべきことにははっきりとしたアイデアはなかったが、口に出したい言葉はいっぱいあった。明るみに出すことが必要な言葉だ。だしぬけにダニエルは逃れようと傷ついたマティアスの指を噛んだ。痛みが走り、男は彼を放した。

「あーーーー」と医師は、全力を込めて叫び声をあげた。夜をつんざくような叫び声だった。

「やめてくれ」。びっくりしたマティアスは、ぶつぶつ言った。

その後に起きたことをタクシードライバーはまったく理解できなかった。おそらく傷ついた指を嚙まれたことが彼をたけり狂わせたか、荷造りテープを思い出させたのだろう。あるいはもがいた際に、彼の手がジャケットのポケットにまだ持っていたテープのロールにたまたま触れた可能性がある。あるいはおそらく単に叫び声に恐怖をおぼえ、警備員を呼びつけて地区住民を起こすことを恐れたのかもしれない。たしかにマティアスは耐えがたい叫び声を黙らせようとしただけなのかもしれない。結果として彼はダニエルを上腕骨が折れるのを心配するほど堅く縛り、車に押し込み、大きな体で動けなくした。頭が錯乱したダニエルが反発しようとする前に、マティアスはあっという間に巧みな手さばきで彼の口をふさぎ、手首をテープで背中に縛り付けていた。そうして荷物のように梱包すると、医師を担ぎ上げ、タクシーまで運ぶ間、両脚は粘着テープで動かさないよう押さえていた。幸いなことに街角まで運ぶ間、誰にも見られなかった。マティアスは車を開け、被害者を後部席の床に下ろした。すぐに運転席に座り、エンジンをかける前にしばらく頭が静まり、手の震えが収まるのを待った。そして事件の成り行きについて驚き、恐れていた。車の中は静かだったが、二つの心臓が同じ恐怖にかられて大きく拍動していた。タクシードライバーは深呼吸すると、車を動かした。エンジンは忠実にこたえた。人を誘拐するのは信じがたいほど簡単だ。マティアスは驚いた。雨は降りやまず、車体を打つバラバラバラいう音が拍手のように響いた。

23

つつましい距離を置いて座りながら、チュチョとペッラは石膏の動物のように背筋を伸ばし、闖入者を強い関心を抱いて観察していた。我々のアドレナリンが臭っているに違いない、とマティアスは考えた。なぜなら恐怖でいっぱいだったからだ。むしろのように梱包され、空き家の汚れた床の上に放置されたオルティス医師の恐怖。どうしてこんなことになったのか理解できずにおろおろしているマティアスの恐怖。カーテンのない窓を通して、灰色の朝の不快な光が乱暴に入ってきた。マティアスは医師の横たわる体に椅子を近づけて腰を下ろした。彼は物思いにふけりながら犠牲者の姿を見つめた。粘着テープで折り目が付き、しわの寄ったカーディガン。一方の足は靴を履き、他方は履いていなかった。もがいた時に靴を失くし、靴下を脱ぎ捨てたからで、それは弱弱しい印象を見せていた。背中に括り付けた腕を圧迫しないためにおそらく横向きになった体。辛辣を超えてひきつった眼。医師は犬たちが医師を見るのと同じ驚いた表情で彼を見ていた。タクシードライバーは囚われ人の上にかがみこみ、試行錯誤のあと、テープの端をつまんで、一気に引っ張った。

「たーすーけーてーくーれー」。男は声を限りにわめいた。

びっくりして、マティアスは彼の上に跪くと、口を大きな手でふさいだ。

「黙れ、黙れ。さもないと首を今すぐねじってやる」

医師は言われたとおりにした。突然の沈黙に両者の喘ぎ声が響いた。そうしてしばらくたった。

「大人しくするんだぞ」。マティアスはしかりつけた。

ダニエルはぎこちなく頭を動かして肯定の意思を示した。マティアスは少し手を緩めると、ダニエルは再び頭を振った。そうだ、肯定のしるしだ。

「よろしい。お前を解放してやる。しかし大声を出したら殺す。もう一つ、ここには誰もお前の声を聞くことができるものはいないことを言っておく」

彼は男の口元が自由になるまで少しずつ猿ぐつわを緩めた。ダニエルは何も言わなかった。マティアスは再び椅子に座った。手の角がひりひりするのを感じ、噛まれた歯形があるのに気づいた。医師は彼を二度噛んでいた。しかしそれは悪化していなかった。不快なのは手のひらを湿らせたよだれだった。彼はいやいやながらズボンでそれを拭った。

二人は見つめ合った。

今度は何をするつもりなのか、とダニエルはおののいた。

今度は何をしたらいいのか、とマティアスもぼうっとしながら自問した。

けさは外に出してもらえないだろうと、いつも日常の変化と膀胱の圧迫に敏感な犬たちは不安がった。

「お金が欲しいのなら、君は間違っている」。ダニエルは小声で言った。

マティアスは答えなかった。医師はがらんとした部屋に目を走らせた。いまだ建築途上で、貧しさと孤独が入り混じっていた。

「しかし君よりたくさん持っていることは確かだ。私を解放してくれたら、君にそれを全部やる。八千ユーロほどになる」

「ユーロ札はさっさと引っ込めろ」。マティアスはわめいた。「あんたの金に興味はない」

「じゃあ、俺から何が欲しいんだ?」医師はうめいた。

「正義がほしい」。タクシードライバーは凄みを込めて繰り返した。

「いったい、どんな正義なんだ」

マティアスは眉をしかめた。実際のところ、どんな正義を求めているのだろう。両手を膝に付け、前かがみになって、重い頭を医師に近づけた。

「俺のことがわからないのか?」

ダニエルは彼を不安げに見た。彼を知っているに違いないのだが。肉付きの良い輪郭は何も語らなかった。

「リタのことは覚えていないのか?」

「リタ?」ダニエルは声に出して繰り返した。

「リタ・モラレスだ。背の高い女だ。栗色の毛で、前髪があり、下げ髪は短かった。あんたは思い出さねばならない。大事なことだから。美人というわけでもないし、外見が魅力的ということもなかったが、満員の部屋に入ったら、みんながその女性を見るそんな人だ。人を引き付けるものがあった、わかるか？　磁石のようなものだ。まつ毛の多い黒い目をしていた。いつも微笑んでいるような眼をしていた。彼女を見たとたんお前は上機嫌になった。肌はあんたがこれまで触ったことがないほど滑らかだった」

「ああ」、とダニエルは絶望した。数年前、言い寄った女性看護師の一人だろうか？　その嫉妬深い夫だろうか？　やめてくれ。それはずっと前に起きたことで、今は何でもない。

「俺は誰にも手を出したことがない」。医師はつぶやいた。

「もちろんだ。ばかやろう！　お前は十分に触診しなかった。十分に患者を診なかった。それが原因のすべてだ。本当にリタ・モラレスのことを覚えていないのか？」

医師はつばを飲み込んで、頭で覚えていないと答えた。マティアスは椅子から立ち上がり、部屋の中を狂ったように歩き始めた。全く覚えていないだと。彼女を殺したのに全く記憶にないとはどういうことだ。彼は心の中に氷のような落胆を、すべてがばかげていて、取り返すことができないという鋭い不安を感じた。医師を誘拐したのも何の役にも立たないだろう。なぜならもう誘拐していたからだ。言葉が彼の頭の中で鳴り響くように破裂した。その結果とその危険性だ。すぐにオルティス医師が行方不明になり、プレスがそれを知っているのではないかと恐れた。それで、照明源として使ったあの夜から初めて小型のテレビ受像機に突進し、スイッチを入れた。ニュースチャンネルを見つけるまでリモコンのボタンを押し、椅子に戻ると報道番組を見た。絵になる有名なグループ、自らの重さで小さな椅子をたたきつぶす大男、マジョリカ焼のような犬たち、粘着テープでぐるぐるに巻かれて、ガラクタのようにぞんざいに捨てられた男。テレビでは医師について何も言ってなかったが、幸福の殺人者の最新の犯行についてはたしかに知らせていた。追跡されてもつかまらないばかりか、その犯行の大胆さに磨きがかかっていた。犯行日の前日の午後にこっそり老人ホームに忍び込み、九十歳代の老婆を殺したのである。老人ホームの名前はパライソ(天国)といい、マティアスには墓場の待合室よりナイトクラブにふさわしい名前のように思われた。そこは質素な場所で、貧しく悲惨な境遇の老人たちでいっぱいで、そうした様相は最新の殺人の興奮にもかかわらず、ルポルタージュの中に見られ、生き延びているということで多くの人々を励ました。冷血な犯罪者は、訪問の時間に入り込み、居室で老女を殺した。誰も異常に気付かず、不審者がホームに入るのを見た人すらいなかった。それで殺人者は常連の訪問者か、入居者の誰かである可能性すらあるという。「しかし、どちらの可能性も少ないです」と五十歳代の警視は言った。数秒前、女性アナウンサーがカメラに向かって話し、写っていないと信じてそのそばで待つ間、彼は生殖器を触っていたからである。しかも両手で。九十歳代の老女はずいぶん長い間、閉じ込められており、その間、一度も彼女を訪れた人がないのを思い出した。殺人者は長い年月で最初の誕生ケーキを持ってきた。もちろん最後だ。哀れな老女だ、とマティアスは思った。そして彼の心に、彼自身の母親もおそらく閉じ込められており、似たような場所に放置されているに違いないという暗い考え、不快な予感がよぎった。暗い考えを振り払うために彼は頭を揺すると、最初に起きたことを大声で言った。

「俺には幸福の殺人者がそんなに悪い奴だとは思えないな」

ダニエルは床から正気を失った目で男を見た。

「殺人者ではないとさえ言えるかもしれない。というのは、いずれにしてもあらゆる犠牲者はすでに死んでいるからだ。誰にもかまってもらえないとき、誰も会ってくれないとき、誰の記憶にもとどまっていないとき、すでに死んでいるという意味だ。そうして実際にはもう死につつあるのだ」

そしてリタは、相棒であり、証人であるリタは姿を消している。彼が死んでいると感じるのは自然ではないだろうか？　子供の頃から彼の上にリタの眼差しを、慈愛に満ちた優しい眼を感じ、彼を元気づけてきた。彼がしたすべてのことは、その眼に見られ、認められ、愛撫されるためだった。しかし今は一人であり、いやおうなしに一人であり、これからもずっと一人である。そうした濃厚な、絶対的な孤独は死よりも悪い。二つの大きな涙が彼のほほをつたった。

「幸福の殺人者の犠牲者は、みんな寄る辺のない忘れられた老人だった。すでに遺体になったような哀れな連中だ。犯罪者は彼らを殺す前に一しずくの命を与えた。彼らに関心をもった。素敵な贈り物だとは思わないか？」

おやまあ、とダニエルは驚いた。こいつは精神病患者だ。俺は映画に出てくる狂人に誘拐されたのだ。彼は恐怖の波に浮かんでいるのを感じ、誘拐者の顔がチューインガムのように縮んだり、膨らんだりするのを見た。自分には不安の発作があり、脳の片隅から現実のコントロールを維持することに反発を覚えていると診断されていた。縛られて地面に伸びていることはもちろん何の助けにもならない。くるぶしの高さから世界を見ると、物事は歪んで見えるし、緊縛されているので自分は恐るべき無防備の状態にある。そのうえ、誘拐者は泣いている。大柄で無口な大男はほほを涙で濡らしている。それは狂気の兆候であり、熱中の疑いえない証である。プロの誘拐者は、被害者のそばに座ってテレビを見たり、すすり泣いたりしない。ひどく傷ついた者だけがそんなことをする可能性がある。ダニエルはこの世のものとも思えない新たな恐怖にさいなまれ、震え上がった。この頭のおかしい男は「幸福の殺人者」そのものである可能性さえある。もしそうでないとしたらニュース番組を見るだろうか？　刑事ものの映画ではそういわれていた。精神病患者はマスコミが彼らについて語るのを楽しんでいるのだ。

「答えてくれ。最良の贈り物だと思わないか」。マティアスはしかめっ面をして繰り返し言った。

ダニエルは、頭が熱っぽく、神経細胞が溶けたように感じていたものの、急いで返答しようとした。どんな答えが頭のいかれた男にふさわしいのだろうか？

「ああ、もちろん、最良の贈り物だ」とせっかちに話した。

タクシードライバーはひそめた眉を少し丸めた。

「どんな贈り物について我々は話していたのだろうか？」

「え、何のことだ？」

「ああ、君は最良の贈り物と言った。俺に説明してくれ。その贈り物とはなんだ？」

ダニエルはぞっとした。誘拐者が言っていることに見当がつかなかった。単に覚えてないだけなのか。それを教えることはあまりに不安だった。時間が過ぎたが、男は口を開かなかった。

「言っていることがわからないのか？　答えたのは俺の機嫌を取るためだったのか。まるで俺が頭がいかれた男のように機嫌を取ったんだな？　そうじゃないのか？　俺の頭がいかれていると思っているんだな？」

「いや、いや、そんなことはない、許してくれ」

男は口ごもって泣き出しそうに見えた。マティアスは少し同情と恐怖を感じた。自由を奪った男への同情と彼自身していることへの恐怖だ。男は立ち上がり、部屋の中を不安げに歩き始めた。頭がいかれているならその方がいい。これはもちろん常軌を逸した行動だ。犬たちは不安げに、まるでテニスの試合を見ているかのように、醜い顔をゆがめ、二匹一緒にある時は右にある時は左を向いて、男のぶらつくさまを視線で追った。マティアスは動物たちを見た。まだついているテレビも見た。空のロッキングチェアを見た。そして数か月前、終末を待つ歩みの遅い数週間、そこに座っていた彼の妻のことを思い出した。二人のどちらもそのことについて話すのを望まず、相手を気遣わせないように自分が苦悩しているさまは見せなかった。そうした午後は灰色で、押し黙って、恐怖が蜜蜂の群れのように彼らのまわりを飛びまわっていた。了解したと、タクシードライバーは独り言を言った。おそらくそれは狂気なのだろうが、もう耐えることはできなかった。少なくとも、何かをしていることを感じていた。リタの死というひどい嵐に対して何かを、彼の頭の中に収まらず彼を消し去ろうとする大きな痛みに対して何かを。彼の少年時代は暗い無秩序であり、リタがやってきて悪魔を遠ざけることを知るまで子供サイズの小さな地獄だった。しかし彼女は去ってしまい、混乱がすべてを飲み込むよこしまな獣のように戻ってきた。

二つの涙がさらに彼のニキビの出た頬の上を伝った。

よろしい、マティアスは今やしたいことが分かったと思った。それは涙をまめだらけの指で拭いながら、だしぬけに思い当たった。彼が望んでいるのは、必要としているのは、医師がリタを思い出すことだ。彼女について話し、彼女の素晴らしさについて語り、彼女が持っていた光について語らねばならない。そして医師が彼女を思い出すことができたら、彼女をよく知ってもらえたら、自分がしたことを知ってぞっとするだろう。自分がプロとして悪いことをしたと知るだろう。それがマティアスの望むことだ。オルティス医師が罪を認めて、自分の怠慢で彼女を死なせたことを認めることだ。リタを決して忘れることはできない。彼女を永遠に意識の中にとどめなければならない。なぜなら彼女のことを考えるたびに、彼に生気が戻るからだ。そうしたすべてに成功したら、あいつを無傷で解放してやろう。そしてマティアスに後に起こったことと同じことをした。ダニエルがいるところに戻ると、男の上にかがみこんだ。

「大人しくしろ。あんたを傷つけるつもりはない。それは約束する。話したいだけだ。数日になるが、すぐに解放する」

「数日？　解放する？」ダニエルは声を絞って繰り返した。

この間抜けが。俺はあんたの顔を知っているし、家も知っている。解放できるはずがないだろうと考えた。ただ俺を大人しくさせるために言ってるのだろう。俺を殺すのだから。彼は失神が近づいているのに気づいた。しかし感覚を失うのを認めるわけにはいかない。目を開いていなければならない。ひどい偏頭痛がこめかみを襲った。

「数日待つことはできない。すぐに俺が失踪したことが知られるだろう。警報が出るだろう。四方八方から俺を探しに来る」

マティアスは考えた。そしてすぐにしゃがむと、被害者の体をたたき始めた。ダニエルは気を失うのを感じながら金切り声を上げた。

「黙れ。なぜ大声を上げるんだ。お前の携帯電話がほしいだけだ。お前はモバイルを持っていただろう。そうだ、ここにある」

タクシードライバーはダニエルの上着の内ポケットから取り出したばかりの小型の携帯電話を勝ち誇ったように持ち上げた。

「俺が病院に電話して、父親が死んで、埋葬まで付き合わねばならないと言ってやる。あるいは遺体を遠くの場所から運んでくるほうがいいだろう。そうすれば我々はもっと時間が作れる」

「両親はいない。病院ではみんなそのことを知っている」

タクシードライバーは無視した。まだ覚えていたサン・フェリーペ病院の救急センターの番号を押した。電話が鳴る間、ダニエルのそばに跪き、大きな手で男の首をつかんだ。それは男を黙らせるしぐさだった。

「サン・フェリーペ病院ですか？　はい、私はダニエル・オルティス医師の隣の家の者です。誰と話したいかと？　はい、私は彼の父親が亡くなったと伝えるように頼まれています。はい、急いで行かねばならなかったのです。モロッコです。はい、かわいそうにそこにいたのです。バカンスです。年金生活者の旅です。はい、よくわかりませんが、心臓の病気だと聞いています。遺体を持ってこなければなりません。数日かかると思います。はい、お伝えください。ありがとうございました」

彼は電話を切ると、ダニエルを放し、満足げに見た。

「引っ越し会社の従業員がカサブランカへ彼の父親を捜しに行かせる。父親は釣り師で釣り中に亡くなった。遺体を持ってくるのに少なくとも二週間かかる」

「信じがたい言い訳だ。役に立つはずがない。病院の同僚たちは俺の父親が数年前に亡くなったのを知っている。そのうえ、妻や姉もいる。すぐに俺の不在に気が付く。俺を解放したほうがいいと思う。俺を解放してくれたら、誰にも何も言わない。それは約束する」

「ああ、あんたをいずれ解放しようと思っている」

「わかった」

マティアスは医師の妻のことを考えた。オルティスと交わした愛情のこもった抱擁と親し気に家に戻ったさまを思い出した。刺すような苦い痛みと妬みを感じた。妻に電話させて言い訳をしなければならない。しかしそれをするには彼を脅さねばならないし、場合によっては殴らねばならない。いやな仕事だ。そのうえ危険もある。こいつは何らかの手がかりをメッセージの形でこっそり伝えることができる。マティアスはため息をついた。ことはあるがままにしておくほうがいい。

「わかった。それでは我々はもっと急がねばならない」

「急ぐだと？　でも何のために急ぐんだ？」

「犬と散歩に行ってすぐに戻る。それから我々は少し眠る。俺は昼間眠るし、俺にとってはひどく遅い。俺は頭が痛い。あんたと話すには頭をすっきりさせる必要がある」

タクシードライバーは、歯で粘着テープの一片を新たに切ると、被害者の口にふたをした。そのあと犬たちに合図すると、二匹は狂ったように彼の回りに突進してきて、彼らと一緒に通りへ出た。沈黙と孤独が、冷水のバケツを浴びて幻覚が少し取り除かれたように、ダニエルの上に落ちた。最初のうち、彼は強いられた姿勢のため体が痛んだ。骨は堅い床に押し付けられ、両手は背中に括り付けられていた。これ以上緊縛に耐えることができず、いつ戻ってくるのか頭のいかれた男に尋ねなければならなかった。熱い偏頭痛がこめかみで脈打っていた。いったい、彼をどうしようと言うのか？　これまで言ったことにもかかわらず、ダニエルは彼の不在が誰も不安にしないことを知っていた。少なくとも数日間はそうだった。マリーナは仕事でしばしば家を空けるが、今もその一つだ。ルゴ(注13)にいたかと思えば、ビゴにいる。出かけてしまえば、彼女に電話することはできない。女きょうだいは誰もいないし、病院に関しては二十年そこで働いているが友人は一人もいない。実際のところ、彼の父親がすでに亡くなっていることを知っている者が誰かいるとは思えない。少なくとも父親が亡くなったと誰にも言ったことがない。誰もそのことを覚えていない。そう言ったのは彼を誘拐した男だけだ。もし君のことを誰も思い出さないなら、君はもう死んでいるのと同じだ。いま、彼は頭のいかれた男の手にあり、彼の失踪は誰の関心も呼び起こさない。それは彼が姿を現しても何の関心も呼ばないと言っているのと同じで、彼の存在には何の意味もなく、彼の人生は渦を巻いて消える煙のように何らの痕跡を残さなかったというのと同じだ。彼に終わりの日が来つつあるというのか？　それが彼の人生の結末なのか？　もうその先がないというのか？　くそくらえだ。

（注13）ルゴ、ビゴともにいずれもスペインの北西部・ガリシア地方の都市。

24

「その肉腫は悪性腫瘍の中でも最も歴史的に無視されてきたタイプの一つだということを君に繰り返し言う。神経細胞の突起に由来し、神経上皮組織に似て、転移する性格を持つ。さまざまな成熟の能力を持つものの、それを条件づけるのは外見上の不均質性による。それゆえ非常に多様な臨床医療法があるが、効果はほとんど期待できない」

「あんたは怖がっている」

「どこが？」

「あんたは怖がっている。だからべらべらとしゃべっている」

「もちろん怖い。俺は暴力的に誘拐されて、手と足を縛られており、理不尽なことで非難されている」

「いや違う。あんたが怖がっているのは、自分に責任があり、明らかにそのことで非難されているからだ。それゆえあんたは理解できないこっけいな医学用語の中に自分を隠している」

「俺は何も隠していない。君の奥さんの腫瘍が生死にかかわるものである理由を説明している。もし言っていることを君が理解できないとしたら、まさしく俺がプロの医師であり、君がそうでないからだ。君はそのことを考慮しなければならない、なぜなら俺は病気のことを知っており、君がそうでないからだ」

「もちろん。だからあんたにリタは腎疝痛があり、彼女を家に戻すように言ったんだ」

「いずれにしても、俺はもう彼女の痛みが年相応の女性のよくある痛みではないことを説明した。仮にステージ4の間葉系幹細胞の腫瘍であったとしても」

「やめろ」

「何を？」

「もうわけのわからない医学用語はいい」

「しかしだ」

「俺は真面目に言っている。運を試さない方がいい」

「わかった。俺はただ……。わかった」

「二度と迷惑をかけたがらなかった。それゆえ、あいつは我慢した。かわいそうに。それでもう病院に行かなかった。ただ痛みに耐えた」

「実際のところ、診断するのは非常に難しかった」

「彼女は物に動じない女性だった」

「診断することはできなかった。できたとしても同じだった」

「精密検査すらしなかった」

「精密検査したが腎疝痛と思われた」

「でも彼女を覚えていなかったじゃないか。どうして精密検査したと言えるんだ？　顔すら見ていないんだぞ。嘘つきめ。今度嘘をついたら殺してやる」

「……」

「それは物の言い方だ。お前を殺すことはしない。何もするつもりはない」

「……」

「しかし殺したい気持ちはある。お前はしたことがわかっていない。それが拷問だったことがわからない。リタがどんな女性であったか知らない。人並み以上の女性だった。全部お前のせいだ。お前が仕事をまともにしなかったせいだ」

「それは確かに残念だ。君の奥さんは素晴らしい女性だったと思う。しかし俺の罪ではない。もっと言えば彼女を丁寧に診察すべきだったろうがよく覚えていない。当直のときはしばしばほこりにまみれ、眠れないし、不機嫌だ。だが、どんなにデータがあっても、たとえ腫瘍を発見しても同じことだと確言する。俺の誤診ではなく、あまり見られないタイプの珍しい、予期しないがんだったんだ。どの医師でも起こりうることだ」

「彼女を覚えてないくせに。それが一番悲しいことだ。俺はまだリタがどうだったかお前に説明することができない。言葉が出てこない。やり方がわからない。お前に恥じてもらいたい、そのことを嘆いてほしい」

「別の見方をしてみよう。君たちは二か月快く過ごした。二か月、病気の恐怖はなかった」

「俺は彼女をけっして忘れないでほしい。彼女のことを思い出して良心の呵責を覚えながら残りの人生を送ってほしい」

「ああ、彼女を思い出そうとしている気がする。すぐにだ」

「そして良心の呵責を覚えてほしい」

「俺には罪はない！　そう言わなかったか？　あんたは頭がいかれている。こんなことをしていたら獄中で生涯を終えることになるぞ」

「俺にとっては同じことだ。まったく同じことだ。俺たちはリタのことを話しているんだぞ。あんたがリタのいないのを淋しく思うまで。俺のように」

25

マティアスはオアシスに立ち寄ることを決めた。なぜなら食事をする必要があったし、普段と同じ日常を続けることで偽装するのに役立つからだ。しばらくそこにいるだけでなく、次は別宅に帰らなければならないと考えた。オルティスを緊縛して無力化したまま放置したとしても、一人でいることは落ち着きを感じなかった。しかしバールではまれな興奮状態のセレブロと会った。彼を見るとすぐ、まだ夜の十時だったが、女は長い間心配して待っていたかのように彼に突進した。彼の前腕をつかむ非常識なことまでした。なぜならセレブロはこれまで節制しており、肉体的接触を避けていたからだ。

「あんたと話すことが必要だ」。彼女は頼りない指をマティアスの肉に食い込ませながらささやいた。「あんたに語ることがある。もしそれを語らないとしたら、あたしは傷つくことになる」

タクシードライバーは不安を感じながら同意し、いつものスツールを止まり木の端まで持っていかせた。そこで小声で、客観的で冷めた口調でドラマ性を抜きにして、前日の明け方、歩道橋を渡って家に帰る途中に遭った襲撃について語った。

「なぜあたしは高速道路の反対側に住んでいるか、マティアスさん、わかるかい？」

マティアスは理由がわからず、話のひどさにショックを受けた。また老女が彼に見せた信頼に対して感動した。冷静で合理的な彼女の表現方法にもかかわらず、セレブロは襲撃によって心を乱されたに違いなかった。というのはほかの方法では、どこに住んでいるか告白することがありえなかったからだ。もちろん事件は野蛮だった。孤立無援で屈辱的だった。女が詳細を覚えていないほどぞっとした。かわいそうなセレブロ、マティアスは呆然自失して思った。そしてすぐ自問した。俺の母親はどうなんだ？　まだ生きているのか？　彼女の面倒を見てくれる誰かがいるのか？　それとも一人暮らしの老女で、酔いつぶれて、野蛮な連中の夜の狩りに捕まっているのではないか？

「そんなことはもう起こらない。毎朝明け方に来るから、タクシーで家に送ってあげる」。彼は興奮しながら決然として言った。

セレブロは微笑んだ。それは口元の薄さにもかかわらず美しい微笑みだった。彼女は歯が二本欠けており、おそらく臼歯はさらに数本欠けていただろうが、純粋に嬉しそうだった。女はすぐに手で口を覆ったが、それはマティアスが見た初めての微笑みだった。

「ありがとう、友よ。でも大丈夫。二度と何も起こらない。統計学的にも、二度とありえない。それに車で行くには遠回りする必要がある。でもあんたに感謝する。良い行いは世界をより良くする。それはフィールドマンのコップの理論だ。知ってるかい？」

「知りません」

「それじゃアーロン・フィールドマンについて語るのを聞いてくれ。今では自助を勧める本の著者たちと積極主義思考のグルたちの間で流行している。あわれなフィールドマン、彼がよみがえって、ろくでもない連中の手にあるのを見たら、きっともう一度死ぬだろう」

「でも何のことかわからない。彼について何も知らないと思う」

セレブロは柔らかいソファを扱うように固い腰かけにゆったりと座った。彼にフィールドマンの人となりを語ろうとしているのは明らかであり、話はきっと長くなるだろう。もともとマティアスはセレブロの話を聞くのが好きだったが、その夜は家に置いたままの医師の記憶が彼を不安にさせた。あいつをどうしようか？　オルティスを誘拐した際、袋小路に置いて、無傷で逃がすことができないのは明らかだった。それゆえ、お金を払うか、刑務所に行くか、少なくとも何らかの支払いをせねばならない。少なくともあいつは彼の有罪を確信しているし、彼が与えた損害を理解している。

「歩道橋であたしを落とさなかった少年の決心は、コップで伝えるシステムの一部をつくることになる」

マティアスは考えから抜け出し、女が言っていることを再び理解しようとした。立ち去りたかったが、言葉がのど元まで出ているセレブロを残していく方法がわからなかった。彼に語った恐怖の後だったからではない。彼は迷惑そうな態度を見せるのを抑えた。

「フィールドマンは二十世紀の初めにライプチッヒで生まれた。本当の姓はフェルトマン(Feldman)だったが、一九三八年か一九三九年にドイツの第三帝国を出て、アメリカ合衆国に到着することができたとき、入国管理事務所の職員が彼の姓を誤ってフィールドマン(Fieldman)と書き、彼はその誤字を正さなかった。新生活のシンボルのように思われたのだ。実際のところは常に熱っぽく、異端の科学者だった。とりわけ優れた理論物理学者であったが、優れた数学者でもあった。量子力学の創設者であるヴェルナー・ハイゼンベルク(注14)とほぼ同年齢であり、すぐ友人になった。実際に有名な相対性原理を発表するためにハイゼンベルクが基にした仕事は、フィールドマンによって行われたし、初めの頃ハイゼンベルクはそれを認めていたが、フィールドマンがアメリカに亡命し、ナチスドイツにとって汚いユダヤ人となったとき忘れた。実際のところ、哀れなアーロンに幸運は一度も訪れなかった。アメリカではナチスをのがれた生存者という罪の意識を負わねばならなかったし、彼の家族全員は強制収容所で姿を消した。それゆえ、おそらく、一九四二年に彼が連絡を受け、原子爆弾を作ろうとするマンハッタン計画に参加を求められた時……」

「ああ、それはどこかで読んだことがある。ロス・アラモスの爆弾ですね?」

「そうだ。ロス・アラモスはニューメキシコ州にあった秘密の研究室だ。しかしプロジェクトは『マンハッタン計画』と命名された。ハイゼンベルクはナチスのために原子爆弾を作ろうとしたことが知られているが、そのころ大勢のアメリカの科学者や亡命者(彼らの多くはユダヤ人だった)が、敵より先に原子爆弾を得ようとする軍部から召集されていた。そしてフィールドマンはイエスと言い、二年間を多くの科学者とロス・アラモスで過ごした。プロジェクトに参加した科学者の一部は、原子爆弾は窒素の融合の反応を引き起こすことができると考えていたことは知っているかい?」

「それはどういう意味ですか?」

「原子爆弾が爆発する際に地球上の大気が炎上する危険性があると考えていたのだ。ボン。つまり世界の終末だ」

「それなのに爆発させたのだ」。マティアスは話に引き込まれて驚いた。彼は教育の才能がある女性に対して弱かった。

「その通り。我々は数少ない、科学者だ。我々の理論を、それが正しいかそうでないか、いかなる考察や理論を乗り越えることができるか、確認する緊急の必要性を感じている。それを確言する。我々は爆弾と遊んでいる子供のようなものだ」

セレブロの顔に影が差し、目はうつろになり、一瞬女は自分の中に引きこもって、老婆のように、甲羅の中に身を隠した年老いた亀のように見えた。しかしすぐにため息をつくと、ふたたびタクシードライバーを見た。

「正確には爆弾と遊んでいる子供だ。それはくだんの科学者たちがロス・アラモスで行ったことだ。これまで作られたことがない最大の破壊兵器と遊んだのだ。しかしそれをもう少しで完成させようとしたとき、一九四五年五月八日に戦争は終わった。すなわちドイツ人たちは降参したのだ。日本はまだ戦争を続けていたが、ヒットラーが崩壊した後、日本が何だというのか？　遅かれ早かれ降伏するしかなかっただろう。そのころまでに哀れなフィールドマンは、自分たちがしていることに十分疑いを持っていたに違いない。プロジェクトを続けると知らされたとき、不安になったと想像する。七月十六日、ニューメキシコ州アラモゴルドで最初の核実験が行われた。幸いなことに地球の窒素は炎上しなかった。そのあと、リトル・ボーイとファット・マン(小さな男の子と太った男)が作られた。プロジェクトの責任者たちは、爆弾にふざけた名前を付けた。フィールドマンはその数日、ひどく動揺していた。おそらく起きることを知っていたに違いない。そして七月の終わり、二十九日か三十日か覚えていないが、ロス・アラモスで事件が起きた。公式にはアーロンにパラノイアの発作が起きたとされているが、彼は科学者たちの間でも変人とみなされていたと言おう。科学者だからといって地球上でもっとも安定した存在であるわけではない。パラノイアになって、暴力をふるい、研究室のセキュリティを担当していた兵士たちと争い、もがいて階段から落ち、首の骨を折ったのだ。四十四歳だった。また爆弾の使用を告発しようと決心していたため、始末されたのだという人もいる。あるいはまた爆弾の使用を拒否しようとしていたともいう。少なくとも彼は自分が貢献したことに対し恐怖を見ることから解放されたのだ。周知のように、八月三日、リトル・ボーイが広島に投下され、その三日後、ファット・マンが長崎を壊滅した。最も嫌悪すべきなのは長崎の投下だ。最初の爆弾で、日本人たちは虐殺され、なぎ倒され、震え上がった。完全に打ち負かされていた。何のために次の都市を破壊する必要があったのか?」

「なぜそれをしたのですか?」

「復讐心とか、戦争という暴力への陶酔という人もいる。しかしながら私はもっと不吉な学説を支持する。科学的探究心に基づいた学説だ。我々が失ったものを検証し知ろうとする盲目的な欲求だ。二つの爆弾は異なっていた。異なった同位元素で作られていた。広島の爆弾はウランのU

235であり、長崎はプルトニウムのPt239だった。命名の仕組みもまた違っていた。私は単に爆弾の性能を確かめたかった、二つのうちどちらが大きな破壊力を持つか見たかっただけだと思っている。彼らにとってはアラモゴルドの検証のようなものだった。その結果、二十二万人が死んで、数万人が重傷を負ったのだ」

死者二十二万人！　マティアスは記念碑的な大量虐殺を想像しようとして、頭が真っ白になった。ほとんど彼が生まれたバリャドリードの人口と同じでないか。彼の生まれた町が蒸発し、溶解し、炭化したのだ。鉄とともに溶けた体は一個のるつぼになった。彼は最近テロリストによって引き起こされた混乱と血なまぐさい恐怖のことを考えた。彼はマドリードを、爆発して倒壊したツインタワーのことを、爆発で麻痺したロンドンのことを考え、日本で起きた大惨事に大いなる痛みを重ねようとした。

「どうしてそのことを忘れることができようか？」彼は口ごもって言った。

「私も忘れることはできない。起きたとき八歳だったが、もう科学が好きだった。しかし私が言いたいのはそのことではない。こんなに長々と話してしまったが。問題はその時、ロス・アラモスで爆弾が作られていた時、フィールドマンが、ロト効果として知られる、「伝わるコップ」の理論を完成させていたことだ。それは素晴らしい感動的な理論で、パウル・カンメラーと時を同じくしている。カンメラーの理論同様に、科学的厳格さは欠いているが。いずれにしても、フィールドマンの死後、彼の理論を例証することができる数学的モデルの下書きが発見されたのだ。しかしそのモデルには終わりがなく、誰もアーロンのメモを解読することができなかった。つまるところ、フィールドマンが言いたかったのは、人間の行動は物理的世界、地球とほかの生き物の現実に影響力をもつということだった。彼によれば、我々のすべての行動は、それがどんなものであれ、すべてが結果を持つ。生き物はエネルギーをもった統一体を形成していると言われる。あらゆる生き物は何らかの形で、ハエからローマ法王まで、互いに影響を及ぼしている。そして我々がしたことに依存しながら、ものを秩序立てて、調和を作ろうとする。さもないと物事が混乱し、不安定と混乱への道を解き放つことになるからである。そして物事を秩序立てる行為は時代の初めから良いものと考えられる傾向があり、物事を混乱させることは一般的に悪いことと分類される」

マティアスは少年期の隣人たちのことを考えると、彼らの辛辣な批判やスキャンダルや軽蔑のことがよみがえった。というのは隣人たちは、彼とリタとの愛をどこか邪悪なものとみなしていたからだ。

「本当にそうだろうか。人々がはるか昔から、良いものと悪いものについて常に合意していたかどうかわからない。むしろその逆に、人々はそのことについて異なった意見を持っていたと思う」

「ああ、もちろんその通りだ。道徳的基準は大いに変化する。しかし人々が習慣的に持っているとみなされる一連の基本的価値がある。哲学者たちは常に人々の大部分が他者を殺すことに本能的な反発を感じていることに気づいていた。さもないと、強者が弱者に対して権力を乱用することになる。カントはそれを絶対的道徳と呼んだ。それは世界中で見られる一連の倫理的原則であり、遺伝的に与えられたもののようで、おそらくそうなのであろう。おそらく共感と協同という基本的な価値を持つことは、種の存続に有利になるのであろう。しかしそのことはさておいて、アーロンの理論に我々は戻ろう。多くのことを単純化すると、フィールドマンが言いたかったことは、我々がしたことすべてはほかのものに反映するということだ。もし我々が悪いことを犯すと、世界は悪くなる。もし良いことをすると、その結果世界は改善され、救われる。たとえ行われたその良き行為が匿名であり、誰もそのことを知らず今後も知られないとしてもである。また完全な孤立のなかで行われ、一見その結果がわからないとしてもである。行為は重く、それ自身で痕を残す。各個人はあたかも伝えるコップのシステムを通して関係をもつかのように全体に影響を及ぼす。フィールドマンは人類は物事はこうあるべきだという意識の深い場所で知っており、こうしたメッセージは地球の大部分の場所に今も存在する。例えば、仏教がそうであり、旧約聖書がそうである。神はソドムを焼き尽くすことを決めたとき、アブラハムに「十人の正しい男を連れてこい。そうすれば都市《まち》を破壊しないだろう」と言ったのがそれだ。しかしアブラハムは十人の正しい男を連れてくることができなかった。十人の善良な男を。ロト一人だけが善良だったが、それは神にとって十分ではなかった。世界の悪を償うには十分ではなかった。しかし十人の正しい男がいたとして、その行いが善良であれば、都市は救われただろう。つまるところ、フィールドマンが相当の予見者であったことは認めなければならない。ロス・アラモスで過ごした数か月は邪悪なものを感じたに違いない。しているることについて恐るべき道徳的問題が持ち上がったに違いない」

マティアスにはフィールドマンに理があったように思われた。セレブロが彼を予見者と分類したことが意外だった。彼の意識の最も深いところで、タクシードライバーは伝わるコップの論理が真実であることを直感した。実際にリタはロト効果を知っているかのように常に行動した。少なくとも彼らは苦しむことはないと、妻は通りから疥癬にかかった犬を連れ帰る時に言った。暮らしがどんなに厳しく困難であっても、どうして助けられないことがあろうかと彼女は隣人を援助する時に言った。暗闇に対する小さな良き行為は、風の強い夜の火のついたろうそくのようなものだ。

「僕には大変分別のある理論のように思う」。彼はつぶやいた。

「珍しかったのは物理学者によって表明されたことだ。というのは生物学の分野では、少なくとも六十年か七十年前から似たような考えが取り扱われていた。生き物はそれ自身で生物学的とか位置的とか形態的とか様々な名前を受ける力の分野を通して互いに影響を及ぼしあうと主張する一連の研究者たちがいた。例えば、論客であるルパート・シェルドレイク（注15）という生物学者によれば、生き物の個別の行動が同種のほかの生き物に影響を及ぼす形態学の分野において、生物は相互に関係している。それで、特定のタイプのラットがハーバードの研究室で新しいトリックを学ぶと、同じタイプのほかのラットも地球のほかの場所にある研究室で新たなトリックを学ぶことが出来る可能性がある。このこと、すなわち遠方での反響は非常にまれなのだが、ある人々はそれを示す実例があると主張する。シェルドレイクが言うように、二十年前は人類のすべてが電化製品の働きを理解するのは非常に困難だったが、今日では新しいテクノロジーに触れたことがないインドやスーダンの子供でもコンピューターゲームを与えればすぐに楽しむことができるのはなぜだろうか？　フィールドマンはシェルドレイクの理論を好んだろう。なぜなら形態学はアーロンが想像したエネルギーの分野と限定的ではあるがよく似ており、個人の良い行動と悪い行動がほかの生き物に影響をおよぼすことになるという伝わるコップのシステムに似ているからである。つまるところ、フィールドマンが彼の理論を発表する前に亡くなったのは残念だ。おそらく少しばかり注目を浴びただろう。しかしいずれにせよ天才の熱っぽい思いつきである」

オルティスを誘拐したことは、マティアスは考えた。悪い行動だったか、良き行動だったのか？　秩序につながるのか、無秩序につながるのだろうか？　しかし彼はもともと医師を誘拐する計画はなかった。なりゆきでそうなったのだ。そしてそのうえ、医師にその不注意と罪を認めるよう強いたが、責任を自覚しているのだろうか？　ふたたび患者に害を及ぼすことを防止できるのだろうか？　我々の行動とフィールドマンのコップの相互作用はまさしく理論と呼ばれるような良き例なのだろうか？　被害者のことを考えて、彼はしなければならないことを思いだした。

「たいへん興味深いのですが、行かねばなりません。残念だ」

ルスベッリャはすでにボカディージョと犬たちへのおさがりを用意していて、すべてはアルミホイルに包まれていた。マティアスはセレブロに別れを告げて、包みを腰に押しつけて、焼いたばかりのトルティージャの熱を感じながらオアシスを出た。タクシーに乗り込むと、包みを助手席に置いて、エンジンをかけようとした。しかしその時、二人を見て指がキーの上で固まった。彼らは彼から二十メートルほど離れた、オアシスとカチートの間の無人の場所におり、光が最も届かない場所で、その結果十分に暗かったが、マティアスは二人を完全に見分けることができた。ファトマとドラコだった。タクシードライバーは彼女の動きにひどく慌てたさまとそのしぐさから逃れようとする不安を見て取った。横顔でドラコと明らかに感情的に話していた。彼女の方が、背が高かったので、彼の上に少しかがんでいた。彼女の長くすらりとした腕が宙をなぞった。ドラコは行儀よく聞いていたが、彼女に視線は向けなかった。おそらく下から見上げなければならないとき、誰かに対して軽蔑的な視線を見せるのは難しかったからだろう。マティアスは彼らが言っていることを理解できなかったが、彼女が何か要求して、男が拒絶していたのは明らかだった。あの売女の息子めと彼はほぞをかんだ。その時、ドラコが頭を振り、少女をよけると走り出そうとするのを見た。ファトマは懇願する態度で腕をつかんだ。男は振り向くと、激しく平手打ちしたので、女はバランスを失った。駐車した車の間で倒れると、視界から消えた。一秒後、自分が何をしているか気づく前に、マティアスはドラコの前に出て、引っ越し作業で鍛えた大きなこぶしが男の頭に向けて宙を横切った。しかしまさにその時、タクシードライバーは指を骨折していたことを思い出し、衝動を抑えようとした。そうしてこぶしは槌のように男のこめかみにぶつかった。ドラコはうめき声も上げずにひっくり返り、マティアスは耐えがたい火の鞭が彼の手を通して上り、腕を焼いて、頭に刻み込まれるのを感じ、叫び声をあげた。再び息をすることができたとき、タクシードライバーは気を失った男の体が足元にあるのを見た。彼はひどく気怠かった。やってしまった、マティアスは怯えながら思った。彼のつぶれた小指は中世の拷問のように痛んだ。誰かが彼の袖をつかみ、恐怖から引き戻した。振り向いた。ファトマがささやき、彼を押していた。

「さあ、走って逃げて」

「殺してしまったかもしれない」。彼はつぶやいた。

「そうは思わない。用心棒たちが来る前に逃げて」

ファトマの日焼けした肌に何かが光った。あごの先に黒いガラスの糸があった。裂けた唇から血が垂れていた。

「あんたをここに残して行くことはできない」

「できるわ。何も起こらない。心配しないで。あとであたしはあんたの家に行く。助けてちょうだい」

「いや、俺の家はだめだ」。マティアスは慌てて言った。

「それじゃ、もう少し後、明け方六時ごろに戻ってきて。いや、七時ごろが良いかもしれない。あたしは逃げ場所を探してみる。あたしを助けてくれるなら、お願い、今は逃げた方がいい」

しかしマティアスはドラコに何が起きたか知る前に立ち去ることができなかった。彼は注意深く、動かない体の上にかがみこんだ。何もわからなかった。ファトマは立ち去るよう、彼を押し続け、左腕で押さえねばならなかった。右腕を伸ばしておそるおそる売春業者の首に触れ、拍動を探した。どこにも脈動は見当たらなかった。そのとき、男はもうくたばりつつあったが、突然一本の手が彼の手首をつかんだ。タクシードライバーは震え上がって男の顔を見た。ドラコの白い眼が暗闇の中で輝いていた。

「おまえはもうおしまいだ」。売春あっせん業者はしわがれた声でつぶやいた。

男の震える指が宙を泳ぎ、マティアスの手首を放した。間違いなく卒倒して意識が混濁していた。

「逃げて、お願い、早く！」少女はほとんど泣くように繰り返した。

そして今度はタクシードライバーは従った。

（注14）ヴェルナー・ハイゼンベルク(1901-1976)、ドイツの理論物理学者

（注15）ルパート・シェルドレイク(1942-)、イギリスの生物学者

26

いつかあんたが粘着テープによる緊縛から逃れようとするかもしれないが、それをほどくのは非常に難しいと言っておこう。俺の言うことを信じないなら、自分に聞いてみたらいい。医師は半時間逃れようと試みていた。頭のいかれた男が食事を求めて出かけてからちょうど半時間たつ。そう言って出かけた。彼はリタに話しかけようとしたが、ダニエルは彼女を思い出すことができなかった。毎日、救急センターには大勢の患者が悪い状態で来る。今にも死にそうな重症患者もいる。そのうえ、あいつが彼に職業的なクレームをつけようとしたことは、誰かを危険な状態にしたり、頭

をおかしくしたからではない。ダニエルは老人がサン・フェリーペ病院の外科病棟に侵入し、ビリェーガス医師を銃撃した四年前のおぞましい事件を覚えていた。医師は死ななかったが、弾は顔の半分を吹き飛ばした。老人も怒りに燃える男やもめであり、妻の死に復讐しようと執念を抱いていた。今度は頭のおかしい男に彼は捕まった。あいつをなだめるには何をしたらいいだろうか？　ダニエルはしばし、男のご機嫌を取ることを考えた。不幸なリタを思い出したと言い、彼女に対して過ちを犯したことを深く反省していると言おうとした。しかしその時、心に頬と鼻をなくしたあわれなビリェーガス医師の姿が浮かび、それは取るべき最終手段であることを理解した。責任があったと告白したところで、男はきっと彼を殺すだろう。心が揺らぐのを感じたが、それを抑えた。時間を無駄にすることも力を浪費することもできない。

ダニエルは手首を背中でくくられていた。それは不快な姿勢であり、音を立てて抗議したが、男は手を前に回す危険性を冒すことはできないと言った。そのうえ両足は粘着テープでくるぶしをぐるぐる巻きにされていた。もちろん口もテープでふさがれていた。壁で体をひっかく子牛のように、顔を締め付ける猿ぐつわの端を壁の角で外そうとしたが、傷ついただけだった。そのあと、背中に置かれた両手を角に当てて上下に動かし、台所のドアの枠に当てたが、腕がけいれんしただけで、手首を結んでいた粘着テープの固まりを少しも動かすことができなかった。続いて彼はカンガルーのように足をそろえて飛び跳ねてみたが、バランスを失って、前に倒れ、顔をぶつけるのを恐れ、ダニエルは頭のいかれた男が据えた椅子に戻り、再び腰を下ろして泣き始めた。三分間泣くと気分が軽くなり、医師は再び立ち上がって、近くの窓まで這って行った。鉄格子がはまっていたので、たとえガラスを割ってもそこから脱出する方法はなかった。しかし夜には部屋に明かりがついており、あまり光の強くない貧弱な電灯でしかなかったが、誰かが通りを通ったら、彼の姿を見ることができた。ダニエルは額を冷たく滑らかなガラスにくっつけ、一息ついた。外にはペンキが塗られた半ば壊れた壁と、アスファルト舗装されていない通りと、わびしい街灯があった。貧弱な街灯のほかには光は見えなかった。そこは荒涼とした場所で、世界の果てだった。人里離れた場所で、そこを通りがかった人はここしばらくずっといないに違いなかった。ダニエルは猿ぐつわをしたまま、絶望でうめき声をあげた。せめてタバコがあったなら。せめてタバコを吸うことができたなら。

何かしなければならない。男はすぐに戻ってくるだろう。彼はおそらく脱出の唯一の機会である今を無駄にすることはできない。それは助かる唯一の機会でもある。考えろ、ダニエル！　考えるのだ。彼は不安から焦った。そのとき、犬たちが足元にいるのが見えた。不格好であるにもかかわらず、頭のいかれた男はひどくかわいがっているように見えた。犬たちは足を折りたたんで座り、彼を興味深げに見た。医師の方は彼らを見て、小さいのに気が付いた。ひどく小さかった。するべきことがある、ダニエルは考えた。それは犬を捕まえることだ、少なくとも一匹。誘拐者の忌まわしい犬の一匹を捕まえることができたら、両手が背中に縛られているとはいえ、その首をつかんでやろう。もしのどをうまくつかむことができたら、頭のいかれた男が戻ってきたら、両足をほどいて、ドアを開けさせ、出ていけるようにさせてやる。もし犬を殺したくなかったら、小さな足を折りたくなかったら、そうするほかないからだ。その計画がうまくいくかどうかは誰にもわからない。彼は興奮して考えた。いずれにしても彼にこれ以上のことは起こらないだろう。

それで彼は犬たちの上にかがみこみ、猿ぐつわ越しに甘い声でささやき始めた。しかし犬たちは静かに押し黙ったままで、信頼するそぶりを見せなかった。それでは見てみよう、ダニエルは考えた。彼は飛び跳ねて隅にあったキャンプ用のぐらぐらするテーブルに近づいて、体をよじ曲げて、ボカディージョの残りであるパンの一片を手に入れることができた。そのあと壁にもたれて床に座れるまで腰を落とした。続いて犬たちのほうへ這って行くと、彼らはすぐに立ち上がり、適切な距離のところまで引き下がった。すると医師は忌まわしい犬たちが彼の手にあるパンを見ることができるように体を回し、再び鼻歌を歌い始めた。数分間は何も起こらなかったが、食欲を抑えられないペッラはとうとうダニエルに向かって小さくよろめく足で進み始めた。男の伸びた体に届くにはずいぶんかかり、医師にはそのように思えたが、犬は何度もためらって臭いをかいだあと、首を最大限に伸ばして、鼻づらを突きだし、長い舌でパンをなめた。そのあと一歩前進し、わなに歯をかませた。ダニエルが手を行き当たりばったりに振った時、幸いなことに犬の首をつかむことができた。だが今度は犬が手のひらをかんで、逃れることができた。ダニエルは怒りと痛みに震えながら取り残され、ペッラはチュチョと避難場所を探してキャンプ用テーブルの下を走り、そこから二度と出なかった。

やっぱりそのプランはうまくいかなかった。医師は半ば絶望から、半ば噛まれたことの苦痛から、涙を目にたたえて言った。害獣が自分の身を守ろうとしないとはどうして考えなかったのだろうか？　いずれにせよ犬は何の役にも立たないだろう。なぜなら今や彼が猿ぐつわをされているのに気づいており、頭のいかれた男に彼が犬にしようとしていることを説明するのは困難だからだ。言葉は脅すための欠かせない武器である。とりわけほかの方法を使えない場合には。

いま、一番大事なことは再び立ち上がることだった。ダニエルは壁まで這って行き、床に座って、背中を壁に付けることができた。足で押して背中を上に滑らせるのは、ひどく労力がかかった。仕事がないときにセカンドライフで座ったまま無駄に時間をつぶす代わりにジムで体をを少しでも鍛えておかなかったのが残念だ。汗をかいて腿の筋肉をひきつらせ、腰に痛みを覚えながら、ダニエルはやっとのことで体を立て直すことができた。たまたま窓のそばにおり、たまたま外を見ることができた。

彼の正面の、五十メートルほど離れたところに、壁にそって軽い足取りでうなだれて歩いている男がいた。

通りには人がいた。

ダニエルの胸の中から走り出したい気持ちが飛び出た。それは絶望的な太鼓の強打であり、通行人に姿を見てもらいたいという激しい鼓動だった。

しかし男は家の方を見ずに歩みを進めた。ダニエルが注意をひくことが出来なければ、まもなく立ち去るだろう。

医師は声帯が許す限り大声で呻き始めた。すぐにその結果を見ることはできなかったが、ガラスに頭をぶつけて、猿ぐつわの中で声帯がもう少しで破れるのを感じるまで再び叫んだ。そのとき通行人は街灯の光の輪からちょうど出たところで足を止めた。立ち止まったうえに医師の方を横目で見た。体の向きは変えずに肩の上を何か危険があるかのようにちらっと見ただけだった。ダニエルは飛び跳ね、無言で叫び、額でガラスをたたき、縛られた手を通行人に見せようとした。遠くから見ることができるように。いずれにしても、この人物が彼を助けてくれないだろうか？

ちょっと待て。いま男は理解し始めたようだ。振り返ってダニエルのほうに向かってくる。間違いない。しかしだめだ。助けに頼るのは。知らせることはできた。歩行者は非常にゆっくりと一歩一歩近づいてくる。窓から一・五メートルほどのところにいる。若者だ。ひどく若くて、髪は縮れて、肌は浅黒い。たぶんアラブ人だろう。ジーンズをはいて、リュックを背負っている。不可解なしぐさだ。

しばしの間、二人は言葉を全く交わさずに互いに見つめ合った。それからサインを与えられたかのようにダニエルは全身で救出の願いを訴えた。縛られた足で飛び跳ね、金切り声を上げ、ガラスをたたき、もう一度縛られた両手を見せた。さらにもう一度飛び跳ね、わめいた。とうとう少年は息を切らせて立ち止まった。少年は第三者の視点で彼を見たが状況は全く認識していなかった。動物園の退屈な来園者が肩をたたくゴリラを見るのとまったく同じだった。そして実際のところ、ダニエルは自分がゴリラであり、チンパンジーであり、猿であり、窓の柵に閉じ込められて、人間の注意をひくことができないのを感じていた。大型の霊長類のように無力であり、マグレブの少年が向きを変えて、棒でたたかれた野良犬のように、ぎこちない足取りで肩を落として立ち去るのを見た。そうして少年は落書きだらけの壁のラインまで戻り、街頭の光の輪から出ると、夜の闇の中に姿を消した。行ってしまった。行ってしまった。医師はそれを信じることができずに言った。何もせず、何も言わずに行ってしまった。警察に通報しに行くのかもしれないと考えたかった。しかし何かがそれはありえないと彼に告げていた。絶望が彼の体のエネルギーを吸った。両脚は震えて、倒れそうだった。その時、入り口のドアに金属製の取っ手があるのを見て、じっとしたままパニックに陥るのをおそれ、そこへ突進して錠で両手のテープをひきはがそうと試みた。「はがれてくれ、はがれてくれ、はがれてくれ」と恐怖を遠ざけるために、ドアに背中を向けて、つま先立ちし、縛られた両手を取っ手に押しつけて、お経のように繰り返した。三回目に成功し、全力で引き出した。錠は動き、カチッと音がして、ドアは開いた。カギはかかっていなかった。その間ずっと、ダニエルは実際には取っ手を内側から回すだけで開く家に捕らえられていたのだと信じていた。

　彼はひどく神経質になっていたので、ドアを体で押してそして閉じた。戻らねばならない、取っ手をつかまねばならない、新聞を開かねばならない。飛び跳ねながら家を出て、でこぼこの地面に倒れないように注意しなければならなかった。そのように歩くのは難しく、ひどく疲れた。そのとき車のエンジンの音が聞こえてドキッとした。頭のいかれたやつの車なのか、それともこの寂れた街区にやってきたほかの車だろうか？　実際タクシーがそこに止まっており、壁の端でUターンして家の方へでこぼこ道をゆっくりと進んできた。まだ姿を見られていない、まだ逃げる可能性があるとダニエルは考えた。彼は二倍の速さで進もうと遠くに跳んで急いだが、前には何も見えず、石が裸足に食い込み、そのうえ疲れた筋肉が応じなかった。三度目に飛び跳ねたときに、側溝に足を突っ込み、衝撃をあご先で受け止めながら、うつぶせに倒れた。しかしながらその時、痛みは感じなかった。彼の注意は背後の車の音に、砂の上をタイヤがすべる音に、彼の上に大波のように落ちた街灯の光に向けられていた。その光の輪の中央にうつぶせになってダニエルはいた。タクシーのドアが開く音を聞くと、すぐ足音が近づいてきた。

「あんた、こんなところでどうしたんだ。ひどくぶつけて」。マティアスはつぶれたあごを見ながら言った。

実をいうと、タクシードライバーは被害者を見るのがしのびなかった。今すぐ解放して、これで終わらせたいと思った。しかしまもなく医師がいかなる責任もないと否定したことを思い出しふたたび怒りをみなぎらせた。ざまあみろ、そして決意した。もう少し拘束してやろう、少なくとも恐怖を感じさせるために。そうして子供を立たせるようにオルティスを地面から起き上がらせると、担ぎ上げて家の中に運び込んだ。手足を縛って放置するのがいいだろう。

27

ファトマとの約束を待つ間、離れていた時間は、マティアスにとって終わりが来ないように思えた。彼はひどく不安だったので、医師と話すこともリタについて話すこともそのほかのことを話すこともできなかった。夜がこんなに不安になるとは、何て不思議な脳の働きなのだろうか？　暗闇は強迫観念の巣窟である。その夜は、ファトマとドラコが殴打で彼女に復讐するという悩ましい可能性だけを考えることができた。彼女をあそこに一人で残すべきではなかった。しかし少女はひどく絶望し恐れを抱きながら主張したので、タクシードライバーは従わねばならないと感じた。しかしながら今やその不安が彼をさいなんだ。もしファトマが傷を負ったら、マティアスはあの男を許すことができないだろう。彼女を救うことができないのは耐えがたい。

しかしすべては過ぎ行く。そう信じるのがしばしば難しい場合もあるが。そうして時計の針は、しずくが鍾乳石を作るのと同じゆっくりした速さで動いていたにもかかわらず、確かなことは朝の六時になったことだった。ファトマが言ったように七時ごろ着きたければ、オアシスへ向かって出発する時間だ。マティアスは椅子に座って、くたびれてまどろんでいるオルティスを見た。夜の長い間、タクシードライバーは何度も医師を解放しようと思った。しかし結局はファトマとの約束の前に拘束されるのを恐れてそうしなかった。解放したら医師が警察に駆け込むのは明らかだ。必ず彼はその行動に対する報いを受けることになるだろう。そのことは彼にはあまり重要ではなかった。人生は彼には遊び方のわからないばかげたゲームのように思われた。しかしながら無防備なファトマを裏切ることは望まなかった。何のために少女に彼が必要か知ったいま、囚われ人を解放する十分な時間がある。しかし今のところは男が逃げ出さないよう前のようにしっかり縛っておくべきだ。

マティアスは起きるよう、ダニエルの肩を揺すった。医師は床に倒れそうになって椅子に縋りついた。

「静かにしろ。伝言を持っていく。その間お前を縛っておく」

「それで？」ダニエルはうめき声をだして嘆いた。

というのは、両足は縛られ、両手は体の前にあるとはいえ手首のところで縛られていたからだ。

「トイレに行きたいなら今のうちだ。数時間で唯一のチャンスだ」

ダニエルは屈辱的に跳びはねて浴室へ行った。放尿しながらそこに入るたびに何度もしたように小部屋の隅々を絶望した目で見やった。だめだ、使える手もないし、ハサミもひげを剃れるナイフもない。小窓には柵がはまっている。頭のおかしい男は、脱出に利用できるすべてのものを彼の手の届かない場所に置いている。浴室も家のほかの場所と同様だ。ため息をつき、身震いし、ファスナーを上げると、飛び跳ねながら戻った。

「何か飲みたいものは？　何か食べたいものはあるか？」マティアスは尋ねた。

ダニエルは答えようとしなかった。

「よろしい。それじゃ申し訳ないが、床に置かせてくれ」

マティアスは医師がラジエーターのそばのセメントの上に座るのを手伝った。脇にはおよそ一メートルほどの長さの蛇のようによじれた鎖があった。

「それだ。両手を出してくれ」

タクシードライバーは粘着テープをさらに張り、接着を強化した。そのあと鎖をつかみ、ダニエルの腕の間に通し、片方の端をテープより上の右手首の周りにらせん状にして巻いた。ポケットから南京錠を取り出すと、輪で結んで一種のかせを作った。鎖の反対側はラジエーターを床につなぐアンカーに二つ目の南京錠で固定した。

「できた。完璧だ。これであんたは壁にもたれることができるし、体を少し動かすこともできる」

忌まわしい頭のいかれたやつめ。医師は絶望した。そのうえ、こいつは感謝を求めるのか。そのとき、男はテープを切り、彼の口をふさいだ。ダニエルは苦しみからうなった。さらによくないのは猿ぐつわだ。そのうえテープは腫れあがった彼の皮膚をうずかせる。

「あんたは逃げようとしないほうがいい。たとえ鎖が太くなくとも、炭素鋼でできていて、南京錠と同じだ。外す前に腕が折れる。ラジエーターも鍛造したもので、俺自身がセメント床に据えた。引き抜くことはできない。大人しくしていたほうがいい。すぐに戻る。戻ったら解放してやる」

六時半だ。急がねばならない。マティアスはオルティスのために電灯をつけて、家を出て鍵を締めた。前夜にそれをするのを忘れたのはうかつだった。外から開かないと信じていた。空はまだ真っ暗で、星もなかった。暗闇の中をタクシーに向かって歩き、ドアが開くようにリモコンを押した。しかし車はいつもの歓迎のまばたきをしなかった。

「何てことだ」

バッテリーがだめになっているだけかもしれない。機械装置はふさわしくないときには壊れるという傾向を持っている。車を二回たたいて、再びリモコンを押したが、何も起こらず反応のないままだった。小窓は開いて、室内灯は簡単についた。助かった、バッテリーではない。おそらく家に着いた時、医師が逃げようとするのに気を取られて、ドアを閉めるのを忘れていたのだろう。それで車は自動的にブロックしたのに違いないと、マティアスは考察した。結局のところ同じことだ。すぐにわかるだろうと言って車に乗り込んだドアを閉めると、キーを鍵穴に差し込んだ。するとその時、首筋に冷たい金属がふれるのを感じた。

「上出来だ、旦那。いまからあんたに言うことを正確にやってくれ」。男は耳元で熱い声でささやいた。

彼を待っていたのだ。誰かが彼の到着を待って、タクシーの後部座席でふんぞり返っていたのだ。その誰かはピストルを持っていた。

助手席のドアが開いて、ほかの男が車に入り、彼の隣に座った。マティアスには男に見覚えがあるような気がした。ファトマを数日前に探しにやってきたドラコの手下だ。

「エンジンをかけて行こうじゃないか」。後から来た男が命令し、後ろの男は彼の首にピストルの筒を押し付けていた。

マティアスは命じられるままにした。タクシーを家から出し、アスファルト舗装のない道に入ると、ライトが点灯し、隣人の家のそばに隠れていた車が走り出てくるのを見た。それは黒塗りのガラスのジープで、彼らの後を追ってきた。タクシードライバーはバックミラーでそのライトがでこぼこ道で揺れるのを見ることができた。もうだめだ、マティアスは思った。しかしながら彼はひどく受け身で、無重力で、ほとんど体がなく、すでに死んで何も彼に影響を及ぼさないように感じていた。同僚のタクシードライバーたちは、一致して事件をおののきながら論評するだろうと想像した。マティアスは誰がそうしたかわからないが、頭を銃で撃たれて死んで発見されたと連中は言うだろう。棒で殴られて死んで発見されるか。トランクに押し込まれて生きたまま焼かれるか。両手は汗ばみ、ハンドルを滑るのに気が付いた。マティアスがハンドルを強くつかむと、壊れた小指が痛んだ。突然、恐怖の波が、肉と皮膚と骨から生まれたパニックがあふれるのに気が付いた。痛みに先立つ動物的な恐怖だった。彼はふたたび両手でハンドルを抑え、わざと壊れた指にダメージを与えようとした。それは我慢することを学ぶために、肉体の弱さに罰を与えるためだった。ここ数か月の間、リタが苦しんだ痛みよりはずっとましだ。そしてそれを受けるための準備をしようとした。

28

セレブロはしばしば誰かを殺した夢を見た。実際に悪夢の中で犠牲者を見ることはできなかったが、犯した恐怖については確信していた。その感覚は生き生きして執拗だったので、目覚めたとき、罪悪感が長い間、彼女のまぶたに、記憶に、心に張り付いていた。目を覚ましていても自分が無実であるとは確信できなかった。そして実のところ、無実ではなかったのだ。

そのことが起こるべくして起きて以来、忘れようと努め、年老いた女性科学者にとって、夜は怖かった。彼女は寝るのが怖かった。ベッドに独りでいると、墓にいる死者のように感じたからだ。ベッドという罠にはまって、世界の黒い沈黙に取り巻かれて、頭は体から飛び出し、むごたらしい考えに取りつかれ始めた。夜になると思い出し、それは耐えがたかった。それでオアシスに行き、アルコールの力をかりて、暗い時間の混乱と危険から身を守るのが習慣になっていた。そのあと、夜が明けると、家に帰り、ベッドでなく、油じみに喰われた壊れたソファに横になるのだった。そうして、日中は服を脱がず、半ば座ったままあえて目を閉じていた。実際には眠っていたのではなく、うたた寝していたのだが、そうすることで待ち伏せていた不安をごまかし、彼女に跳びかかろうとしているものを遠ざけることができたからだ。

そのようにして、最大限注意していたにもかかわらず、人を殺した夢を見続けた。

その日、目覚まし時計を午後二時にセットしてあった。というのは火曜日で、毎月第一火曜日と第三火曜日にセレブロは老人たちを訪ねることにしていたからだ。それで時計のベルが、戦士の槍が竜を退治するように、彼女の悪夢をきれいに追い払った。目を開けると、まだ自分の中に罪の恐怖があるのを感じた。上にかけた毛布は床に落ちていたが、まだ季節は十分に暖かかったので寒くはなかった。いつものように頭が痛んだ。二日酔いは彼女の生活スタイルだった。力を振り絞ってソファから起き上がり、台所に向かうと、ガラスのコップにイブプロフェンの一錠を放り込んだ。両手を強く振ると、粉の半分がこぼれて汚れた白い大理石の上に落ちた。背中を屈めて粉を舌でなめた。こうした状況でどのくらい生きることができるのか自問した。ずいぶん長い間、セレブロは死にたいと思っていた。しかし先日、歩道橋でそれは確かでないとわかった。どんなにコストをかけても生きのびたい。

「人生は執拗だ」。彼女は声に出してつぶやいた。「人生とは盲目的に生き続けることだ」

セレブロはずいぶん前から月に二回、老人たちを訪ねていた。以前はほかのセンターにも足を運んだが、最近は国営の老人ホームであり、孤独な老人の典型的な保護施設であるエル・パライソに行った。セレブロはそこで午後の数時間を過ごし、誰も訪ねてくれる人がいない老人を訪問した。よだれを垂らした涙っぽい哀れな老人たちである。十数年前、ルーティンワークとして始めたとき、彼女はまだ比較的若い女性だった。しかし今はもう七十歳を過ぎ、まっしぐらに彼ら彼女らと同じ道を歩いていた。そのまえに肝臓がだめになるかもしれない。彼女はずっとこうした孤独で不治の病を持つ老人は死んだ方がましだと考えていた。そうすれば休息することができるだろう。しかし歩道橋の事件があって以来、今ではそうした考えは間違いだったと恐れていた。

これまで犯した過ちの数々にもう一つの過ちが加わったのだ。

彼女が一九七五年の夏に監獄から出てきたとき、二度と罪の原因となった過ちを犯さないと誓った。そしてそれに成功した。しかし今ではそれが実際には最大の過ちだったのではないかと自問した。二度と再び美しい少女に近づかない。二度と再び一人の女性を感情的に信頼しない。もちろん新たに女性を傷つけることを避けることはできたが、そのために彼女は手足をそがれねばならなかった。

もうあの少女の顔も声の響きも体の形も肌触りも覚えていない。幸いなことにもうほとんど何も覚えていない。事件は不快なことのもやのかかった残りに過ぎなかった。古い痛みの名残がまだ残っていたが、それはほかの人にも起きることだった。二十一歳の博士課程の女子学生が、彼女を助手にするために選んだ三十六歳の女性教師を告発したのだ。少女は逃れるために嘘をつくことを決め、告発者の側についた。スペインの歴史上、最も若い主任女性教授の大学からの追放だった。フランコ時代の危険分子と社会復帰に関する法律は、彼女を有罪にし、監獄に送った。まるで毒蛇だ。すべては独裁政権時代の最後の数年間に、まだ田舎っぽく無知で偽善的だった国で、悲嘆と鉛の厳しい時代に起こった。抑圧された社会ほど獰猛なものはない。主任女性教授の父であった気難しい軍人は社会的追放、道徳的リンチに耐えることができなかった。たしかにそのためにセレブロは老人たちを訪ね続けた。自分の父親の世話をできなかったから。身代わり、あるいは苦行として。そしてそのため、成功したあとほどなくして深淵に沈んだカンメラーやフィールドマンのようなのけ者にされた科学者や、同時代人に批判されて酷評されたラブロックやシェルドレイクのような科学者の話を好んだ。

「一人でいることは誇りだ」。彼女は冷酷につぶやいた。

彼女は九か月獄中にいた。妊娠と同じだ。セレブロは一度も子どもがほしいと思ったことはなかったし、母性愛を感じたこともなかった。女性であることは産むことにあると信じていなかった。しかし科学的に考察すると、自分は生物学的な種の保存に失敗したと思わざるをえなかった。すべての人類は、男も女も、きわめて長く、数多い、騒がしい成功の産物である。各々の先祖の勝利に由来する。その両親、祖父母、高祖父母、高祖父母の曽祖父母、はるかな昔までさかのぼる家系は、誕生し、子どものうちに亡くなることなく、成熟し、生殖能力を持つ適切な相手とつがい、少なくとも一人の子をもうけ、同じプロセスが続くようにその子を十分に養育した個々人によって構成される。そうだ、セレブロは集団的な成功の結果なのだが、この先、遺伝学上の証拠は失われるだろう。彼女のささやかな生物学的失敗は数千年にわたって生きのびてきた遺伝的なラインに終止符を打つことになる。

しかしおそらくその方がいいのだろう。おそらく何の障害物も荷物も個人的痕跡も残さず、純粋な原子に戻る方がいいのだろう。セレブロは可能な限り、忘れようとした。そしてかなりの程度それに成功した。それゆえ、いま視点を後ろに向けて、過去を思い出しても、具体的なことを思い出すことはなく、こまごまとしたことにこだわることはなく、人生の良き年月、転落前の幸福な時代を、陽子や中性子がパチパチ音をたてるように、エネルギーが躍動するように、まばゆい光の小舟が真っ暗な海を待ち受けている激しい嵐を知らずに進むように、眼前に見ることができた。一人に戻るということ、極めて小さく、極めて長寿で、極めて不可思議な一つかみの原子に戻るということは何と心安らぐことなのだろう。

29

すべての囚われ人の不文法に従って、マティアスが出かけた間、ダニエルはしばしば脱出しようと試みた。鎖を引き抜こうとした。手の南京錠を暖房器具に打ち付け、手首の骨を傷めた。ラジエーターをつかみ、両足で壁に押し付けて、床から取り外そうとした。手の南京錠を暖房器具に打ち付け、すべての努力は無駄に終わった。力尽きて、頭のいかれた男がすぐにも戻ってくると想像して壁にもたれた。せめてタバコが欲しかった。数分間がゆっくりと過ぎ、頭のいかれたやつは戻ってこなかった。二時間近くたって、ダニエルはフラッシュのように突然、逃げる方法があることを発見した。彼は貴重な時間をなにもせずに過ごしたことに対して絶望し、自分自身に立腹した。それをすぐに思いつかないほど混乱し、疲労困憊していたに違いなかった。最初にするのは猿ぐつわを外すことである。両手が前に結ばれていたので十分に可能だった。彼は少し前かがみになり、指でテープの端をはがし、一気に引き抜いた。

「あーーーーーーー」。彼はひりひりする肉の痛みから、自由の感覚から、不安と怒りから、声を限りに叫んだ。誰もそこにいないとわかっていたが、誰かが聞きつけてくれるのではないかという漠然とした希望さえあった。

よろしい。もっと退屈な仕事がある。次は手を縛っている粘着テープの大きいボールをかじらねばならない。彼はビーバーのように意気込んで取りかかったが、すぐに簡単な仕事ではないことに気づいた。テープの層は互いに固まっており、反発力のある物体になって破るには非常に骨が折れた。噛んでは左の犬歯でしばらくよだれを垂らし、あごの関節がけいれんを起こすほどになって、左右を変え、右の犬歯で噛み始めた。お願いだから、頭のいかれた男が戻ってきませんように、お願いだから、自分に時間をくださいと、ダニエルは噛みながら心から思った。彼には唇が、歯が、鼻が、舌が、べとべとのあごがあったが、切り口の裂け目はほとんど大きくならなかった。彼は噛みに噛んで、引き裂いて噛んで、よだれを垂らし吐き気を我慢して、ようやくテープを切ることに成功した。口は痛み、関節はずきずき痛んで、あごは今にも外れそうだった。長時間をかけて、とうとう、ボールを上から下まではがすことができた。星を見ながら痛めつけられた両手を、ねばねばする巣から引き出すように一気にテープの固まりから引き抜いた。自由だ。ほとんど自由だ。というのはまだ鎖から手を引き抜かねばならないからだ。

ぐっと引っ張った。もう一度。さらにもう一度。冷や汗がこめかみをおおった。ダニエルは、緊縛を外したら、鎖は手を抜くことができるぐらい十分にゆるいだろうと考えていた。しかしそのようには思えなかった。どんなに親指を折りたたんでも、手のひらを紡錘形に丸めても鎖を抜けることはできなかった。彼は滑りやすくするために手につばをつけ、涙が落ちるほど痛むまで何度も何度も引っ張った。肉に輪ができ、腕が外れた感覚がした。しかし手は抜けなかった。前と同様につながれていた。

彼は疲労困憊して壁にもたれた。実際に目が回り、タクシードライバーが出て行ってからずいぶん時間がたっていたことにしばらく気づかなかった。時計を見た。十二時半だ。出かけて六時間以上がたつ。忌まわしい犬たちは珍しいことに気が付いたのか、ドアの正面に並んで腰を下ろして飼い主の到着を待っていた。

新たな恐怖がダニエルの頭をよぎった。

頭のいかれた男は戻ってこないのではないか?

彼は激しく体を揺すった。不安に襲われて、再び手を引き抜こうとした。しかし少し手を傷つけただけだった。それから叫び始めた。助けてくれ。手伝ってくれ。手を貸してくれ。彼は静かな空気を貫くように、壁と窓ガラスを貫こうとするように、家を取り巻く孤独の帯を貫こうとするかのように叫んだ。手伝ってくれ。助けてくれ。彼は息が切れるまで、しわがれ声になるまで叫んだ。落ち着け、彼は自らを励ました。落ち着け。これではうまくいかないだろう。彼はふたたび壁にもたれて考えようとした。いずれにしても六時間の不在はたいしたことではない。

彼はお腹が空き、大声で叫んで緊縛を噛む際によだれを垂らした後で、とりわけのどが渇いた。床に座っていたので尻が、背中が、あごが、頭が痛かった。ニコチンの不足は渇きより悪かった。それを埋め合わせる必要があった。元気を出すために、両足を縛っていた粘着テープを一本また一本とはがすのを楽しんだ。両手が縛られていないにもかかわらず、ずいぶん時間がかかり、ようやく身をほどくことができた。さらに一時間が経過した。頭のいかれた男はまだ姿を現さなかった。

一分また一分と、生き埋めされる土のようにゆっくりと時間はダニエルの肩の上に落ち続けた。ときおり救援を求める叫び声を新たに上げたが、そのたびに継続は短く、声は小さくなった。のどが渇いて痛んだからだ。太陽は傾き、希望はしぼみつつあり、ダニエルは歪んだ悪夢の中に落ちるのを感じていた。彼は、彼がいないのを寂しいとも思わす、彼のために泣くこともないマリーナのことを考え、間近に迫った死のことを考えて震えた。しかしまだむごたらしい死は来なかった。彼はまた逃げるために罠にかかった後ろ脚を切り落とすまでかじった猪の昔話のことを考えた。タバコを吸えるためにはどんなことでもすると考えた。人生をむだにしたことを考え、これが彼の最期であったとしたら、ばかげた最期だったと考えた。時がたつと、排尿を我慢することができず、跪いてブリーフを下ろし、部屋の隅をめがけてできるだけ遠くへ排尿した。

お願いだから、戻ってきてくれ。お願いだから、遅くならないうちに戻ってきてくれ。

しかし男は戻ってこなかった。窓の外では、あたりは暗くなり、夜が忍び寄っていた。今や犬たちはお腹を地面につけてドアの前にうずくまり、鼻面を戸口にくっつけて飼い主の臭いを探り当てようとしていた。しかしもし飼い主が戻ってこなければ、彼ら同士で共食いするのだろうか？　それとも彼を食おうとするのだろうか？　それとも連中を捕まえることが出来たら、彼が貪り食うのだろうか？　実際のところ、家畜というものは、常に誘拐された生き物であり、いつか飼い主が戻らず、飢え死にしないために自分の足をかじらざるを得ない恐れを抱いている生き物だ。かわいそうなやつらだ、彼は初めて共感に似たものを抱いて彼らを見た。囚われ、死刑判決を受けた仲間だ。ダニエルはこの先の苦しみについて考えるのをやめるほど激しいのどの渇きを感じた。もし何ものにも左右されない強い決意と絶望があったなら、たぶん腕を引き抜くことができただろう。少なくとも腕の関節を外して引き抜いたことだろう。しかし手を全力でラジエーターにぶつけて踏んで曲げたら、おそらく骨が折れて鎖を引き抜くことができるだろう。もし頭のいかれた男が戻ってこなかったら、衰弱する前にダニエルは猪がしたようにするしかない。本当に生きのびることを望むなら、それを手に入れるのに必要な勇気を集めねばならない。

30

どれだけの時間うつぶせで地面に横たわっていたかわからなかった。あまりに動顚していたし、そのうえ時おり意識がなくなった。しかしながら気絶していた間に太陽は空高く昇っており、背中の上を炎の足が通るのを感じ、三月の初めにしてはひどく暑かった。のどが渇いていた。ひりひりする渇きだった。マティアスはそのことを考えていたので、彼の全身が渇きでうずき、断末魔の苦しみにあることを気づいていた。右の頬で体を支えていた。小石やわらであごがちくちくした。厄介だ。視界がある唯一の左目で、乾いて亀裂の入った地面の一片を見た。少し向こう、顔から数センチメートルのところに何か柔らかく白っぽいものがそれ自身でとぐろを巻いていた。使用済みのコンドームだ。コンドーム、それは彼がどこにいたかを思い出させた。M40のそばの汚い開墾地だ。ドラコの用心棒たちはアンダルシア街道の近くまで環状道路を通って彼に運転させた。それから高速道路を離れて地道に入った。排水口のそばの荒れ地で止まり、全員が降りた。彼を除いて全部で四人だった。着いた時、すでに夜が明け始めていた。汚れた水のような鉛色の光が風景を浮かび上がらせ、石ころだらけの土地と、煉瓦積みの小屋の残骸と、ごみの滝を伴った排水口の深淵と、地平線の奥に頭をのぞかせる市街の黒く低い輪郭を見せていた。死ぬには何と醜い場所だろうと、マティアスは思った。そしてその時、最初の一撃を受けた。何か堅くて短い、丸太か棒のようなものだった。顔の右側で何かが破裂し、皮膚が破れ、血が流れた。

のどの渇きはなかった。もちろんのどはひどく渇いていたが、マティアスは今や全身に痛みを感じ、それはのどの渇きによるものではなく、殴打によるものだった。渇きでは腎臓もあごも胃も痛まなかった。彼はうめき声をあげ、左目を開いた。近くから見ると、ひび割れた地面の一片が見えた。それは炭化した砂漠にも見えた。そしてコンドームと鏡のようなオパール色の水たまりだ。口。

彼の口は歪んでいた。熱くてひりひりしていた。脈が打つたびにずきずきと痛んだ。タクシードライバーは目を閉じ、頭の中で縮こまった。たたきのめされた体の筋肉は動かなかったが、頭の暗がりの中で繭のように丸くなり、最期を迎える準備をするのを想像した。あとどれだけかかるだろう？　この痛みはずっと長引くのだろうか？　マティアスは屈服していた。死ぬことを望んだが、それにはまだまだ骨が折れた。

そうだ。死ぬにはまだまだ骨が折れる。傷だらけで混乱したままで、タクシードライバーは悪い考えがナイフのように記憶の中に入ってくるのを避けることができなかった。最後にサン・フェリーペ病院に入院したリタのことを思い出した。すでに末期だった。彼ははっきりとその苦しみを思い出した。恐ろしい痛みだった。お願いだから、なぜモルヒネを、鎮静剤を打ってくれないんだ？

マティアスは看護師に医師にお願いし、懇願し、付きまとった。これ以上強い薬を打つと死んでしまいます、女性医師は高圧的な口調で彼に言った。いずれにしても、問題はそこだった。平穏に苦しまないで死ぬことだ。マティアスは絶望して医師の腕をつかんだが、彼女はたたかれたと思った。警備員たちが駆け付け、タクシードライバーは許しを請い、引き続き病院にいさせてくれるように行儀良くふるまうことを約束せねばならなかった。宗教的な偏見の問題や狂信的な物わかりの悪さはなかった。医師たちは副作用を起こさないために、問題を生じさせないために、彼女に鎮静剤を投与しなかった。それでマティアスはリタのそばにいて、三日三晩、彼女が痛みでうめき声をあげ、体をよじるのを見なければならなかった。水分を含ませたガーゼで口元を湿らせるほかにすることがなかった。明け方、彼女は壊れた体に残っている力で、彼の方を向いて、ささやいた。「あたしを助けて。ハッカネズミさん。お願い、もうこれ以上我慢できない」。なぜなら、リタは親しく彼のことをハッカネズミさん、あたしの利口なハッカネズミさんと呼んでいたからだ。彼は枕をつかんだ。以前にもそれを言ったので、彼はするべきことを知っていた。「本当にしてほしいのか?」。彼は問いかけた。「お願い、ハッカネズミさん」。それからタクシードライバーは枕で彼女の顔を押さえ、押し付けた。すると最初のうちリタは動かなかったが、すぐに体をよじり、もがき始め、ひどく衰弱していたのにもかかわらず、透き通った弱々しいこぶしで彼の両手をつかみ、放してくれるように求めた。マティアスは驚いて枕を上げた。ベッドの汗のにじんだくぼみから、リタは半ば死んでいるが完全には死んでいない目でひきつった表情で彼を見て、力を振り絞って咳をしているようなとぎれとぎれの言葉をささやいた。それが最期の言葉だったろう。「ごめんなさい。もう我慢できない。でもお願いだから続けて。今度は続けて」。それで、彼は新たに枕を下ろし、押さえつけ、ガラスのように透き通ったこぶしがぐったりしてシーツの上に海に浮かぶ繊細な花のように開くまで続けた。

地面にうつぶせになって、まもなくタクシードライバーは胸に槍が刺さるのを感じた。刃が深く刺さると痛みは増し、今では彼を貫く槍は生きており、痛みが左腕に伝わって強さを増し、それは我慢できない痛みで、何かが中から割れて、吐き気がし、粘り気のある唾液が口から飛び出して、汗をかき、喘いで、ナイフが背骨を貫き、それ以上何も考えないようにさせた。

しかしそうした予兆にもかかわらず彼は死ななかった。

マティアスは死ぬ準備をしており、死を望んでいたが、刺すような痛みは次第にやわらぎ、彼はまだ意識があり、生きており、排水口の近くの荒れ地に屑鉄のように投げ出されていた。左目を開いた。アリの列が鼻のそばの地面をひどくゆっくりと横切って行った。今やナイフは彼の心臓をかき回すのをやめていた。マティアスは再び以前のような体の痛みを取り戻した。腎臓、あご、胃。そして口、とりわけ口。記憶が頭の中で血生臭いもやがかかったまま再構成されて行った。彼は殴られ、半ば失神していたが、男たち二人に足を支えられ、もう一人の用心棒は彼の唇を注意深く上げて、それからスパナで歯を壊した。そのシーンを思い出すのは身の毛がよだった。そうだ、今思い出した。四人目の用心棒はすべてをモバイルで録画した。ドラコがそれを見るためだと、推測した。姿勢を変えずに、注意深く、マティアスは舌先で破壊の程度を調べようとした。その場所に近づこうとしただけで星が見えたが、左側だけ数本が欠けているように思われた。右側はまだ歯が残っていた。

注意深く少し深く呼吸した。胸が痛み、地面の上に体の重みを感じていたからだ。足と尻に気づき、腕の位置に注意した。実際に望んでいたようにまだ死んでいないばかりか、時がたつにつれて、力と明晰さを回復しつつあるように思えた。左手はこぶしが閉じられたままで、顔の近くで地面にもたれていた。自分の前にかなり長い影ができていた。日が暮れつつあるに違いない。生きているという事実がまるで嘘であるかのように感じた。ドラコの用心棒たちは、仕事をこんなにまずくやマティアスは、ファトマを彼の家に探しに来た左利きのマノロは、黒人の美女に半ば首ったけで、少女が泣きながら彼にあまりひどいダメージを与えないように頼んでいたことを知らなかった。それでならず者は完全には力を使おうとしなかったのだ。胴を足蹴りすれば、内臓、とりわけ柔らかい血の袋である脾臓は容易に破裂する。左利きの男はそれをよく知っており、殴る強さを加減していた。それでドラコが録画を見て罰に満足するように、スパナでタクシードライバーの歯を折るということを考え付いたのだ。いずれにせよ歯が完全でなくとも生き延びることはできると、マノロは考えた。彼自身、九年間の用心棒稼業で何本かを失っていたし、そのことがドラコの副責任者になることを妨げなかったし、むしろ誇りに思っていた。逆説的だが、人生とはそういうものだ。マティアスの口を壊したのはむしろ救うためであり、痛めつけたのもうまくやったほうだ。フィールドマンのコップのうねりを動かしたのだ。

タクシードライバーはアリと乾いたわらの荒れ地を見た。死んだ精液の入ったしなびたコンドームを見た。ほこりの、嘔吐物の、血の臭いがした。しかしながら、ありえないことに痛めつけられたマティアスは今やある種のほっとした気分を味わっていた。数か月走り続けてやっと止まることができた休息の感覚だった。リタの死を通して、最期の瞬間に起きたことに直面することができなかった。数か月の間、絶望し恐れを抱いて、その記憶から逃げていた。逃げて眠らなかった。逃げて考えなかった。逃げて生きなかった。彼女の苦痛に満ちたまなざしを、最期の言葉を、枕と両手で押しつけられた哀れな体の震えを思い起こす十分な勇気を集めることができなかった。今やその感覚がたちどころによみがえり、リタのすらりとした繊細な体が情熱にかられて彼の腕の中で震えた記憶と何度もごっちゃになった。頭の中の二つのイメージの重なりは、妻を愛し妻に身をゆだねる方法として、最後の行為を受け入れることを許した。最も深く、親密さの最も完全な態度として。タクシードライバーの左目は涙をあふれさせ始めた。涙は鼻の橋を通ってほこりの上に落ちた。それは乾ききった砂漠に草を生えさせる肥沃な雨にも似ていた。実際のところ、今は死ぬのに悪い時ではないとマティアスは穏やかに独り言を言った。しかしそのときファトマの思い出が彼の頭をよぎり、苦悩で背中が硬直した。連中は彼女に何かしただろうか？　危険な状態にあるのではないか？　助けが必要だろうか？　それは彼が地面から起き上がる十分な理由であり、生きるに値する十分な理由だった。たとえほかの理由がなかったとしても。しかし実際にはさらにほかの理由もあった。哀れなチュチョとペッラは二匹だけで家に閉じ込められているのだ。

すぐに彼の心は真っ白になった。光が差した。閉じ込めていた記憶が頭の中で破裂した。オルティス医師だ。医師も一人で、家に閉じ込められている。一人ラジエーターにつながれたままだ。

生への衝動が彼の体の中を頭から足先まで流れ、電気的な波が筋肉に走り、動く力を与えた。両手で地面を支え、痛みで唸り声を上げながら胸を持ち上げた。膝を折り、悪寒を押さえるまで四本足でしばらくじっとした。そのあとうめきながら立ち上がることができた。いったん立ち上がってみると、左目で現実を見ることができた。顔に探りを入れ、右側全体が腫れていることを確認した。しかし指で膨れたまぶたを少し開けていたら、目はそこに、本来の場所にあったので、何かを見ることができただろう。彼はほっとしてため息をついた。ため息は新たなうめき声を引き起こした。数歩足を前に出した。ほこりと固まった黒い血に覆われており、衣服は固まっていた。手と腕を動かし、胴を回した。全身が痛んだが、動かせそうだった。腕時計を見た。午後七時半である。医師は十三時間以上ラジエーターにつながれたままだ。なぜそんなことをすることができたのだろう？

もっともありうるのはあいつがリタの死を何とも思っていないことだ。今や、マティアスはそのことをはっきりと見た。あのタイプのがんは治療法がなく、初期の段階で発見することはできないと言ったとき、オルティスは正しかったに違いない。実際にはタクシードライバーがずっと以前にそのことを知ることさえ可能である。しかし当然受けるべきとは思えない二重の罰を前に、暴力、怒り、絶望に耐えることはできなかった。なぜリタが病気にならなければならなかったのか？　そしてなぜほかのがん患者が回復しているのに、彼女はそうすることができなかったのか？　マティアスは彼女の痛みをどうすることもできず、罪人を求めていた。妻の痛みを和らげる治療を拒否した連中を誘拐したほうがよかったのではないか。彼らに対して少なくとも何らかの方法で復讐することができたはずだ。

十五メートルほど先にドアの開いた彼のタクシーがあった。彼はつまずきながら車の方へ歩み、キーが鍵穴に刺さったままであるのを見て、感謝で涙があふれ出しそうだった。やっとのことで運転席に腰を下ろし、力が回復する間、乾いた血だらけの手でハンドルを握った。悪寒と吐き気が、非現実的な光景を浮き立たせた。彼の前には、日没間ぎわの太陽の光が排水口を照らし、屑鉄と割れたガラスに反射し、ゴミの滝を数秒後にきらめく美しいじゅうたんに変えていた。

31

最初は車の音が聞こえた。次に犬たちがドアの前で跳びはね始め、自分のしっぽをめまいがするほどぐるぐると回し続けた。最後に若い恋人のように心臓を喜びでドキドキさせて、ダニエルは鍵穴に鍵が回る音を聞き、タクシードライバーが戻ってきたのがわかった。誰かに会うのにこんなに幸せな気持ちになったことはなかった。

そのあと、マティアスが不確かな足取りで入ってきた。肩を落とし、頭はうなだれていた。ダニエルは口をあんぐりと開けて、腫れあがった体を、殴打で歪んだ顔を、引き裂かれて汚れた服を見た。タクシードライバーは彼のほうに進み、ゆっくりとそばの床に倒れるにまかせた。壊れた機械設備が上げるような鈍いうめき声をあげていた。体は金属的な熱い悪臭、血のむせるような臭いを放っていた。頭が膨れてマティアスとは認めがたかったがマティアスであり、大きな片眼で医師を見て言った。

「申し訳ない。許してくれ。ばかなことをしてしまった。俺がばかだった。非常に申し訳ない。今すぐあんたを解放しよう」

男は口に物が挟まっているように、柔らかく不明確に話した。口角からバラ色の唾液が出て、血の固まりを拭った。

「でも何があったんだ?」ダニエルはどもりながら言った。

「残念だ。もう君を解放する。行きたいなら行くがいい。そして告発するならしてくれ」

話しながら、大男はポケットを探った。

「おや、鍵がみつからない」

もちろん南京錠のカギだった。ダニエルは彼の中に憤りが再び煮えかえるのを感じた。この頭のおかしいやつは彼をラジエーターにくくりつけたままだ。彼は運命に見放されている。

「カバ野郎。俺をここで死なせるつもりか、カバ野郎」

「残念だ。非常に残念だ。ここにあった。ああ助かった」

ほこりっぽいズボンのポケットの奥から、タクシードライバーは二つの小さな鍵のついた輪を取り出した。手首の南京錠を開け、医師を自由にした。しかしそのあと、不可思議なことが起こった。だしぬけに男はまるで体の半分がぶたれているかのように自身の身を曲げた。彼の腫れた顔は痛みのショックで歪んでいた。あえぎながら車のキーをオルティスに渡した。

「取れ。タクシーを使え。さあ」。男はほとんど聞き取れない声でつぶやいた。

ダニエルは鍵をつかむと立ち上がった。

「すぐに出ていく」。そう言った。

しかし出て行かなかった。頭がいかれた男は彼の足元に身をかかがめ、ひどく状態が悪いように見えた。胸をひきつった両手でつかみ、あえぎながら呼吸していた。ひどく殴られたに違いない。おそらく踏み倒されたかめった打ちされたのだろう。しかし入って来たときはそんなに悪いようには見えなかった。この突然の危機は別の問題だ。「わかった」。ダニエルは独り言を言った。「こいつに何が起ころうと自分に何の関係がある」

「行くぞ」。彼は繰り返し言った。

しかしそう言いながら、医師はタクシードライバーの上にかがみこみ、詳しく見た。男は汚れて青あざがある上に土気色をしていた。それにひどく汗をかいていた。医師は首を触った。肌は冷たく、ねばねばしていた。

「気分はどうだ?」医師は尋ねた。

「胸が。ナイフが刺さったようだ」。男はうめいた。

すぐに吐き気がした。

「胸が悪いのか?」ダニエルは尋ねた。

タクシードライバーは頭を振って否定した。

「この痛みを前に経験したことは?」

「ああ、少し前だ。死ぬかと思った。もう過ぎた。腕が痛い」。どもりながら言った。

狭心症だ、ダニエルは診断した。気胸の可能性も十分にある。あるいは内臓破裂か。

「傷は?　顔だけか?」

「連中に殴られた」。マティアスはつぶやいた。

「息をするとき痛むのか？　つまり、息をするとき痛みが増すのか？」

「痛い。全身が。同じだ」

「君は少し前、危機があったが過ぎたと言ったじゃないか？　完全に過ぎたのか？　家に入ってきたときは痛まなかったのか？」

「そうだ」

仕事に幻滅した医師たちでさえ経験は重ねていった。ダニエルが救急センターで過ごした二十年は、タクシードライバーが狭心症を患っていることをほぼ確信させた。しかしいずれにせよ、それが彼に何の関係がある？　たかが頭がいかれたやつの命だ。それにこんなふうに痛めつけられたのはいささかも同情心がなかったからだ。ダニエルは突然息が苦しくなった。ここから立ち去らねばならない。

「寝そべってないで、座っているほうがいい。心臓の問題なら、助けてやる」。医師は言った。

そして走りながら家から出て行った。タクシーに乗り込むと手が震えていたので何度かしくじったあとキーを鍵穴に入れた。エンジンがかかり、どこへ行くともしれない未舗装の道路を出た。というのは、来るときは後部座席に倒されていたので、何も見ることができなかったからだ。数分間落書きされた壁にそって回り、そのあとアスファルト舗装された通りに出た。安っぽい造りの小さな戸建て住宅が道の両側に広がり、明かりがついておとぎ話に出てくるのどかな田舎町にいるように、人々は夕食の準備をしていた。人生とは何と常軌を逸して、理解しがたいのだろう。自分は悪夢から抜け出たばかりだというのに。誘拐されて、ラジエーターに括り付けられたまま死ぬかと思った。めった打ちされて苦しみ、心臓病で危険な状態にある襲撃者をあとに置いてきた。しかしながらこうしたパニックの数百メートル先のキャラメルのような小さな家々では、人々が、ダニエルが今や到達することのできないと思われ、セカンドライフの仮想世界よりも無縁な、非現実的な甘い生活、普通の暮らしを送っているように見える。彼はタクシードライバーのＩＤカードを見た。マティアス・バルボア。そして写真も。大男の顔は善良そうだった。床に身をよじり、うめき声をあげている後に残してきた男の姿を思い出した。犬たちが男のそばでキャンキャン鳴いていた。あ、これはいったい何だろう？　ダニエルは不安になった。ストックホルム症候群を患ったに違いない。今や頭のおかしい男は彼を苦しめていた。急ブレーキをかけた。開いたバールを通り過ぎたばかりである。一刻の猶予もなく、タバコを吸う必要性を感じていた。タクシーを出て、店に入った。幸いなことにタバコの販売機があった。ポケットを探った。財布は身に着けていたが、今度はモバイルをタクシードライバーの家に忘れてきたことに気づいた。数枚のコインを硬貨投入口に入れながら、バールから警察に電話しなければならないと考えた。頭を上げ、公衆電話がないか周りを見たが、店の二、三の常連客たちが、彼を不審の目で見ているのに気が付いた。彼は壁にあった広告用の鏡に目をやった。粘着テープが口の回りの肌に赤く四角い痕を残していた。あごは前夜床に倒れていた結果あざができていた。そのうえ、ひげが伸び、髪は逆立って、服はまるでそれを着たまま二日間眠ったようにひどくしわが寄り、汚れていた。実際にそれは彼に起きたことで、そのうえ悪いことに片方の靴がなかったが、それだけでもひどく注意を引いた。目はひきつって、頭がいかれた様だった。そして自分でも頭がいかれたと感じていた。実際にバールで彼が唯一の人間であり、ほかの連中は彼を指さして食おうとする異星人であるかのように感じていた。彼はタバコのパッケージをつかむと、あわてて店から出た。通りは暗闇に包まれ、背中を壁に押し付けて、呼吸を整えようとした。ああ、だが、彼にいったい何が起きたのだ？　タクシードライバーの家を逃げるように出てきた。男を病院へ運ぶか、電話をかけて救急隊を呼ぶ代わりに、半ば死にかけた男をあそこに置いてきた。というのはもっとも可能性が高いのは狭心症であり、心筋梗塞の可能性もあり、腕に向けての痛みの発散は何ら良い兆候を示していなかったからだ。彼はいずれにしても医師であるのに、いったい何を考えているのか？　頭のいかれた男が死んだら、警察にどのように申し開きすればいいのか？　そして彼自身にも申し開きできるのか？　自分を許すことができるのか？

彼は問題になっているリタの死にきちんと向き合っていないことを確信した。タクシードライバーが言ったことから判断して、彼女の腫瘍には治療法はなかった。彼女を診察した時、発見することが可能であったとは思わない。しかしそれを別にしても、ダニエルは彼が良くない医師であることをよく知っていた。したことに対して十分な注意を払っていなかった。そして実際に患者たちに対し、ほとんど関心がなかった。それより悪いことがある。ふだん彼らを彼に対して陰謀をたくらむ構成要素として見ていた。死刑の退屈で不快な執行人のように。敵たちの暗い部隊のように。あのやもめ男は、ビリェーガス医師の顔を撃ったあの頭のいかれた老人は、外傷の専門医の代わりに彼が女の診察をすることができた。なぜならダニエルもその男を知っているからだ。老人とその妻は一年以上の間、背中にひどい痛みがあると言ってたびたび救急センターを訪れた。しかしビリェーガス医師によって行われた診断に従って、妻は何も悪いところはなく、ちょっとした関節症と作り話だろうと言われた。それでダニエルは医師に任せることにして、女性患者から手を引いた。結局のところ、病気について知っているのは、医師でなければ誰なのだ？　しかしその結果、ヒステリー患者として扱い、そのうえ、いいかげんな診察で精神科へ行くことをすすめ、治療のための貴重な時間を浪費した。拷問のような痛みが続いた夜、老女はたまたま救急センターで若い女性医師に当たり、医師が精密検査を命じて余命一か月の骨がんを発見したのだ。その時にはすでに手術できない状態で、治療法はなかったのだ。そうだ、彼もまたやもめ男の怒りの標的になりうる可能性があった。彼は鼻の代わりに黒い二つの穴を、口とあごの代わりに肉のくぼみを見せることになったかもしれなかった。そして頬に開けた穴を通してストローで食事をすることになっただろう。それと比べれば、タクシードライバーの復讐はきわめてささいだった。そして彼がリタの運命について責任がなかったとしても、ダニエルは大いに疑わしく、この世の災いであることを神は知っている。神が存在し、人類の運命に関心があったとしたらだ。つまるところ、彼は罰を受けるに値する十分なことをしたことを神は知っている。なぜなら彼の怠慢には言い訳がきかないためだ。もちろん、医師という職業は命にかかわるものであり、公衆衛生は悲惨な状態にあり、一分間に三人の患者を診なければならず、患者とその家族が理由なくしばしば医師を非難し、状況はひどいじゃないかとののしることもある。しかしほかの医師たちが命を懸けてどんなにそうした状況と戦い続けても、職業的良心のために努力しても、そうなのである。さらに悪いことには、医師の大部分が彼より良心的である可能性すらあることだ。こうした考えは彼に耐えがたかった。なぜなら少数のろくでもないやつであること、困難な状況の中でもろくでもないやつであることは、彼をずっと悪いと感じさせた。愛についても彼に同じことが起こった。良くないことは、人生を通じて愛情深い話を持つことができなかったことだ。しかしさもしい関係を引きずった上に、すべての愛というものはそんなものではなく、ほかの形で愛することができる人たちもいるという苦い確信に到達するとしても、そうだ。最後の一息まで、脊髄まで、死ぬまで、頭がおかしくなるまで、タクシードライバーが亡き妻を愛しているように愛し合う人々がいることを認めるとしたら、彼自身の運命はもっと哀れで耐えがたいものになるだろう。

そうしたすべてをダニエルは通りの暗がりの中で、渦巻く考えに気を取られて、地面に倒れないよう背中をざらざらした壁に押し付けながら考えた。そのとき、難局から抜け出した人のように、彼の前に薬局があるのに気づいた。彼は催眠術師の振り子のように、点滅するネオンの明るい十字を見つめた。薬局に入ってカフェニトリナ錠(注16)を買おう、そしてタクシードライバーの家に戻ろうと、医師は考えた。その決心は彼の頭を例外的な冷静さで満たし、内部から明るく照らしたような気がした。薬局のドアを押すとき、彼は手にタバコを離さずに持っていたのに気づいた。店内についていた明かりと、彼を待っていた善行のひらめきに興奮して、オルティス医師はタバコを行儀よく地面に捨てた。人生を変えよう、それからタバコを吸おう。二日間タバコを吸わなかったのはそのためだ。

（注16）血管を拡張する薬。狭心症の治療に使われる。

32

仕事をしていなければならないが、病気であると感じているふりをしていた。その仮病のおかげで、今は部屋にこもって物事を片付けることができた。たとえひどく気分が悪いふりをしていなくても、実際は初めのころから吐き気がしたのだ。つまるところ、それは彼女に妊娠していることを知らせる鍵の一つだった。もう一つのサインはヤモリの死だった。

ファトマはバッグを床に落とし、ベッドの角に腰を下ろし、一度ならず泣き始めた。涙は穏やかな雨のように顔を伝って流れ、膝の上に落ち、スカートを湿らせた。

彼女をなぶった連中を許すわけにはいかない。

もう十分だと独り言を言った。泣いて時間を無駄にするのは十分だ。指で両目を押さえた。まぶたは腫れてひりひりする。彼女の守り神であったヤモリを思い出して、ため息をついた。ここ数年の間、ビッガの世話ができてよかった。二十本の指の小さな爪までなくさないで飼っていた。元気でエイズにもかからなかった。ビッガは最も強い守護神であり、小さな弟だった。戦争が始まった時、弟はまだ五歳だった。両親は数か月前に亡くなっていたので、彼女が弟の世話をした。ゲリラ戦士たちは弟を彼女の腕からもぎ取り、サトウキビを刈るように子供をなたで刈った。鼻を、耳を、両手を切り落とし、続いて前腕を、そして肩を、両足を、膝を切り落とした。彼らは弟を血で赤く染まった棒の上に放置したが、それは頭のついた肉の塊に過ぎなかった。しかし彼女が引きずって行ったとき、弟はまだ生きていた。最初のうち、ゲリラ戦士たちは、ファトマは耳が聞こえないと思っていた。なぜなら一日中、聞くことも言葉を理解することもできなかったからだ。頭の中で何度も弟の断末魔の叫びを聞くことだけができた。

ヤモリはその夜、部隊が眠るために駐屯した場所に現われた。ファトマは仰向けになり、彼女の人生の闇より暗い空を見上げながら、地面に横たわっていた。男たちは彼女をむさぼったあと、今は周りでいびきをかいていた。逃亡を防ぐために牛の腸で作った耐久性の高いひもで、少女の左手首と兵士の一人のくるぶしが結ばれていた。ファトマは乾いた眼で天空を見て、傷だらけの体の上にのしかかるのを感じた。空はゲリラ兵士のうちでもっとも大柄な男の体のように彼女を圧倒した。顔を右に向けて、手の届く範囲にある石を見た。こぶしより大きく、三角形をしていた。それをつかんで、頭を強くたたいたら、死ぬことができると考えた。手を石のほうに伸ばしたが、その時、石の上にヤモリが現われた。その繊細な体は近くのたき火の反射を受けて輝き、火からできた生き物のように思われた。ヤモリはファトマをじっと見て微笑んだ。たしかに微笑んだのを見たと確信した。そのあと、生き物は石から降りて、信頼して彼女の手の上に乗った。冷たく美しい炎であり、青と緑に光っていた。その時、ファトマの心の中で何かが開き、命じて、説明した。そしてヤモリは弟の精であり、ビッガは守護神となって彼女を守るために、死者たちとともに立ち去るのをやめたのだと確信した。

その時からヤモリと彼女はいつも一緒だった。仮にファトマがヤモリの本来の性質について疑いを抱いたとしても、信じがたいほど寿命が長いのを見てその驚異に納得しただろう。ヤモリはつがいでいることが知られているが、彼女と十数年一緒にいたからだ。そのうえ見つからないように閉じ込めてあったのだ。非常に強い精だった。ビッガの保護のおかげで、ファトマはゲリラ戦士たちから逃げることができ、のちにカマジョールからも逃げることができた。一緒に生きてモーリタニアにたどり着き、小舟に席を確保して、貪欲な海に飲み込まれることもなかった。そしてドラコの手のもとに落ちることになったが、それまで起きたことより悪くはなかった。少なくとも重要な売春あっせん業者であり、ファトマを正職員として雇い、ブラックマーケットから救った。公式には彼女は老人の世話をしていた。「実際にそれは君がしていることではないかな？　老人の世話をして欲望の海に泳がせるのだから」とドラコはしばしば言った。

しかし彼女はいま妊娠していた。

もしファトマがある時点でヤモリに弟の存在を疑っていたら、妊娠を続ける不安を解消していただろう。ゲリラ兵士たちは、彼女を何度も中絶させたが、彼女が自分の命をある程度コントロールできるようになってからは、うまく守ってきた。ピルを服用したうえ、コンドームをつけずに、例えば、ドラコや左利きのマノロや数人のお気に入りの客とセックスした時には、妊娠を避けるクリームを塗った。それはほかの女の子が言うようにエイズを避けるためだった。そうした多くの障壁にもかかわらず、彼女は妊娠したのだ。それゆえ、逃げなければならなかった。なぜならドラコは彼女に中絶するように望んでいたからだ。しかし逃走は容易なことではない。売春あっせん業者の復讐の手が届かないほど十分に遠い場所を見つけることができるだろうか？　そしてドラコが彼女のパスポートとお金とスペインの滞在許可証を保管しているとしたら、どうすれば逃げることができるだろうか？

ファトマは恐怖の黒い霧を振り払おうと、頭を振った。彼女に何かが起こるだろう。もっと悪い状況でも生きのびてきた。彼女は立ち上がり、旅行鞄を彼女の小さな持ち物でいっぱいにした。その中には守り神が入っていた竹かごもあった。二、三週間前のある日、かごの中でひっかく音がして目を覚ました。部屋には、寝ぼけ眼のバネッサだけがいた。それでファトマは櫃をベッドの上に置き、ふたを開けた。ヤモリは容器から出ようとしたが、できなかった。動くのが大儀そうに見えた。心配した少女は、ヤモリを注意深く持ち上げて、手のひらに乗せた。生き物は小さな頭を上げ、彼女を見た。すぐによろめいて、一片のひものように力なく、脇に落ちた。数秒後、輝くような色は消え、小さな体は乾くとくすんだ石に変わる河原の光沢のある小石のようなある種の緑青で覆われた。死んだと思い、彼女は呆然自失した。しかしその痛みは彼女の意識に上らなかった。なぜならその前に吐き気を感じており、前にかがむと、胸がピンと張り、乳首に妊娠した時にいつも経験したような不快な敏感さに気づいたからだ。驚くべきことにあたしは妊娠している。この子はビッガだ。

この子を再び殺すことを許してはならない。

33

ダニエルがタクシードライバーの家に戻った時、男は出て行った時のままで、床に体を曲げ、辛そうだった。それで医師はニトログリセリンの錠剤を取り出し、凝結した血の残りがべったりと付いた肉厚の口と腫れた歯茎と折れた数本の歯に目を見張りながら、患者の舌の下に入れた。それは見ただけで痛みを感じるほどの壊れようだったが、じっくりと痛めつけられた体を調べた後、殴打されていたにもかかわらず、肋骨が一本折れ、眼窩が少々歪んでいた以外はおそらく何ら異常はないという驚くべき結論に達し、悲惨な状況を予見して買ってきた鎮痛解熱剤のアンプルをマティアスに飲ませた。しかしそのときタクシードライバーの心臓はカフェニトリナ錠によってすでに正常に戻りつつあるように思え、狭心症の診断を裏付けていた。ダニエルは喜びがあふれるのを感じ、良い医師であることを感じ、ストックホルム症候群の中で彼の新たな人生に幸福を覚えた。ニトログリセリンの錠剤をタクシードライバーに手渡すと、いずれにしても治療のために病院に行かねばならないのだが、万一痛みが戻ってきた時のために持ち歩くようにと勧めた。もちろん一緒に行ってもいい。いくつかの検査をしてエックス線撮影をしてもらおう、と気前よく付け加えた。最も意外だったのは、こうした寛大さと賢明さがマティアスには不思議には思えなかったことで、たとえ医師に何度も許しを求めたとしても、それは友人が悪い行いについて許しを乞うように自然にそうした。それはおそらくタクシードライバーも特殊な精神状態にあったからだろう。疲労困憊していたが、ここ数か月間心をむしばんでいた苦しみから解放されたからだ。いまや肉体的な痛みは薬物の効果でやわらげられ、マティアスは大波で浜に打ち上げられたばかりの難破した人同然だった。難破した人は、数時間窒息状態に置かれた後で、大きく口を開け、唾を吐き、咳をして、息を吐き、新たに生きることを学んでいく。「あんたも口を治してもらいに行かねばならないな」とダニエルは言った。するとタクシードライバーは、「リタも堅くて強い彼の歯が好きだった。いつも彼女の歯と違って健康で一本の虫歯もない彼の歯並びをうらやんでいた」とコメントした。マティアスは初めて妻のことを、痛みを覚えずに語ることができ、割けた唇で微笑もうとしたが、それは苦痛をもたらさなかった。その微笑みで唇は緩んだ。というのはリタを、がんになる前のリスのように敏捷だった、顔に炎のような生き生きした黒い眼を輝かせていたリタを思い出したからだ。リタは年齢にもかかわらず、彼よりいつも若く、最初の頃は腕に抱くとき、マティアスは強く抑えて傷つけるのではないかと心配した。しかし、「何てあなたは力がないの。もっと強くつかんで」と彼女は笑いながら嘆いたのだった。「あたしが壊れてしまうとでも思っているの？」。そして実際に彼は最初のうち、彼女の骨が折れるのを恐れており、彼女を破裂寸前のシャボン玉のように注意深く触った。愛の力のおかげで、大きな手を訓練し、指にほかにはないほどの敏感さを与え、それはリモージュ産の皿やムラーノ島のグラスやセーブル産の陶器を梱包する際に役立った。引っ越し業に携わっていた長年の間、彼は一度も傷つきやすい品物を壊したことがなかった。あなたは引っ越しの芸術家、梱包の軽業師ねと、リタは冷やかして言った。そして彼と一緒に笑った。一緒に暮らした二十八年の間、彼らは一度も許しがたい言葉を言ったことがなかった。もちろん議論はしたし、何度も腹を立てたりした。良いときもあったし、悪いときもあった。リタは議論好きで、男っぽい女性だったから、絶望的になることもあった。しかし長い間、互いに立腹することはなかった。というのはすぐに二人のどちらかが相手を冷やかしながら笑い始めたからだ。いずれにしても、決して毒のある文句を放つことはなく、ある種のカップルが相手の弱いところをつき、傷つけるのに使う、象を撃ち殺すように破裂するが、問題の解決には何の役にも立たない、傷つけるだけの言葉の暴力に訴えることはなかった。そうした言葉はしばしば人を殺すこともあるのだ。どんなに記憶の折り目に実際のところ尋常でないものがあったとしても。というのは、マティアスがリタのことを思い出そうとすると、彼の心を最も熱くする思い出は、たいまつの火のように彼の頭の中で燃える思い出は、より客観的に見て、例えば初めて愛し合ったときや結婚式の日のような、人生をともにしたもっとも重要な出来事ではなかったからだ。いや、リタを彼の中でホログラフのように生き生きとよみがえらせるもっとも輝かしい姿は、日常のささいな出来事だった。それはときには笑いを誘い、こっけいですらあった。愛情をこめてセックスした後、寝るために電気を消したあの夏の静かな熱い夜のように。スイッチを押す前に、彼は「水！」とのどが渇いた子供のように命令口調で叫んで、彼女の笑いを誘ってベッドから転げ落ちさせた。あるいは二人だけで幸せだった時、彼をハツカネズミさんと呼んだことだ。というのは、こうした親密さはしばしば言葉で表しがたく、子どもっぽさや気取りにつながるからだ。こうしたささいなことをタクシードライバーはダニエルに歯の抜けた言葉で柔らかく語り、医師はもう少しで妬みと共感の涙を流すところだった。少なくとも、この頭のいかれた男は抑える理性を持っている、とダニエルは心の中で言った。少なくとも、妻の死は心の荒廃をそのせいにするに値する不幸であったのだ。その一方で、自分は何らの言い訳のきかない嘆かわしい生活を送っていたのだ。いったいどちらがより悪いのだろう？　失った幸福への哀惜か、一度も幸福を味わったことのない氷のような苦さか？

「君は特権的な人物なのだが、そのことを知らない」。医師はつぶやいた。「君は痛切な痛みを感じることができるほど恵まれている」

そのとき、めったにない親密な時の流れを破る何かが起きた。普段はまずないことだが、車が近づくのが聞こえた。まもなく、車が家の前で止まり、誰かが降りてきて、ドアをたたいた。マティアスはため息をついた。

「戻ったほうがいい」。男はせっかちに言った。

ダニエルはタクシードライバーが彼を襲撃した男たちのことを言っていると、とっさに理解した。初めて大きな変化の光を見た医師を再生へと向かわせる情熱は少し陰り、頭のいかれた男の家に戻ったのは間違いだったと恐れた。しかしそうした突然の弱気は瞬きするほどしか続かず、すぐに立ち上がり、元気を出して窓に向かい、外を見た。遠ざかっていくタクシーと夜の闇の中にはっきりと見分けがたい人影が軒下に見えた。女性の姿だった。ドアを開けた。医師の前に小さな旅行鞄を抱え、目を赤くして、美しい顔を涙で洗ったファトマがいた。娼婦の王女だ。激しくすすり泣いているのにその威厳のある態度を失っていないのに、オルティスは驚きつつも気がついた。

34

お互いに事情を説明するのは多少の時間がかかった。たとえ実生活で誰かが「そのことは全部説明した」と言ったとしても、実際には何も説明していないことがあるからだ。というのは、個々人の生活とは本質的に説明できないものであり、人生は芸術とか小説とか映画とは逆であるからだ。原因と結果が複雑に絡み合ったヒッチコックやアガサ・クリスティーの作品は、不安を抑えるための単なる安全網なのである。それでマティアスは彼が被った殴打について語ったが、リタの末期の症状についての死後の考察については語らなかった。ファトマはエル・スルド(左利きの男)がタクシードライバーを殴り殺さないことを約束したことを明らかにした。しかし彼女がその約束のために払わなければならなかった代価については明言しなかった。ダニエルはマティアスにこの美しい少女と知り合いであると言ったが、彼女との面会のばかげた詳細については語らなかった。そしてマティアスはファトマと彼がどんな関係で結ばれているのか表現するすべを知らなかった。なぜなら彼自身もそれを知らなかったからだ。一方で、医師もタクシードライバーも誘拐の詳細については触れなかった。そのあとすぐに、ファトマがビッガの物語を語り、弟の体がなたで切り刻まれたのを描写したとき、ダニエルとマティアスは驚愕した。しかし女につらい体験の影をかいま見ることは二人ともできなかった。

このようにして、彼らは事柄を整理しようと、ドラコに話しに行くことを決めた。

それは一風変わった熱っぽい夜だった。そこから不可能とも思える計画を思いついた。アイデアを思いついたのは口のつぶれたタクシードライバーだった。ダニエルにはマティアスがあえて売春あっせん業者と対面するという勇気と寛容さが印象的だったので、個人主義の原則に反して危険を冒して同伴することにした。その決定に対して正確に話すのは不可能だった。むしろ医師はあたかも強い力が彼を押すような、強く押されて坂を下り、止まることができない人のような、そこへ押しやられるのを感じていたからである。ダニエルは実際にはこの二日間、食べていなかったし、眠っていなかったし、タバコも吸っていなかったが、恐怖というアドレナリンの作用を受け、自分の腕を猪のようにむさぼらなければならなくなるのを恐れていた。興奮して、幻覚があり、極端な行動を犯しがちであることは珍しいことではなかった。そのうえ、ビッガの物語は彼を打ち砕き、ある種の罪悪感さえ覚えた。ダニエルは何らかの形でファトマに借りがあり、おそらく彼自身にも借りがあるのだが、それはすなわち少女を救わねばならないという昔からの主張によるものだと考えた。思春期以来それをこんなに生き生きと感じたことはなかった。

それでマティアスは傷んだ服を清潔な服に着替え、医師は彼には大きすぎる誘拐者の靴を借用し、ただちにタクシーに乗り込んで、カチートへ向かった。彼らは三人で行った。というのは男たちがどんなに行かない方がいいと主張しても、ファトマを説得することができなかったからだ。少女は自分の義務は彼らについていくことだと考えていた。そのうえ、一人で残るのが怖かった。出かける前に、マティアスはドアを開けておき、椅子で押さえておくことに決めた。なぜなら帰ってこなかったら、チュチョとペッラが家に閉じ込められたまま死ぬのを恐れたからだ。それは用心深すぎる考えであり、いささか楽観的でもあったが、一方でその夜はまるで誰かが幸福の秘めたメカニズムを作動させたかのように人を酔わせるものがあった。それはあたかもフィールドマンの伝わるコップの水門が開いたようで、世界が光で満ち始めたようだった。そうして、三人の誰もが話しかけなかったが、各々は同じことを考えていた。そして全員がだしぬけにうまくいくことを直感した。幸運の風に押されているように感じたが、それはルーレットの参加者のある者が大負けする前に経験するあの感覚と同じだった。

いろいろあって、彼らがカチートに着いたのは朝の三時近かった。マティアスはエンジンを切らずにタクシーをゲートの前で止めた。駐車しなければならないことは、車という避難所から出て、売春宿に入らねばならないことは知っていた。しかしまもなく体じゅうの傷が差し迫った危険を告げる空襲警報のサイレンのように同時に痛み始めた。それが彼の動作を遅くした。

「連中が来た！」ダニエルは神経質そうにささやいた。

実際にそうだった。ゲートの用心棒たちは車を見ると近づいてきた。マティアスは最初の男に見覚えがあった。歯を折った男だ。その人物はタクシーの天井に腕を持たせかけると、かがんで窓越しに彼らを見た。ダニエルとファトマに素早くウインクし、そのあとタクシードライバーの開いている唯一の目をじっと見た。

「何か文句を言いに来たのか？」エル・スルドことマノロは落ち着いて言った。

「いいや」。マティアスはぼろぼろの口でこたえた。「文句はない。ドラコと話すために俺たちは来た。彼に関心のありそうなことを提案したい」

エル・スルドはタクシードライバーを上から下まで細かく観察して、それから穏やかに微笑んだ。

「あんたは気の毒だったたな」

「ご覧の通りだ」

「個人的な恨みは何もない。そのうえ、あんたはぴんぴんしている。運が強いな」

「それもこの通りだ」。マティアスはあえぎながら言った。

用心棒はもう少し腰をかがめ、ファトマを見て眉をしかめた。いらだって少しつらそうだった。

「今度は騒ぎを起こしたたな。お前がホテルに現われないと言って客が電話をかけてきたとき、あんたに逃げられたと知ってあいつは激怒した。本当に激怒したんだぞ。もうお前を助けてやることはできない」

微妙な震えが揺れる線のように女の顔に走った。一瞬まぶたを閉じて、再び開いた時、彼女自身に戻っていた。

「あたしたちはそのために来たの、スルドさん。そのことについてあの人と話すためよ。ごらんのように戻ってきて、今ここにいます。彼のところへ連れて行って。あなたに悪いようにはしないから。ドラコはあなたがあたしを連れてきたからといって怒らないと思うわ」

男は彼女を考え深げにじっと見た。小さな目だったが、粗野で肉付きの良い顔の中で洞察力がありそうだった。大きな体を起こして数歩離れた。マティアスは男がポケットからモバイルを取り出して誰かと話すのを見た。会話は長く続かなかった。エル・スルドは話し相手が了解したように、二、三回うなずくと、すぐに切って、タクシーのほうに戻ってきた。マティアスと話すために再び腰をかがめた。

「俺についてくるんだ。カチートにはいない。彼の家に行った」

男は手で車の天井をたたくと、車の中で体をよじって詰め込まれていた三人の手下を連れて、色ガラスを張ったジープのほうに歩いていった。そのとき、ダニエルはタバコに火をつけることを決めた。タバコを止めるのに非常に悪い時を選んだ。同様の不安に置かれたとき、タバコを吸うことは考慮していなかったと言いながら、最初の中断を楽しみながら吸った。しかしながら危機を脱したなら、再びタバコを止めるだろう。エル・スルドはエンジンをかけ、タクシードライバーは彼の後を追った。驚いたことに、高速道路に向かう代わりに、二台の車は砂利道をUターンし、汚れた開墾地を横切る細い道に入った。そして数キロ進むと、郊外の荒くれた地区を、バラックやたき火が立ち並ぶ場所を通った。

「あたしは一度も彼の家に行ったことはないわ。カチートの中に住まいがあるが、古株の女たちは彼がポブラードに住んでいると言っていた。あたしはそうは思わなかったけど、今本当のように思えてきた」。ファトマは言った。「あんなにお金持ちなのに！　何のためにここに住んでいるの？」

ポブラードは四十年前、住まいのない人々に一時的な住まいを与える吸収地区として誕生した。そこで彼らは慎ましい家を手に入れることができたが、一時的な住まいはやがて永久的なものに変わった。なぜなら彼らは数十年後も住み続けたからである。地区に隣接して、レンガとセメントを積んだ小屋のように見える安い材料で稚拙に建てられた、二、三階建ての住宅の入植者のブロックが造られた。そして吸収地区のプレハブ住宅とみすぼらしいブロックの間には、毒キノコのように一夜にして成長するブリキと段ボール箱の新しいあばら家がすでに出現していた。ときおりポブラードに警察隊がブルドーザーと命令書をもって訪れ、あばら家の一軒や、時には一ブロックまるごとを麻薬市場が特定されたとして引き倒した。軍隊の力を借りた侵入として計画された、こうした定期的な急襲、破壊を除いては、誰もあえてポブラードに立ち入ろうとしなかった。医師も郵便配達人もタクシードライバーもそうだったし、メーターを確認し、電線を修理する電気会社の従業員でさえそうだった。二種類のタイプの人間だけがここに来た。地区のボスによって招かれたか、訪れることを強いられた者と、一つかみの麻薬が手に入る場所を求めて幻覚のままにそぞろ歩く生きる屍である老いさらばえた麻薬中毒者たちだった。

たとえ何度も近くを通り過ぎたとしても、マティアスは一度もポブラードに足を踏み入れたことがなかったし、ファトマも、ダニエルももちろんそうだった。今や彼らは目をしっかりと開け、口を乾かせて、ジープの後について地区に入っていた。というのは夜の空気は悪と危険の臭いがしたからである。路地のたき火が幻想的な光で影を揺らし、ブルドーザーによる破壊が行われた痕、垢だらけの地所や残骸を照らし、ポブラードを空襲を受けた都市のように見せていた。焼けた家々やごみでふさがれた門柱、割れた窓から姿を見せる汚れたマットレス、進入を防ぐために石畳の道の真ん中に放置された洗濯機、角が擦り切れた怪しげな像があった。三歳ぐらいの下半身が裸の子が焦げた車の黒い残骸で遊んでいた。ファトマはその子を見て、息が苦しくなったように手を胸にやった。地獄をよく知っている彼女は、その子の中にあるものをすぐに理解した。

ジープは入植者のブロックの一つの前で止まり、エル・スルドことマノロはマティアスに彼のそばに駐車するように合図した。誰かが廃材を洗う仕事をしていた隣の地所に、ドラコの車が止めてあった。赤いスポーツカーできれいで新車だった。彼らが行った建物はほかのものと同様、醜く、みすぼらしかったが、大部分と違って焼けた個所や割れたガラスはなかった。実際、すべての窓の大工仕事は、最近ＰＶＣ（ポリ塩化ビニール）のマークの付いた現代的なものに取り換えられていたように見えた。門の前には銃を持ち、髪を刈り上げた一対の若者がいた。エル・スルドは何も言わずに彼らの前を通り、組織の中での彼の権力を見せつけた。エレベーターはなく、一行はテラスのくぼんだ階段を上った。

「一番上の階にいる。四階だ。下の階には母親と女きょうだいたちがいる」

マノロはドアをたたいた。四十がらみの男がドアを開いた。姿勢が良く、高価な服を着て、優雅な靴を履いていた。しかし徒刑囚のような歪んだ顔がその効果を台なしにしていた。

「よう、アンヘル。ドラコに連れてくるように言われた」

アンヘルは頭を軽く振って同意して、彼らを通すために脇に寄った。三人の用心棒はゲートの脇にとどまって、エル・スルドは訪問者と一緒に入った。すぐに近代的な洗練された空間があり、明らかにプロの装飾家によってデザインされていた。スレートの床、美しく酸化した鋼鉄製のテーブル、ミニマリストのソファ、「スターウォーズ」から取り込んだようなオーディオ・ビジュアルセット。しかしながら、そこにはあたりにうまく溶け込めない何かが、不快でしっくりこない何かがあった。天井は低く、窓は小さく、広間はいくつもの部屋をつないだのは明らかだったが、広さを感じなかった。スレートの平石と豪華な家具はその場所には大きく、どこか偽物めいた、わざとらしい、家具店のサンプルのような印象を与えていた。ドラコはその家で一番大事なものであるかのように部屋の真ん中にある古い足踏み式の機械でゲームをしていた。初対面のダニエルはマフィアの親玉が小柄であることに、栄養不良の若者のような容貌に、まぶたの厚い細い眼に、くる病者のような短い首に驚いた。また彼は威圧的な装飾に対比してあまりに小さいように思われた。売春あっせん業者は彼らに目を向けなかった。チンチンと音を立てるゲームに熱中し、ボタンを早く押すために小さな足の先で踊っていた。最後にドラコは尻で装置を二回強く押すと、機械はさえずり、お祭りの回転木馬のように明かりがついた。マフィアの親玉は勝利に息を切らせた。

「二回目だ。また賞を取った」

そのとき、男は彼らにちらっとそっけなく目をやったが、そのまま大きすぎる革と鋼の椅子に向かった。あまりに大きいので、座っても足が床に届かないのではないかと、ダニエルはそのとき思った。

しかし足は届いていた。ドラコは子供が祖父の安楽椅子に座っているように見えるのに気づかないまま椅子に腰を下ろした。その逆に彼は威風堂々として力があるのを感じていた。彼のお尻の下には市場価格で一万四千ユーロを下らない高価なノルウェー産の特注の椅子があるのを知っていたからだ。ドラコは実際に金持ちだった。もちろんマドリードの最も洗練された地区の贅沢な邸宅に住むこともできた。しかしポブラードで生まれ、成長した。冷酷さと憎悪にもかかわらず、自分の中に、ライオンのしっぽになるよりよりネズミのリーダーになることを選んだという社会的劣等感を隠していた。彼はポブラードの王であることを享受していた。そのうえ、彼の縄張りにいるのが一番安全であると感じ、それは重要なことだった。ドラコは一度も誰かを殺す夢を見たことはなかった。一度もそれに似た悪夢を見たことがなかったが、それはおそらく実生活で実際に六人を、ある者は自分の手で、別の者は殺し屋の手によって始末したからだろう。その反対にドラコを苦しめた悪夢は、彼らが彼を殺しに来る夢を見ることであり、それは実際にその可能性があった。そこからセキュリティが最優先課題となった。ドラコが持っているベッドの上で年老いて死ぬことはないだろうというほとんど絶対的な確信は別にして、それは職業上のわずらわしさの一部をなすものだったが、売春あっせん業者は比較的幸せな男だった。彼は彼の王国を、収入を、所有物のそれぞれまたは全部を彼が、引き起こす恐怖と尊敬を誇りにしていた。彼は自分自身に満足しており、ようやく来たばかりの男たちと向き合った。最初に少女が頭を下げたとき、ファトマを憎悪の目で見た。

そのあとすぐマティアスを見た。

「死んでないようだな、エル・スルド」。男は特徴のない声で言った。

「ええ、でもひどいけがをしています」と用心棒は落ち着いて言った。

ドラコは笑った。そしてすぐ笑ったことに自分で驚いた。人間は心の中に様々な可能性を持っている。聖者のような人がいきなり残虐行為をする可能性があるし、最も残酷な悪人が特定の時に寛大で英雄的なふるまいをすることもありうる。ドラコはそのことを知らなかったが、その時はまだ暗い心の奥にしまってあった善意の小さな種が芽吹こうとする種のように脈打ち、飛び跳ねていた。そしてこうした心の動きが、売春あっせん業者を機嫌よく、陽気に感じさせていた。

「そいつは誰だ?」男はオルティスを指さしながら尋ねた。

「マティアスの友人のダニエルです」。医師は震えながら答えた。

「マティアスはどいつだ？」

「俺がマティアスだ」。裂けた口でどもりながら言った。

「あんたか。男やもめで歯の折れたタクシードライバーだな」。ドラコは言った。

そして短い笑いを楽しみながら放った。おや、今晩俺はマリファナすら吸っていないのに笑っている、と驚いた。姿勢を正して厳めしく凄みのある態度を取ろうとした。

「あんたたちは何の用でその雌犬を連れてここに来たんだ？」男はファトマを指さしながらうなった。

タクシードライバーは咳払いして、体の重心を足から足へと動かした。

「あなたにいい取り引きを提案しようとして来ました。あなたからファトマの自由を買いたいのです。まだ何もおっしゃらないで聞いてください。あなたはたくさんの女の子を持っています。たくさんです。あの子が必要だとは思えません。ご存知のように彼女は妊娠しています。中絶させなければなりません。中絶するには一定の期間、仕事を離れる必要があります。そしてそのうえ彼女は子供を産むことを望んでいます。それで彼女は苦しんでいます。仕事も以前ほどうまくできないのは確かです。そのうえ逃亡を試みました。あなたは彼女を罰さなければならないでしょう。いつもの罰です。彼女の顔か体にしるしをつけるでしょう。それは彼女を台なしにします。それは勇敢な行為とは言えません。その代わりに私は今すぐあなたに四万ユーロ（注17）を提供します。以前の通貨単位ならほぼ七百万ペセタです。それが持っているすべてです。小切手を持ってきました。それにあなたが書き込み、私が署名すれば、銀行が開くのを待って、あなたは現金化することができます。その代わり、我々にファトマのパスポートと書類をください。我々を立ち去らせて、彼女を忘れることを約束してください。良い取引だと思いますが」

マティアスは口をつぐんだ。数秒間、つばを飲み込む音も聞こえなかった。ドラコは自分の大胆さと厚かましさにびっくりしているタクシードライバーを見た。売春あっせん業者は、もういちど彼の口を傷めつけ、面目を失わせたいのを感じた。権威にはそもそも値段はなく、一つかみのユーロで売りつけるよりは、言うことを聞かない売春婦の顔に焼きごてを当てるほうがいいと思った。彼は心の中に残酷な習慣が巣食っているのに気づいた。悪と暴力の誘惑だ。しかしだしぬけに安逸が入り込んだ。彼の怒りは針で突かれた風船のようにしぼんだ。寛大さの最後の種が彼の中で芽生えているのを知らず、まるでそうした感情に慣れていないかのように、善いことをしようとする気持ちとこみあげるガスを取り違えた。一時的な消化不良だった。お腹を手でなだめながら、つまるところ、問題はその金額だと考えた。四万ユーロが彼の権威に引き合うかどうかだ。そのとき、彼が持っている略奪者としての姿が顔を出し、代替案を思いついた。もし俺が承諾して銀行からお金を引き出すまで同意したふりをして、そのあと連中を罰したらどうか。しかし善いことをしたいという衝動が彼の胃を押し続けていた。いや、この黒い雌ギツネを眼前から連れ去ってくれるなら、金を払って出て行ってくれても、どうせ同じではないかと、ドラコは、げっぷを抑えながら独り言を言った。ほかのことをするにはひどく疲れているし、うんざりすると彼はだしぬけに思った。そのうえ、提案を受け入れて、賢明さを見せることに少し満足すら感じたのである。同情から心を動かしたことは、ドラコの人生における異例の経験であり、それは痕跡を残さず消えた。というのは、その二晩の後には売春あっせん業者はウクライナ人の哀れな娼婦の胸で、パッケージ半分のタバコの火を消すことになるからである。しかしその明け方は何かが、断固として、繰り返すことがない寛大さに彼を押しやった。

それでドラコはエル・スルドことマノロに命じ、小切手を現金化するまで彼らを見張らせた。用心棒は彼らを建物から連れ出し、若い衆の見張りを立てて狭い玄関の階段の上に座らせた。時間が過ぎ、夜は明け方のもやの中に消え、汚れた夜明けは晴れた日中に変わり、時間はまるで終わりがないかのようにゆっくりと流れた。しかし尻が凍え、うとうとし、ダニエルが十五本目のタバコに火をつけているとき、エル・スルドが戻ってきてパスポートと滞在許可証をファトマに手渡した。「あんたたちを解放する。ドラコはあんたたちに二度と会いたくないそうだ。覚えておけ」。若者はうなった。それから声を落として言った。「幸運を祈るよ、プリンセサ」。

誰も信じることができなかった。彼らはタクシーのところまで来た。誰も妨害しなかった。信じることができなかった。彼らはエンジンをかけ、おどろおどろしいポプラードを何の問題もなく横切った。彼らは信じることができなかったが、もう外に出ており、生きており、自由で、目的を達成した。ファトマは泣き出し、ダニエルはタバコに火をつけ、マティアスは鎮痛解熱剤のアンプルをもう一本飲んでお祝いした。

（注17） 本書が出版された二〇〇八年当時の年間レートは一ユーロ＝一五二・三一円だった。四万ユーロは当時の約七百万円に相当する。

35

いずれにしても、ドラコが合意について後悔しないうちに、ファトマができるだけ早くマドリードを立ち去らねばならないのは明らかのように思われた。それゆえマティアスは、少女の旅行バッグを取ってくるために帰りに別宅へ立ち寄った。住宅の前で車を止め、エンジンをかけ同伴者を車の中に残したまま、家に近づいた。何時間も待ちぼうけを食った後、犬たちが彼を探しに通りへ飛び出して行方不明になるのをひそかに恐れていたのだ。しかし胸をなでおろしたことには、犬たちは開いたドアの軒下に背筋を伸ばして警戒しながら座っており、あたかも彼らの前に通路をふさぐガラスの壁があるかのようだった。自由への恐れを完全に明らかに見せていた。彼を見ると哀れな犬たちは、気が狂ったように喜んだので、彼らだけ再び置いていくに忍びなかった。それでファトマのバッグを持って戻ると、犬たちを車に乗せた。タクシードライバーが荷物を取ってくるのは、一分もかからなかったが、マティアスが家の中で過ごした数秒間は、居心地の悪さを感じ、初めてある種の汚さを感じるには十分だった。そこで家具もベッドもないまま、しわのよった毛布にくるまって、タイルも張らないセメントの床で、壁もペンキを塗らず、首つりのようにケーブルからぶら下がった汚れた裸電球の下で数か月暮らしたのだった。惨めな場所であり、ポブラードのいかがわしい悲惨さとあまり変わっていなかった。

マティアスはうなり声をあげながら再びタクシーに乗り込んだ。彼の体は様々な痛みの終わりのないカタログだったからだ。彼は打撲傷に響く穴ぼこを避けながら、極めて慎重に地道を運転した。隣の家のそばを通る際、あばら家から出てきたモロッコ人の少年とぶつかるのを避けるため、ブレーキをかけねばならなかった。マティアスは手で合図したが、少年は応えなかった。

「あいつだ！」ダニエルはあとに残した隣人を見ながら言った。「あいつは俺が縛られているとき、家に来て窓越しに俺を見て、助けを求めたのに何もしなかった。とんでもないやつだ！」

「それは本当か？」マティアスは、モロッコ人の少年が応えなかったことよりも、医師が少年を見て助けを求めた事実に驚いて言った。

そのコメントは彼を不安にした。誘拐に対する彼の責任を思い起こさせたからだ。バックミラー越しに少年を見た。何かに没頭している勤勉なアリのように、頭を下げ、リュックを背負って、急ぎ足だった。

「うちの隣人です。少し偏屈ですが、悪い子ではありません。もしかするとあなたを驚かせたかもしれませんが」。彼は声を普段の口調に戻そうとコメントした。

「あなたは縛られていたの？　助けを求めたの？　何があったの？」ファトマは後部座席から尋ねた。

マティアスとダニエルは、素早く不快な視線を交わした。

「何でもない。いまここで語るのははばかげている。問題はない」。オルティスは軽い口調で言った。

しかしながら医師は体が内部からひきつるのを感じた。緊張をほぐすためにタバコに火をつけた。

一連の狂気が終わったら、もう吸わないだろう。来月が来たらもう吸わないだろう。いや、明日からでもいい。しかし今はもうひと箱買わねばならないと空き箱をしわくちゃにしながら思った。

「家まで送って行こうか?」タクシードライバーは尋ねた。

「俺のことを言っているのか?」ダニエルはびっくりした。

「もちろんだ」

「いや、いい。あんたたちについて駅まで行く。ファトマが出発したら、俺も帰る」

三人は口をつぐんだまま数分走った。興奮も、感情も、数時間前は彼らを支配していた風変わりな共犯者めいた意識も、風が吹き消した砂絵のように消えたように思われた。次に止まったのは銀行の前だった。マティアスは再び降りて、すぐに現金で一万五千ユーロを持って戻ってきた。

「本当はドラコに俺の金を全部は渡していなかった。まだこれだけ残っている。取りなさい」。彼はそれをファトマに差し出しながら言った。

「いいのよ、いいの」少女は座席に身を投げて、背中で手を隠しながら言った。「あなたは十分よくしてくれた。それで十分よ」

「よく聞きなさい。新生活を始めるには何がしかのお金が必要だろう。もう二度と君は売春してはいけない。俺が金に不自由してないのは本当だ」

「いいんです」

「じゃあ子供に使ってくれ。ビッガに使うんだ。二度とドラコのようなやつの手に落ちてはならない。封筒のここに俺の口座番号を書いておく。君ができるときに、返してくれ」

「何ていい人たちなの」と、少女は思った。密告するよりも自分の内臓を食べることを選んだ司祭のナナモウドウのようだ。ファトマは泣き出したい衝動に気づき、超人的な努力で涙腺を閉じ、まぶたを押さえた。というのは、それは普通の涙ではなく、人生の涙であり、塩気のある滝のような、シエラレオネを二つに分かつロケル川のような大河になると感じたからだ。ファトマはもし泣き始めたら、止まることなく、両目が泉に変わることを知っていた。それで数回深く息を吸い、ビッガのことを、お腹にいる小さなビッガのことを、涙の地中の湖で泳いでいる繊細な小さな魚のことを考えた。そしてため息をつくと言った。

「了解しました」

そして泣かずにお金を受け取ると、胸がいっぱいになった。

最も涙もろい場面をしのいだので、三人のうち誰も出発の際に感情的な弱さは見せなかった。彼らはチャマルティン駅に行き、少女をサラゴサ行きの発車間際の列車に乗せた。ファトマはその町を知らなかったが、カチートで同室だったバネッサがその町におり、彼女に生れた土地への郷愁と愛着を語っていた。いずれにせよ、そこはほかのどの場所より良い場所だった。慌てて出発したのでことは簡単だった。気づいた時には列車は動き出し、少女は窓からさよならと言った。最後にファトマは何か言った。たぶんもう一度ありがとうと言ったのだが、よく聞き取れなかった。マティアスは大声で手紙を書くよ、時々どうしてるか知らせるよと叫んだが、言うのが遅かったので、彼女も聞こえなかった。

こうしてファトマは、マドリード―サラゴサ・アルタリア特急(注18)の力強い発進で未来に投げられ、ダニエルとマティアスの人生から完全に姿を消した。医師もタクシードライバーも、少女が債務を返済するために銀行に入金する金額を除いては、彼女について再び知ることはなかった。しかし私はファトマが独立し、自活していたとはいえ、売春をやめず、その結果、売春婦であった十一年の間に小さな資本をため、二度とならず者の餌食にならなかったことを知っている。その逆に、彼女は売春婦を守る協会である娼婦組合に加入し、仕事をやめて協会に近い弁護士と結婚したあと、運動の社会的リーダーとなるのである。彼女の息子、ビッガ・マティアスについては、とびぬけて頭のいい少年であり、母のお金のおかげで最上級の教育を受け、地質工学の先駆者の一人となり、大洋に鉄を加えるシステムを開発することになる。そうして、植物性プランクトンを増やし、二酸化炭素を吸収する極小の植物を増やし死骸は海の底に堆積し、数世紀の間放置されるのである。地球温暖化に対する闘いに貢献する天才的な発見は、ビッガ・マティアスを有名な科学者にするだろう。

こうしたすべてを永遠に知ることなく、医師とタクシードライバーはプラットホームに残り、最後尾の車両が見えなくなるまで列車を見送った。その時、二人は耐えがたい居心地の悪さを感じた。

不安が互いを見つめ合うことさえ困難にしていた。

「良かった」。マティアスが咳払いした。

「良かった」。ダニエルもつぶやいた。

タクシードライバーは努力して、医師の顔まで目を上げた。

「君が望むなら家まで送っていく」

「いや。心配ない。出たところでタクシーを拾うよ。すなわち別のタクシーだ」

マティアスは神経質に両手を合わせて、指の関節をパチッと鳴らした。

「申し訳ない。あんたにしたことを後悔している。言い訳にならない。頭がどうかしていた」。彼は控えめにつぶやいた。

ダニエルは心の中に大きな空白を感じた。しかしそれは不快なものではなかった。深い穴のふちでしばしば敬遠する身投げしたい感情のようなワクワクする感覚だった。飛び込んで、死んで、生まれ変わる。飛び跳ねて、自由気ままに無重力で飛ぶ。オルティスはいきなりこれまでなかったほど強く確信した。この先自分の人生は全く違ったものになるだろうと。心の空白は明晰さで満たされ、頭の中は決心したプロジェクトでいっぱいだった。マリーナと話し合い、二人をだめにしている悲痛な共食いの関係を終えよう。医師として再訓練することに務め、再び勉強し、最近の進歩の多くについていき、仕事への愛を取り戻そう。不摂生や家畜のような毎日をやめよう。大量のアルコールやタバコをやめよう。コンピューターゲームやセカンドライフのパラレル世界で時間を無駄遣いするのをやめよう。そしてもし、この先これらのすべてを達成することができたなら、おそらく十分に愛情深い、すなわち、深く本当の信頼関係を持つことができる、愛されるに値する人物になることができるだろう。あの男とリタのような関係だ。ダニエルはマティアスのラブストーリーを聞いてうらやましかった。それでもタクシードライバーは頭がいかれている。

「わかった。これ以上そのことについては話さないことにしよう」。ダニエルは言った。「忘れてしまおう。俺のほうはもう忘れた。そのうえ、すべては俺の人生を変えるためのものだった」

彼は満足して自分の声を聞いた。自分自身の寛大さが気に入った。善良であることは、気持ちがいい。実際のところ、マティアスを許すことは、優れた態度だった。彼の人生でもっともよいことかもしれない。たぶん生活を立て直す何かだ。ダニエルは、タクシードライバーを、まだ半ば片目を閉じて、信じがたい色に顔を腫らしている大男を注意深く観察し、医師としての新たな責任感が働き始めた。

「君はできるだけ早く病院に行った方がいい。もし望むなら、今すぐ一緒にサン・フェリーペ病院に行って、検査し治療してもらおう。あごと顔の外科手術と心臓病専門医の予約をすることもできる」

マティアスは手を振って、微笑むしぐさをした。

「いや、今はいい。ありがとう。俺はあまりに疲れている。君にこれ以上仕事をさせたくない。もう自分の責任で病院に行く」

彼らはしばし見つめ合ったが、二人とも二度と会わないことはわかっていた。間違いなくそうするる方がよかった。会わずに互いを忘れることだ。しかしながら、形通りの別れのあいさつをした。

「わかった。でもサン・フェリーペ病院に行くときは、忘れずに俺を呼んでくれ」。ダニエルは言った。

「心配するな。そうしよう。いろいろとありがとう」

オルティスは微笑んだ。

「俺も君にありがとうと言おう。色々なことを学ばせてもらったから」

そういうと、ダニエルは振り向いて、軽い足取りで駅から出た。すなわち、マティアスの大きな靴をはきながら、汚れた外見が通行人にもたらす不愉快な視線を遮って歩くことができるよう大急ぎだった。幸福を感じていた。彼は人生でしばしば贈られる絶頂の瞬間の一つにいた。すべてを手にしたように感じ、その知恵は生涯を通して放棄することはない絶頂の時だ。しかしその透明な瞬間は幻影でもあった。すぐに生活は続き、ある日我々が浴びる光の爆発は沈む太陽の最後の輝きに変わるのである。なぜなら人間の生活というものは常に夕暮れ時にあるからだ。途方もない暗闇に向かっていることは、ダニエルの生涯の残りを憂鬱にした。何も変えることができなかったからだ。こうして彼は決して離婚しようとはしない気性の激しいマリーナとの悲惨な関係を引きずることになった。彼の仕事も改善することはなかった。最初の数週間は医師としての注意を払い、努力したばかりが、なおざりのルーティンワークに戻ってしまったのである。タバコを吸うのをやめなかったばかりでなく、タバコの影響で気腫を患い、六十七歳で死ぬことになるのである。セカンドライフのバーチャル世界に関しては、ダニエルに生きたいという強い感情をもたらした。もし我々が死ぬという体験を予定より早めるとしたら、それは身の毛のよだつ強さが必要であるに違いない。実際は個人的に知ることのないパタゴニアの未亡人であるフェリシアという名のアバターと数年の間、心地よい恋愛関係を保つことができたからである。そしてこれがダニエル・オルティスについて語りうるすべてである。人生とはこんなささやかなものである。

（注18）　タルゴ客車を使った特急列車。現在は高速列車ＡＶＥがマドリードーサラゴサ間を約一時間二十分で結んでいる。

36

その朝、ソファでうたた寝しながら、セレブロは再び誰かを殺した夢を見た。しかし、今度は初めて、その犠牲者を見ることができた。彼女の足元に背中を向けて、ミイラのようにぎこちなく、腕を胸元で組んで横たわっていた。その姿は悪夢という靄がかかり、暗く不鮮明だった。セレブロが最初にしようとしたのは、走って逃げ出すことだった。しかし死者が誰かわからないままにその夢から逃げ出すことはできないと理解した。それで、こわごわゆっくりと身を屈め、暗くなった顔に自分の顔を近づけた。そのとき想像上の霧が消え、女が彼女自身の死体であることを認めて少なからず驚いた。セレブロは彼女自身のこわばって冷たくなった顔を見て、倒れるにまかせた。それは無に向けて滑り落ちるようなものだった。しかしすぐに、予期していなかったが、死体は目を開け、彼女に輝くような視線を向けた。まだあたしは死んでいない。死せるセレブロは轟くような声で言った。そして生きているセレブロは叫び声を上げて目を覚ました。

彼女は心臓の激しい拍動と恐怖で息が詰まりそうになりながら、ソファに腰を下ろした。そしてそのとき、深呼吸して落ち着こうとしながら、何かひどく珍しいことが起きていることを直感した。彼女は息を吸っては吐き、頭をいつものように働かせて、起きていることを理解しようとした。息を吸っては吐くたびに、周りで何か違ったことが起きていると確信した。耳を傷つけるような騒音はしだいに弱まり、同時に拍動も収まった。とうとう静かになった。沈黙だ。ここ数年で初めて、高速道路を走る車の耳をつんざくような騒音が聞こえなかった。ここ数年の間で初めて何も聞こえなかった。セレブロは毛布を床に投げ、いぶかしげに立ち上がった。太陽光が窓から差し込み、部屋の中にキラキラ光るほこりっぽい空気の道を開いた。外では小鳥が歌い、その陽気なさえずりはけた外れた静けさの中で完全に聞き取ることができた。小鳥たち、静けさ、太陽。陶然とする間、過去に、痛みと老化を前に、この家での生き生きとした少女時代に運ばれるのを感じた。体が熱くなり、玄関のドアに走り、一気に開いた。その瞬間に騒音が彼女の回りで爆弾のようにはじけ、耳をつんざく道行く車のうなり音が彼女の上に降りかかった。女は一度ならずガソリン交じりの汚れた空気を吸い、二度と子供時代の庭に戻ることのない、切り取られた庭園の残りを見た。目の前を大量の車がうなり音を上げながら通り過ぎて行った。何が起きていたのか？　なぜこんな静かな時を経験したのか？　最後の一撃かもしれない、ロト効果の最後の波かもしれない。しかし科学的な心をもったセレブロは、ソファから立ち上がった時、まだ半ば眠っており、静けさと小鳥たちは、まだ夢の中にいるためだと決めた。

　しかしながら、今はもう彼女は完全に目覚めていた。彼女のそばでは高速道路がうなり音を立て、振動していた。少し先には向こう側へ渡る歩道橋があった。セレブロは震えた。突然人生が意味のあるものに思えたからだ。友人のマティアスのことを考えた。チンピラどもを前に生き延びたいという強い気持ちのことを考えた。静かな美しい夢のことを考えた。目は涙でいっぱいになり、胸は苦い思いでいっぱいだった。いまになってやっと人生を投げ出していたことに気づいた。トンネルから出るにはもう遅すぎる。忌々しいことに七十歳を過ぎていた。すべてが終わった老女でしかない。

　しかしまだ彼女は死んでいない。

　痛みの石が胸の中で軽くなるのを感じながら、彼女は汚染された空気を深く吸った。それが昆虫であるかのように涙を手で振り払った。それに続いて持ち前の科学的探求心がよみがえり、こうしたことにもかかわらず、どうすれば何ものにも動じず、明晰な頭を保ちながら生きるという望みを試みることができるか、考察し始めた。

37

ラシッドはマティアスが車で彼のそばを通り過ぎる時、あいさつしたのを見たが応えないことにした。タクシードライバーを信頼していなかった。肺炎になった時、助けてもらったが、それは何らかの見返りを求めたものだった。なぜなら異教徒は利益だけのために行動し、唯一の神はお金であるからだ。連中は邪悪で価値観がなく、それゆえ隣人のふるまいが理解できなかった。例えば、マティアスと一緒に行った男は、その前夜、縛られ、猿ぐつわをはめられ助けを求めていた男と同一人物のように見えた。ラシッドには何とも思わなかった。今度はタクシードライバーと男は友人のように見えたからだ。そのうえ、隣人はまるでけんかをしたかのように顔が腫れていた。それで彼が暴力的な男であることを確信した。手始めに大敵のように攻撃したやつから何か期待することがあるだろうか？　きっと人種差別的な動機からしたに違いない。西洋人はみんなそうだ。人種差別主義者で、攻撃的で、抑圧者で、帝国主義者だ。場合によっては妻や娘たちに売春させるほど邪悪だ。アラブ人の敵であり、虐殺者だ。

ラシッドは教養のある少年で、ラバト大学で電気工学を学んでいたが、のどが詰まるような感情を覚えていた。痛みとアラブ民族の抑圧を考えるたびに深く共感した。それはミサイルに対する石の、強欲に対する信仰の、黒色の軍隊に対する光の兵士の英雄的な戦いだった。彼はそれを理解するまで時間がかかった。両親は善良ではあったが、素朴で時代遅れだったからだ。行き過ぎるほど善良で、行き過ぎるほど穏やかで、敵に対して妥協的だった。両親は家電製品を商っており、良い暮らしをしていた。一人息子の彼は、物質的に恵まれた環境で成長し、多くのイスラム教徒の屈辱と貧困と抑圧を知らなかった。貧民や物乞いである彼らは、彼の目の前に、通りに、玄関のドアの前にさえいたのだが、日々の生活にかまけて、彼らを見ようとはしなかったし、その意味するところを知ろうとも、理解しようともしなかった。彼らは解放のための長い戦いの最初の犠牲者だったのだ。幸運なことに、その前の年、ラシッドは彼よりいくぶん年長なオマルとアフマドと知り合うことができた。彼らのおかげで人生の意味を見出した。父は理解せず、立腹した。友達付き合いをすることを禁じられた。「良きイスラム教徒は父親を尊敬し、従うものだ」。彼は言われた。しかし、ラシッドは従うことができなかった。なぜなら年長者に慇懃に従うよりもずっと重要で切迫したことがあったからだ。

薬局の正面の停留所に着いた時、バスが出ていくのが見えた。バスに行かせた。今日は走る状態にはなかったからだ。しかし時刻を間違えたのは彼を苦しめ、ガラスのはまった小ケースにあるルートと時間をじっくり見始めた。どんなに時刻表を注意深く見ても、どれが出て行ったばかりのバスか特定することができなかった。彼が乗りたいと思ったバスは九分で到着することになっていた。おそらく増便の車だろう。あるいは前の便がひどく遅れていたのかもしれない。結局、どちらにしても同じではないかと彼は決心した。それも運命に記されたものなのだ。彼は待っている間、肌を太陽が優しくなでるのを感じた。それは春の香りのする素晴らしい朝だった。バスは角を曲がり、疲れた牛のようにのろのろと進んできて、プシューという音を立てて彼のそばで止まった。バスは角を曲がり、ドはバスに乗り、回数券に印を付け、リュックを床の両足の間に置いて、老人の隣に座った。今日は重くなかった。中には本が一冊だけだったからだ。窓越しに通りを、小さな庭園を、朝の新鮮でみずみずしい木蔭を、太陽の輝きを見た。彼は顔の上に温かい光が口づけするのを感じ、目は涙でいっぱいになった。彼の母親は痛みで口をゆがめ、父親は震え上がって、恥じるのがわかっていた。震えながら瞼を押さえ、五分間目がくらむような考えに没頭した。バスのほかの乗客は若者が眠っていると想像していたに違いない。ほかの観察者は、若者のぎこちない姿勢と額が汗で湿っているのを見て、たぶん車酔いしていると結論づけただろう。しかしながらラシッドの心は、熱狂的な行動に没頭しており、少年の頭の中は歌と祈りと泣き声と叫び声がひしめいていた。まばゆい光が頭に火をつけ、すべての言葉を焼き尽くし、理性と思考をことごとく焼き尽くすほどだった。その瞬間、ラシッドは再び目を開き、手をセーターの下に入れ、爆弾ベルトの起爆装置を作動させた。

幸いなことに、接続に不良があり、あばら骨に付けていた六個の装置のうち一つが爆発しただけだった。それで、そのときバスに乗っていた二十六人を虐殺する代わりに、三人が死亡し、数人が負傷したが、けがは全員軽かった。死者はラシッド本人と隣にいた老人と、彼らの前に立っていた男性で、その身元は判明しなかった。このテロ行為以来、幸福の殺人者はひそかに姿を消し、再び老人を殺すことはなくなったので、警察当局はバスで身元が確認されなかった犠牲者は連続殺人犯の可能性があり、さらに年齢と性別と防犯カメラの映像に関しても証言と一致すると結論付けた。その仮説は、犯行の目的が邪悪で気まぐれであり、時には悪は建設的なものをもたらすということを一度ならず示すことになるだろう。同様に善は不幸とともにやってくることもあるのである。

テロリストの隣に座っていた三人目の犠牲者に関しては、嘆かわしいことに、マティアスの妻を埋葬したあの墓掘りの老人であったと言わねばならない。男は墓穴の近くにいることをすでに予感しており、それは明らかであったものの、こんな形で生涯を終えるとは想像もしていなかった。しかし哀れな老人はこの物語の冒頭に登場するという悪運を持ち、ご存知のように我々物語の語り手という者は、抜け目がなく、循環構造とシンメトリー(左右対称)の愛用者であるのだ。一方で、人間に本質的な好みもある。それは洞窟生活を送っていたクロマニョン人でさえ、均整の取れた見栄えのする首飾りを作ったほどである。あるいはシンメトリーに向かわせるものは、パウル・カンメラーが彼の連続の法則で主張したように、宇宙全体であるかもしれない。おそらく神は、もし存在するとしたら、循環構造の気のふれた語り手にすぎないのである。したがって、人間生活とは生きるために火花を散らした後で、暗がりから無防備な形で戻るために闇から抜け出すことにある。いずれにしても、そうした考察の結果は、墓掘りの老人を物語の初めから最後まで引きずっていくことになり、老人を有無を言わせず爆弾テロ少年の隣に座らせることになるのである。

バスが爆発したちょうど一時間後、マティアスは鉄道駅から出た。彼は孤独で、疲れ果て、困惑していた。というのは人生をその時からどうすべきか明確なものがなかったからだ。駐車料金を機械で精算するとすぐ、駐車場を足を引きずりながら横切り、タクシーを止めたところまで戻った。座席にどっしりと腰を下ろすと、チュチョとペッラが喜びで足を踏み鳴らし、彼の上に、傷ついた胸の上に跳びかかってきた。マティアスは二匹の興奮を収めることができ、後部座席に静かにさせるまで犬たちともがいた。しかし実際のところは、彼らの存在に感謝していた。その欠けることのない愛着に、とりわけ彼を必要としてくれることに感謝した。哀れな犬たちは一日以上何も食べていなかったので、タクシードライバーは何か買いに行くことを決めた。駐車場を出て、単なる習慣から自動的に進路を取り、オアシスへまっすぐ向かった。ひどく憔悴していたので、バールに着き、カチートの建物を見るのがやっとだった。そのときおそらくドラコの近くにあまり足を運ばない方がいいだろうと思い当たった。そのことを、車を居酒屋の前に止めたときに思った。売春宿はネオンをつけたままだったが、昼の光の中で、みすぼらしく、荒廃して、色あせて見えた。

「それがどうした。つけは清算したのだから」。彼は声を出して言った。

二度とこの先ドラコのことは考えまいとして、エンジンを切った。犬たちをタクシーの中に残してオアシスに入り、居酒屋で唯一の窓のあるそばのテーブルに腰を下ろした。だしぬけに激しい空腹を感じた。マティアスが知らない中年で太ったインディオ風の顔をした女が、注文を取りに来た。タクシードライバーは彼の口がひどい状態にあることを考えて、スープとプレーンオムレツを注文した。食事を待つ間、彼はバールにすばやく目をやった。陽光が窓と開いたドアから差し込み、カチートとは逆に、昼のオアシスは陽気な、居心地の良い場所に見え、ずっと新しくさえ見えた。太陽だ。マティアスは長期間の入院の後、初めて通りへ出た病人のように感じた。再び太陽の光を見るのは心地よかった。もちろん、セレブロはもういない。彼女にとっては遅すぎる時間だった。タクシードライバーは女のことを考え、突然、何らかの形で、老女が彼の一部になっていることを知った。自分の母親にしたこととは逆に、彼女について責任がある。そして実際に、マティアスは女が十四年後、心臓発作で突然死するまで誠実な友をつとめるのである。

カウンターには、朝食を取るタクシードライバーのグループがいた。あるいは朝昼兼用の軽食を取っていたと言ったほうがいいかもしれない。マティアスは彼らのうちの一人、もっと正確に言えば、女性ドライバーを知っていた。力が強く、十分きれいな女の子だった。頭のしぐさで彼女に合図するとすぐ、彼に返した不思議そうな表情を見て、マティアスは自分の姿を思い出した。血のついた服はすでに脱いでいたものの、顔が人目を引いているに違いなかった。インディオ風の女は朝食を持って戻ってきた。マティアスは空腹をこらえながら、注意して食べ始めた。まだ痛みがあった。けがを治してもらうため、病院に行かねばならない。心臓も診てもらわねばならない。片手を胸ポケットに突っ込んで、カフェニトリナ錠の膨らみを確認し落ち着いた。たしかに病院に行くが、サン・フェリーペ病院ではない。オルティス医師とは会いたくなかった。そのためにたくさんのお金を清算したのだ。

「あら、マティアスさん、ひどい顔をしてるね。何があったの？」

タクシードライバーが頭を上げると、ルスベッリャが彼の前にいた。若い女は口を手でふさぎ、指の上に驚いた丸い眼を見せていた。

「ルスベッリャ、君がここにいたとは思わなかった。ずっと夜勤だと思っていた」。彼はつぶれた口でつぶやいた。

「かわいそうな人、いったい何をされたの？」彼女は嘆かわしい歯茎を見て言った。「殴り合ったの？　それとも襲われたの？」

「いや、違う」

「でもそれは殴打よ。たたかれたのね」。ルスベッリャは専門家の目で見た。なぜなら彼女はメデジン市の紛争地区出身で、恐怖と暴力をよく知っていたからだ。

「ああ、でも何もなかった。本当だ。もう回復した」

「かわいそうに」。コロンビア女はしわがれた声で繰り返し言った。

そして手を伸ばしマティアスの殴打を受けた頬を羽でくすぐるように指先で軽く優しくなでた。しかしながらタクシードライバーは、ルスベッリャの指先が電気ケーブルの裸の電極のように感じていた。突然の予期しない電流が体を流れ、胃を電球に変えて、脊髄を通して稲妻が光るような戦慄を上らせた。冷たい痙攣が頭に達し、マティアスは逆説的に汗をかき始めた。それは光線が彼を傷つけた瞬間だった。コロンビア女は何か月も前から距離を置いてタクシードライバーの世話をしており、辛抱強く光が差すのを待っていた。今とうとうそれが起きたのだ。マティアスはルスベッリャを見て驚いた。初めて彼女を見たように見えたのだ。彼女はいつもの緑の上っ張りを着ておりず、外出着姿だった。ジーンズと縞模様のシャツとジャケットを着ていた。長く黒くまっすぐな髪が背中に垂れていた。そして目元は優しく、飾り気のないうっとりした視線が彼を感動させた。ルスベッリャはきれいだった。なぜ以前はそのことに気づかなかったのだろうか？　あるいは以前はきれいではなかったのだが、いまマティアスが彼女に魅了されたのかもしれない。丈夫で控えめなルスベッリャ。いつも優しく親切だった。彼にだけでなく、セレブロにも。ファトマやほかの女の子たちにも。並外れた女性であり、いつもそばに、彼の前にいたのに、はっきり見ることはなかった。その間ずっと、コロンビア女はぎこちなく赤面して微笑み、彼らの間に飛び交う光やきらめきを理解していた。二人はしばらくの間黙って見つめ合った。世界が彼らの周りから消えてしまうほど、真摯に見つめ合った。四つの目が虚空に浮かんでいた。

「あたしは出て行くの」。ルスベッリャは最後に言った。「オアシスをやめる。精算書をもらいに来たの。カフェテリアに良い仕事を見つけたの。日勤よ。そうすれば娘の面倒を見られるから」

「娘がいたのか？」

「ええ、七歳よ」

「一度もそんなことを言わなかったね」

彼女も彼に言ったことはなかったし、まだ言っていなかった。少女の父は娘と孫娘を虐待し、スペインに来ることによって、髪の房を引き抜き、骨を折るような体罰から逃れた。ルスベッリャはみんなの世話をしていたが、誰からも世話を受けたことがない娘だった。惨めな生活を送りながらも善良で禁欲的だったが、世界の美を直感し続けた。荒々しい生活しか知らなかったものの、コロンビア娘はいつか、そうした控えめな美が彼女をなでることを期待していた。現実生活では不幸だったので、幸福になるにはささいなことで十分だったのだ。地獄にいた経験をした者にとって、日常生活は豊かだった。

「もうこのまま会えないのかな、お別れも夜一人なのかなと、ここで思っていた。しばらくあなたに会えなかったから」。ルスベッリャは大胆に顔を赤らめながら言った。

マティアスは心の中から押すものを感じた。胃が急に熱くなるのを感じた。それはひどく彼を困惑させたが不快ではなかった。そしてその感情を認めるのは時間がかかった。喜びだ。リタが彼の中から出て行って、鉛の人形のように胸にもたれかかるのをやめ、軽やかな幸運の小鳥が肩の上に止まって耳にささやいているように思えた。それがまさに今なのだ。マティアスは考えた。もうあの別宅には戻るまい。家に、ベッドに、我が家に戻ろう。いくらかのお金を取り戻すために別荘風の家を売ろう。彼は考えた。日勤でタクシーの仕事に戻ろう。また考えた。思い切ってやってみたら？　そして思い切って言った。

「君にいまお願いしたいことがあるんだが？」

「どういうこと？」

「病院について行ってくれないか」

「もちろん、喜んで」

「でもその前にチュチョとペッラを連れ出して、食事をさせなければならない。まだタクシーの中にいる」

「あなたの犬たちのことならよくわかるわ。何度も食事の用意をしたから」

この月並みな会話とともに奇跡が始まった。楽しい人生の小さな秘密である。なぜ我々は下劣さや残酷や世界の恐怖に何も感じようとしないのか？　同情心について話すとき、すぐ苦笑いし、そっけないと思うのに。しかしマティアスは純朴な男だったので、お人よしに見える危険を無視した。そうして彼自身の中から最も良いものを取り出し、ルスベッリャと二度目の幸福な共同生活を打ち立てた。それは時が過ぎても壊れることはなく、むしろ強固なものになった。こうして人類は愛することを知っている人々と知らない人々に分かたれるのである。

しかしそれはまた別のストーリーである。

解説とあとがき

本書は、スペインのアルファグアラ社(Editorial Alfaguara)から二〇〇八年に初版が出た、スペインの女性作家、ジャーナリストであるロサ・モンテーロの長編小説『世界を救うための教訓』(原題Instrucciones para salvar el mundo)のポケット版(二〇一五)の全文訳である。

ロサ・モンテーロ・ガーヨ Rosa Montero Gayo は一九五一年一月、スペインの首都マドリード北部のクワトロ・カミーノスで、闘牛士(銛打ち士＝闘牛士は、馬上から牛に槍を刺すピカドール、牛に銛を打ち込む銛打ち士《パンデリリェーロ》、剣でとどめを刺すマタドールの三つの役がある)の父と主婦の母という庶民的な家に生まれた。五歳から九歳まで結核のため、自宅で療養している。十八歳でマドリード・コンプルテンセ大学に入学、心理学とジャーナリズムを専攻した。大学卒業後、ジャーナリストとしていくつかの報道機関で働き始め、一九七六年からは、高級紙「エル・パイース」の専属となり、八〇年から八一年にかけては日曜版の編集長を務めている。一九八八年にジャーナリストのパブロ・リスカーノと結婚したが、二〇〇九年に死別している。

小説家としては、一九七九年に新聞社で働くシングルマザーを主人公に、友人の女性たちの妊娠中絶や薬物依存など赤裸々な告白をつづった『失恋日記』Crónica del desamor でデビュー。その二年後、女性作家の絶頂期と難病で死を目前にした心境を対比してつづった『三角函数』La función Delta を出版し、一九八三年にマドリードの酒場を舞台に地方出身の四十代の独身のアントニオ、アントニア兄妹とキューバ移住を夢見る中年の女性ボレロ歌手が引き起こす悲喜劇をテンポよく描いた『君は僕の女王だ』Te trataré como a una reina を出版し、出世作になった(タイトルは女性歌手が歌うボレロの一節から)。

一九九〇年には中世的な神政国家を舞台に少女の地方遍歴と成長を描いた壮大な歴史ファンタジーの『震え』Temblor を出版。その三年後には、マジックリアリズムの手法を取り入れ少女の目から風変わりな家族を描いた『美しくて暗い』Bella y oscura を出版。さらに一九九七年には、誘拐された財務省職員の夫を救出するため、児童文学作家の主人公が老アナキストとタッグを組んで国際犯罪組織に立ち向かうさまを描いた『人喰いの娘』La hija del caníbal を出版(ショッキングなタイトルは主人公の父がスペイン内戦で戦闘中に部隊が孤立し、救出されるまで仲間の血をすすって飢えをしのいだという逸話から)。作品は同タイトルでメキシコの監督アントニオ・セラーノによって映画化された。

さらに二〇〇一年には、犯罪者となった双子の兄との確執を主人公の妹の目から描いた『タタール人の心』El corazón del Tártaro を、二〇〇三年には自伝的なエッセー風の小説『家の狂女』La loca de la casa を、二〇〇五年には、中世の南フランスを舞台に戦乱に巻き込まれ、父親と婚約者を奪われた主人公の娘が男装の女性騎士となり、女魔術師を従者にしてカタリ派と十字軍の戦いの中、各地を遍歴するさまを描いた大長編『透明な王の物語』Historia del Rey Transparente を、二〇〇八年には本書『世界を救うための教訓』を出版している。また、二〇一六年には、還暦を過ぎた独身の女性キュレーターの性への渇きと若い恋人とのアバンチュールと幻滅を描いた『肉欲』La carne を発表している。それらの文学活動が評価され、二〇一七年にはスペイン国民文学賞を受賞した。作品は英語、ドイツ語、フランス語、イタリア語、ポルトガル語などヨーロッパの各国語をはじめ、中国語、アラビア語など計二十か国語以上に訳され、現代スペインを代表する女性作家の一人である。

ロサ・モンテーロの作品の特徴は、現代の社会問題を取り入れつつ、毎回テーマを大胆に変えながら、ストーリー性豊かな長編小説を発表していることにある。その主人公は作者に近い年齢の成人女性のことが多いが、『震え』や『美しくて暗い』は少女であり、本書や広告会社の幹部社員が社内的な様々なしがらみから身動きが取れなくなる様を描いたお仕事小説『愛する主人』Amado Amo(一九八八)のように中年男性のこともある。ただ、『震え』や『透明な王の物語』のような歴史小説であっても、主人公に現代人の視点が取り入れられており、まるで読者が主人公になって中世にいるかのような気分を味わうことができる。

私がロサ・モンテーロの作品を読んだのは、スペインに留学した一九八〇年代からで、それ以来、作品の発表に合わせてほとんどの小説を読んできた。四十年来の熱心な読者であり、もっと早く彼女の魅力的な作品世界を日本の読者に紹介できなかったことを残念に思っている。この四十年来、ノーベル文学賞を受賞したカミロ・ホセ・セラをはじめ、ミゲル・デリーベス、ラモン・センデール、ハビエル・マリアス、フアン・ゴイティソロら多くのスペインの現代作家の作品を読んできたが、ロサ・モンテーロはその中でももっとも現代の日本人の感覚に近いスペイン作家という印象がある。機会があれば、今後も出世作の『君は僕の女王だ』や『震え』はぜひ訳したいと思っている。


本書の『世界を救うための教訓』についていえば、作品には、地球温暖化と気候変動、医療過誤、幼児虐待、セックスレス、性的倒錯、コンピューターゲーム中毒、薬物乱用、内戦、爆弾テロなど現代のあらゆる問題がすでに取り込まれている。発表当時はやや近未来的と思われた作品内容が、十五年後の現在になってまさに現代的問題としてとらえられつつあることは驚きでさえある。

ストーリーの前半は妻のリタをがんで亡くしたタクシードライバーのマティアスが、コンピューターゲーム中毒の医師ダニエル・オルティスの誤診が原因であることを試行錯誤の末、突き止めるプロセスが描かれる。

後半ではマティアスがダニエルを誘拐する中で、今度はアフリカ出身の美しい娼婦ファトマの苦境に遭遇し、二人で協力して救い出そうと試みる。

作品には、マティアスとオルティスのそれぞれの妻のリタ、マリーナのほか、シエラレオネの内戦の惨状を語るファトマ、売春クラブ経営者のドラコ、モロッコ人学生のラシッド、老女性科学者のセレブロらが登場する。セレブロは行きつけのバールで毎晩、主人公のマティアスに成功のあとのけ者にされた不運な科学者の話や原爆開発の舞台裏など科学史の興味深いエピソードを語る。広島・長崎の原爆投下について、「爆弾の性能を確認するためであった」と持論を展開するが、それらは作者ロサ・モンテーロ自身が長年のジャーナリストとしての経験をふまえて、科学論、文明論を語ったものと言えよう。


本書は、私にとって、十九世紀スペイン文学の名作であるペレス・ガルドス作『マリアネラ』に次ぐ、二冊目のスペイン文学の翻訳である。その間、新聞記者として地方勤務や編集記者としての勤務を続けながら『砂の戦士たち』(ジョルジェ・アマード作)や『大密林』(フェレイラ・デ・カストロ作)、『複製された男』(ジョゼ・サラマーゴ作)といったブラジル、ポルトガル文学の作品四点を翻訳し、彩流社から刊行してきた。

昨年秋、三十八年勤めた新聞社を退職し、今回、三十年ぶりのスペイン文学の翻訳を出すことになった。また、昨年には長年書きためた短篇小説とエッセーをまとめた自伝的な作品集『西成の少年』(編集工房ノア刊)を出したので、興味のある方はぜひ手にとっていただきたい。

最後に本書が日の目を見るまでお世話になった彩流社の竹内淳夫会長、河野和憲社長に感謝をささげたい。

阿部孝次

二〇二三年十月

【訳者】阿部孝次　（あべ・こうじ）
翻訳家。1957年大阪市生まれ。東京大学教養学部卒。マドリード・コンプルテンセ大学留学を経て、読売新聞東京本社に入社。北海道支社、編集局整理部、地方部、地方支局、メディア局事業部などに勤務。訳書に『マリアネラ』（ペレス・ガルドス作）、『砂の戦士たち』（ジョルジェ・アマード作）、『大密林』『日本紀行「開戦前夜」』（フェレイラ・デ・カストロ作）、『複製された男』（ジョゼ・サラマーゴ作）すべて彩流社刊。一昨年、短篇小説、エッセーをまとめた著作集『西成の少年』（編集工房ノア）を刊行した。

Sairyusha

世界《せかい》を救《すく》うための教訓《きょうくん》

二〇二四年二月二十日　初版第一刷

著者――ロサ・モンテーロ
訳者――阿部孝次
発行者――河野和憲
発行所――株式会社 彩流社
〒101-0051
東京都千代田区神田神保町3-10大行ビル6階
電話：03-3234-5931
ファックス：03-3234-5932
E-mail：sairyusha@sairyusha.co.jp
印刷――明和印刷（株）
製本――（株）村上製本所
装丁――中山銀士＋金子暁仁

本書は日本出版著作権協会（JPCA）が委託管理する著作物です。複写（コピー）・複製、その他著作物の利用については、事前にJPCA（電話03-3812-9424 e-mail: info@jpca.jp.net）の許諾を得て下さい。なお、無断でのコピー・スキャン・デジタル化等の複製は著作権法上での例外を除き、著作権法違反となります。

©Koji Abe, Printed in Japan, 2024
ISBN978-4-7791-2952-0 C0097
https://www.sairyusha.co.jp

フィギュール彩

〔既刊〕

㊾憐憫の孤独

ジャン・ジオノ◉著／山本省◉訳

定価（本体1800円＋税）

自然の力、友情、人間関係の温かさなどが語られ、生きることの詫びしさや孤独がテーマとされた小説集。「コロナ禍」の現代だからこそ「ジオノ文学」が秘める可能性は大きい。

㊷マグノリアの花

ゾラ・ニール・ハーストン◉著／松本昇他◉訳

定価（本体1800円＋税）

「リアリティ」と「民話」が共存する空間。ハーストンが直視したアフリカ系女性の歴史や民族内部に巣くう問題、民族の誇りといえるフォークロアは彼女が描いた物語の中にある。

㉑おとなのグリム童話

金成陽一◉著

定価（本体1800円＋税）

メルヘンはますますこれからも人びとに好まれていくだろう。「現実」が厳しければ厳しいほどファンタジーが花咲く場処はメルヘンの世界以外には残されていないのだから。